Roald Dahl

Kiss Kiss

*Traduit de l'anglais
par Elisabeth Gaspar*

Gallimard

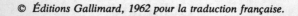

Issu de parents norvégiens, Roald Dahl est né en 1916 au pays de Galles. En 1939, il s'engage dans la R.A.F., dont il est réformé en 1942, avec le grade de commandant. Il occupe ensuite divers postes à l'ambassade de Grande-Bretagne à Washington. C'est là qu'il commence à écrire des nouvelles humoristiques et fantastiques, *Bizarre! Bizarre!* et *Kiss Kiss* et des contes pour enfants, qui l'ont rendu célèbre dans le monde entier. Roald Dahl est mort le 23 novembre 1990.

La logeuse

Billy Weaver arriva à Bath après avoir passé l'après-midi dans le train et changé d'omnibus à Reading. Il était près de neuf heures du soir et la lune se levait, escortée d'un essaim d'étoiles, au-dessus des maisons qui faisaient face à la gare. Mais le froid était vif et le vent armé de milliers de lames de rasoir.

« Excusez-moi, dit Billy, connaissez-vous un hôtel pas trop cher, dans le coin ?

— Allez voir *La Cloche et le Dragon,* répondit le contrôleur en désignant le bas de la route. Il y aura peut-être de la place. C'est à cinq cents mètres d'ici. »

Billy le remercia, reprit sa valise en main et se mit en route vers *La Cloche et le Dragon.*

Il n'était jamais venu à Bath et n'y connaissait personne. Mais M. Greenslade, de la Maison Centrale de Londres, lui avait dit beaucoup de bien de cette ville. « Dès que vous serez casé, lui avait-il dit, allez vous présenter au directeur de la Succursale. »

Billy avait dix-sept ans. Il portait un pardessus bleu marine neuf, un chapeau mou marron neuf et un complet marron neuf. Il se sentait sûr de lui. D'un

pas énergique, il descendit la rue. Depuis quelques
jours, il s'efforçait de tout faire avec énergie, car il
estimait que c'était l'énergie qui caractérisait avant
tout un homme d'affaires digne de ce nom. Les gros
patrons, à la Maison Centrale, ne cessaient jamais de
se montrer remarquablement énergiques. Ils étaient
stupéfiants.

La rue qu'il longeait ne comportait aucune boutique. Rien qu'une rangée de maisons assez hautes, de
chaque côté. Ces maisons étaient toutes semblables.
Leurs porches à colonnes, leurs portes où l'on
accédait par trois ou quatre marches avaient fière
allure et témoignaient d'un passé luxueux. Mais,
malgré la nuit, Billy pouvait voir sans peine que la
peinture s'écaillait sur les boiseries des portes et des
fenêtres et que les façades, lézardées à présent,
pleuraient leur blancheur perdue.

Soudain, à la fenêtre d'un rez-de-chaussée brillam-
ment éclairée par un réverbère, Billy aperçut un
écriteau appuyé contre la vitre. Il lut : « CHAMBRES
AVEC PETIT DÉJEUNER ». Un vase plein de beaux
chrysanthèmes jaunes était posé juste sous l'écriteau.
Intrigué, Billy s'approcha. Des rideaux de faux
velours vert garnissaient la fenêtre, rehaussant l'éclat
des chrysanthèmes. Billy se dressa pour fouiller du
regard, à travers la vitre, l'intérieur de la pièce. Il vit
d'abord un joyeux feu de cheminée. Devant l'âtre,
sur le tapis, un petit basset allemand dormait,
recroquevillé. La chambre elle-même, aussi loin qu'il
pouvait la voir dans la pénombre, était meublée avec
goût. Elle contenait entre autres un piano crapaud,
un grand divan, des fauteuils rebondis et, dans un
coin, un perroquet dans sa cage. « Des animaux dans

un endroit pareil, c'est plutôt bon signe », se dit
Billy. Il se demanda aussi si cette demeure, d'aspect
si rassurant, ne serait pas plus agréable que *La
Cloche et le Dragon*.

Certes, un hôtel promettait plus de distractions
qu'une pension. Le soir, il y aurait de la bière et des
jeux. Et puis toutes sortes de gens à qui parler. Ce
serait aussi moins cher sans doute. Il lui était arrivé
de passer deux nuits de suite dans un hôtel et il en
gardait un bon souvenir. Par contre, il savait peu de
chose des pensions de famille et, pour être franc,
l'idée d'y faire un séjour l'inquiétait un peu. Cela
évoquait pour lui des images de choux aqueux, de
logeuses rapaces, le tout flottant dans une pénétrante
odeur de hareng fumé.

Après avoir grelotté ainsi pendant deux ou trois
minutes, Billy décida d'aller jeter un coup d'œil à *La
Cloche et le Dragon* avant de prendre une décision. Il
s'éloigna de la fenêtre.

Alors, il se passa une chose étrange. Car son
regard ne put se détacher du petit écriteau qui
répétait obstinément : CHAMBRES AVEC PETIT DÉJEU-
NER, CHAMBRES AVEC PETIT DÉJEUNER, CHAMBRES
AVEC PETIT DÉJEUNER. Chacun de ces mots se transformait en un grand œil noir qui le fixait de singulière
façon, l'empêchant impérieusement de quitter le
petit rectangle de trottoir où il s'était arrêté. Comme
hypnotisé, il fit quelques pas, puis il grimpa les
quatre marches qui menaient à la porte d'entrée.

Il leva le bras et appuya sur la sonnette. Dans
quelque chambre lointaine, il l'entendit tinter. Et
alors, immédiatement, — la chose ne pouvait être
qu'immédiate puisqu'il n'avait même pas eu le temps

de retirer son doigt du bouton de la sonnette —, la porte s'ouvrit comme par miracle et une femme fit son apparition.

D'habitude, quand on sonne à une porte, on doit attendre au moins une demi-minute avant que quelqu'un vienne ouvrir. Cette dame, elle, était là, jaillie comme un diable-dans-sa-boîte. C'était incroyable.

Elle pouvait avoir entre quarante-cinq et cinquante ans. Son sourire était encourageant et chaleureux.

« Entrez, je vous en prie », dit-elle d'une voix étonnamment aimable. Elle s'écarta pour le laisser passer. Et Billy se sentit avancer, poussé par une sorte de contrainte ou plutôt par l'invincible désir de pénétrer à l'intérieur de la maison.

« J'ai vu l'écriteau à la fenêtre, dit-il, se retenant d'avancer.

— Oui, je sais.

— Je cherchais une chambre.

— Elle vous attend, cher petit monsieur, dit la dame. »

Elle avait un visage rond et rose et des yeux d'un bleu très tendre.

« J'allais à *La Cloche et le Dragon,* expliqua Billy, mais votre écriteau a retenu mon attention...

— Mon cher enfant, dit la dame, pourquoi n'entrez-vous pas, par ce froid ?

— Pour combien louez-vous ?

— Cinq shillings et six pence par nuit, petit déjeuner compris. »

Il crut avoir mal entendu. C'était donné. Cela représentait moins que la moitié de ce qu'il était disposé à payer.

« Si vous trouvez que c'est trop cher, reprit-elle, je

pourrai peut-être vous faire un prix. Tenez-vous à
avoir un œuf pour le petit déjeuner ? Les œufs sont
chers en ce moment. Sans œuf, cela ne vous ferait
que cinq shillings tout rond.

— D'accord pour cinq shillings six pence, dit Billy.
J'aimerais bien rester ici.

— Je le savais. Entrez donc. »

Elle était d'une gentillesse à faire rêver. On aurait
dit la mère du meilleur camarade de classe qui vous
reçoit chez elle pour les vacances de Noël. Billy ôta
son chapeau et franchit le seuil.

« Accrochez-le ici, dit-elle, et laissez-moi vous
aider pour votre pardessus. »

Il n'y avait pas d'autres chapeaux ni d'autres
pardessus dans l'entrée. Pas un parapluie, pas une
canne. Rien.

« La maison entière est à nous deux », fit-elle en
souriant. Puis elle lui montra le chemin vers les
étages supérieurs. « Voyez-vous, je n'ai pas très
souvent le plaisir de faire entrer un voyageur dans
mon petit nid. »

« Elle radote un peu, la vieille fille », se dit Billy.
Mais à ce prix, tout était pardonnable.

« J'aurais cru que vous étiez submergée de deman-
des, fit-il poliment.

— Mais je le suis, cher monsieur, je le suis, n'en
doutez pas ! Seulement, pourquoi le cacher, je suis
un tantinet difficile. Vous voyez bien ce que je veux
dire ?

— Ah, oui...

— Mais je suis toujours prête à recevoir. Tout est
toujours prêt, jour et nuit, dans cette maison, pour le
cas de chance exceptionnelle où un jeune homme

digne de ma confiance passerait par là. Et c'est un si grand plaisir, cher monsieur, d'ouvrir la porte et de découvrir quelqu'un de convenable ! »

Elle était à mi-hauteur de l'escalier. Une main sur la rampe, elle se pencha et lui sourit de ses lèvres pâles, en ajoutant : « Comme vous, monsieur ! » Et ses yeux bleus parcoururent lentement le corps de Billy, de la tête aux pieds, puis dans le sens inverse.

Sur le palier du deuxième, elle dit :

« Cet étage est à moi. »

Ils grimpèrent au troisième : « Et celui-ci est à vous. Voici votre chambre. J'espère qu'elle vous plaira. »

Elle le fit entrer dans une petite chambre proprette donnant sur la rue. En entrant, elle alluma la lumière.

« Vous avez le soleil toute la matinée, monsieur Perkins. C'est bien monsieur Perkins ?

— Non, madame, dit-il, c'est Weaver.

— Pardon, monsieur Weaver. Comme c'est joli. J'ai mis une bouillotte entre les draps, monsieur Weaver. C'est si agréable, un bon petit dodo propre et chauffé, vous ne trouvez pas ? Et si vous avez froid, vous pouvez allumer le gaz à n'importe quel moment.

— Merci, dit Billy, merci, vous êtes bien aimable. » Il remarqua que le couvre-lit avait été retiré et que les draps et les couvertures avaient été soigneusement repliés d'un côté, prêts à recevoir un client.

« Je suis si heureuse que vous soyez venu, dit-elle, le regardant gravement dans les yeux. Je commençais à m'inquiéter.

— Mais il ne faut jamais vous inquiéter, répondit

gaiement Billy. » Il posa sa valise sur une chaise et s'apprêta à l'ouvrir.

« Excusez-moi, j'avais oublié de vous le deman-der, voulez-vous dîner ? Ou avez-vous pris quelque chose ?

— Je n'ai pas très faim, merci, dit-il. Je crois que je me coucherai le plus tôt possible. Demain, je dois me lever de bonne heure pour aller me présenter au bureau.

— Très bien. Je vous laisse ranger vos affaires. Mais avant de vous coucher, voulez-vous avoir la gentillesse de passer au salon du rez-de-chaussée pour signer le livre ? C'est une chose que tout le monde doit faire, car c'est la loi, et nous tenons à être en règle, n'est-ce pas, dans ce genre de formalités. » Elle lui fit un petit signe amical de la main et sortit rapidement.

« Elle doit avoir l'esprit un peu dérangé, la pauvre femme », pensa Billy, mais cette idée ne l'inquiétait nullement. Car, après tout, elle paraissait inoffen-sive. C'était manifestement une âme bonne et géné-reuse. Peut-être avait-elle eu des malheurs insurmon-tables. Un fils perdu à la guerre par exemple.

Il vida sa valise, se lava les mains et descendit d'un pas alerte au salon du rez-de-chaussée. Sa logeuse ne s'y trouvait pas, mais le feu dansait dans l'âtre et le petit basset dormait toujours au même endroit. La pièce était merveilleusement chaude et douillette. « J'ai une de ces chances », pensa Billy en se frottant les mains.

Le livre d'hôtes l'attendait, ouvert, sur le piano. Il sortit son stylo et inscrivit son nom et son adresse. Deux signatures seulement figuraient au-dessus de la

sienne et, plutôt machinalement, il les lut. La première provenait d'un certain Christopher Mulholland, de Cardiff. La seconde était celle de Gregory
W. Temple, de Bristol.

« C'est drôle », pensa Billy. Christopher Mulholland, cela lui rappelait quelque chose. Où donc avait-
il déjà entendu ce nom plutôt insolite ? Était-ce celui
d'un camarade d'école ? Celui d'un des nombreux
jeunes gens qui faisaient la cour à sa sœur ? Ou bien
celui d'un ami de son père ? Non. Rien de tout cela.
Il examina de nouveau le livre.

CHRISTOPHER MULHOLLAND, 231, RUE DE LA CATHÉ-
DRALE, CARDIFF.

GREGORY W. TEMPLE, 27, ALLÉE DES SYCOMORES,
BRISTOL.

Et à présent, par un fait étrange, le second nom
commençait à lui paraître presque aussi familier que
le premier.

« Gregory Temple », fit-il tout haut, en cherchant
dans sa mémoire, puis : « Christopher Mulholland ? »

« De si charmants garçons », répondit derrière lui
la voix de la logeuse. Il se retourna et la vit qui
s'avançait dans la pièce, portant un service à thé
d'argent. Elle le tenait très haut et bien éloigné
d'elle, comme on tient les rênes d'un cheval fringant.

« Ces deux noms me disent quelque chose, fit
Billy.

— Vraiment ? Comme c'est intéressant !

— Je suis à peu près certain de les avoir entendus
quelque part, n'est-ce pas curieux ? Peut-être les ai-je

lus dans un journal ? N'ont-ils pas été célèbres d'une
façon ou d'une autre ? Je veux dire des joueurs de
cricket ou de football connus, ou quelque chose de ce
genre ?

— Célèbres, fit-elle, en posant son plateau sur une
table basse près du divan ; oh ! non, je ne crois pas
qu'ils aient été célèbres. Mais ils étaient remarquablement beaux tous les deux, cela est certain. Ils
étaient jeunes, grands et très beaux. Exactement
comme vous, cher monsieur. »

Une fois de plus, Billy regarda le livre.

« Tenez, ici, dit-il en désignant les dates d'entrée.
La dernière inscription a environ deux ans.

— Vraiment ?

— Oui. Et celle de Christopher Mulholland lui est
antérieure d'un an. Cela fait à peu près trois ans !

— Ma foi, fit-elle en poussant un délicat petit
soupir, je ne l'aurais jamais cru. Comme le temps
passe vite, n'est-ce pas, monsieur Wilkins ?

— Weaver, rectifia Billy. W-E-A-V-E-R !

— Oh ! excusez-moi, où avais-je la tête ? s'écria-
t-elle en s'installant sur le divan. C'est tout moi,
monsieur Weaver ! Entré par une oreille, sorti par
l'autre !

— Savez-vous, dit Billy, savez-vous pourquoi
cette histoire m'intrigue de plus en plus ?

— Mais non, cher monsieur, comment le saurais-
je ?

— Eh bien, voyez-vous, ces deux noms, Mulholland et Temple, non seulement je crois me souvenir
de chacun d'eux séparément, mais, d'une certaine
manière, je les vois comme liés l'un à l'autre par un
trait d'union. Comme s'ils étaient tous les deux

connus pour une même chose… je ne sais pas si vous voyez ce que je veux dire, comme… eh bien… comme Nungesser et Coli par exemple… ou Churchill et Roosevelt !

— Comme c'est amusant, dit-elle, mais venez donc vous asseoir près de moi ! Vous prendrez bien une petite tasse de thé et du biscuit au gingembre avant d'aller vous coucher ?

— Je suis confus, dit Billy, vous vous donnez vraiment trop de mal. » Il se tenait près du piano et la regardait manier les tasses et les soucoupes. Elle avait de petites mains blanches et agiles aux ongles rouges.

« Je suis presque sûr de les avoir vus dans les journaux, dit-il. Encore une seconde et je m'en souviendrai ! »

Il n'y a rien de plus obsédant qu'une idée qui frôle la mémoire sans vouloir y entrer et Billy détestait déclarer forfait.

« Une minute, fit-il, encore une minute et nous y serons. Mulholland… Christopher Mulholland, n'était-ce pas un étudiant d'Eton qui faisait à pied le tour du Pays de Galles et alors, soudain…

— Du lait ? demanda-t-elle. Et du sucre ?

— Oui, merci. — Et alors, soudain…

— Un étudiant d'Eton ? fit-elle ; oh ! non, cher monsieur, c'est très improbable. *Mon* monsieur Mulholland n'était sûrement pas un étudiant d'Eton quand il est venu chez moi. Il faisait ses grades à Cambridge. Mais venez donc vous asseoir sur le divan et réchauffez-vous à ce joli feu ! Venez, votre thé est prêt. » Elle tapotait la place vide à côté d'elle.

Il traversa lentement la pièce et s'assit sur le bord du divan. Elle lui tendit une tasse.

« Eh voilà, dit-elle. Comme c'est agréable et douillet, n'est-ce pas ? »

Billy se mit à boire son thé à petites gorgées et elle fit de même. Pendant les quelques instants qui suivirent, ils ne parlèrent guère, mais Billy sentait peser sur lui le regard de la dame. Elle était légèrement tournée vers lui. De temps à autre, il respirait une bouffée d'une odeur bizarre qui semblait directement émaner d'elle. Ce n'était pas absolument désagréable et cela aussi lui rappelait quelque chose, mais quoi ? Des noix sèches ? Du cuir neuf ? Ou bien les couloirs d'un hôpital ?

Puis elle rompit le silence : « M. Mulholland était un grand amateur de thé. Jamais de ma vie je n'ai vu quelqu'un en boire autant que ce cher, ce charmant M. Mulholland.

— Je suppose qu'il est parti assez récemment », dit Billy qui n'avait cessé de se casser la tête au sujet des deux noms. Il était sûr à présent de les avoir vus dans les journaux, en première page.

« Parti, fit la dame en arquant les sourcils. Mais, mon cher enfant, il n'est pas parti. Il est toujours ici. M. Temple aussi est ici. Ils sont ensemble, au quatrième étage. »

Billy reposa sa tasse et regarda fixement sa logeuse. Elle lui sourit de nouveau, puis elle avança une main et lui tapota le genou de manière réconfortante. « Quel âge avez-vous, cher enfant ?

— Dix-sept ans.

— Dix-sept ans, s'écria-t-elle, mais c'est l'âge idéal ! M. Mulholland aussi avait dix-sept ans. Mais je crois qu'il était un rien moins grand que vous. Et puis ses dents n'étaient pas TOUT A FAIT aussi blanches que les vôtres. Vous avez les plus belles dents du monde, monsieur Weaver, le saviez-vous ?

— Elles ne sont pas aussi bonnes qu'elles en ont l'air. Par-derrière, elles ont des tas de plombages.

— M. Temple, lui, était un peu plus âgé, dit-elle, sans tenir compte de sa remarque. Il avait vingt-huit ans. Mais je ne lui aurais jamais donné cet âge s'il ne me l'avait pas dit. Son corps n'avait pas la moindre tare !

— La moindre... quoi ?

— Sa peau était douce, douce comme une peau de bébé... »

Il y eut un nouveau silence. Billy reprit une gorgée de thé en attendant d'autres révélations, mais la dame paraissait lointaine et rêveuse. Billy regarda droit devant lui en se mordillant la lèvre inférieure.

« Ce perroquet, dit-il soudain, je m'y étais trompé quand je l'ai aperçu pour la première fois, par la fenêtre ! J'aurais juré qu'il était vivant.

— Hélas ! il ne l'est plus.

— C'est extraordinaire comme c'est adroitement fait, dit-il. Personne ne le croirait mort ! Peut-on savoir qui l'a fait ?

— Moi.

— Vous ?

— Bien sûr, dit-elle. Et mon petit Basile, l'avez-vous vu ? » Elle désigna d'un mouvement de tête le petit basset allemand pelotonné si confortablement devant la cheminée. Billy le regarda et s'aperçut que cet animal était aussi silencieux, aussi immobile que le perroquet. Il étendit une main et lui toucha le haut du dos. Le corps était dur et froid et quand il en écarta les poils, il put voir la peau, sèche et grisâtre, mais parfaitement conservée.

« Bonté divine, fit-il, c'est absolument fascinant ! » Il se détourna du chien et regarda avec admiration la petite femme assise à côté de lui sur le divan. « Cela doit être difficile comme tout de faire un travail pareil !

— Pas le moins du monde, dit-elle. J'empaille moi-même tous mes petits chéris quand ils rendent l'âme. Voulez-vous une autre tasse de thé ?

— Non, merci », dit Billy. Le thé avait un petit goût d'amandes amères qui lui déplaisait plutôt.

« Vous avez bien signé le livre ?

— Mais certainement.

— C'est parfait. Car plus tard, si un jour j'oublie votre nom, je peux toujours descendre pour le retrouver. Comme je fais presque tous les jours pour M. Mulholland et monsieur...

— Temple, dit Billy. Gregory Temple. Pardonnez ma question, mais n'avez-vous pas eu d'autres pensionnaires que ces deux messieurs, pendant ces dernières années ? »

Tenant bien haut sa tasse de thé, elle inclina légèrement la tête, le regarda du coin de l'œil et lui fit un de ses charmants petits sourires :

« Mais non, mon cher petit monsieur. Rien que vous. »

William et Mary

William Pearl ne laissa que très peu d'argent en mourant et, à l'exception de quelques petits legs destinés à des parents, tous ses biens allaient à son épouse.

Tout fut réglé rapidement au bureau du notaire. Puis la veuve se leva pour prendre congé. Le notaire tira alors du dossier qui se trouvait devant lui une enveloppe cachetée et la tendit à sa cliente.

« J'ai été chargé de vous remettre ceci, dit-il. Votre mari nous l'a fait parvenir peu de temps avant sa mort. » Le notaire paraissait blême et navré et, en signe de respect pour la veuve, il gardait la tête penchée, les yeux baissés. « Cela doit être personnel, madame. Sans doute préférerez-vous la lire lorsque vous serez seule chez vous. »

Mme Pearl prit l'enveloppe et sortit. Dans la rue, elle s'arrêta pour palper l'objet du bout des doigts. Une lettre d'adieu de William ? Sans aucun doute. Une lettre cérémonieuse. Cérémonieuse, elle l'était obligatoirement. Et guindée. Car cet homme n'avait jamais pu agir autrement. Il n'avait jamais rien fait d'incorrect de sa vie.

« Ma chère Mary, j'espère que mon départ de ce monde ne vous bouleversera pas trop et que vous continuerez à observer les préceptes qui vous ont été de si bons guides durant toute notre vie à deux. Soyez digne et raisonnable en toutes circonstances. Soyez économe. Prenez soin de ne jamais, etc., etc. »

Une lettre dans le style de William.

Ou bien aurait-il craqué au dernier moment ? Pour lui écrire quelque chose de beau, d'humain, d'émouvant ? Était-ce un tendre message, une sorte de lettre d'amour pleine de regrets et de reconnaissance, la remerciant de lui avoir donné trente années de sa vie, de lui avoir repassé un million de chemises, cuisiné un million de repas, de lui avoir fait un million de lits, une lettre qu'elle pourrait lire et relire tous les jours et qu'elle garderait dans sa boîte à bijoux, sur sa coiffeuse.

« Il est difficile d'imaginer les sentiments d'un homme qui est sur le point de mourir », se dit Mme Pearl. Elle serra l'enveloppe sous le bras et pressa le pas.

Rentrée chez elle, elle se dirigea tout droit vers la salle de séjour. Sans même enlever son chapeau ni son manteau, elle s'assit sur le sofa, ouvrit l'enveloppe et examina son contenu. Elle trouva quinze ou vingt feuilles de papier blanc réglé, retenues par une agrafe et que couvrait la petite écriture ferme et serrée aux lignes descendantes qui lui était si familière. Mais lorsqu'elle vit la densité du texte, le ton sec, l'introduction dépourvue de gentillesse, elle ne put s'empêcher de devenir soupçonneuse.

Elle leva les yeux. Puis elle alluma une cigarette, en tira une bouffée et la laissa dans le cendrier.

« Si c'est au sujet de ce que je pense, se dit-elle, je préfère ne pas la lire. »

Mais peut-on refuser de lire une lettre posthume ?

Oui.

Bien...

Son regard se posa sur le fauteuil vide de William, de l'autre côté de la cheminée. Un grand fauteuil de cuir marron. Au milieu, le creux qu'avait fait son séant au cours des ans. Plus haut, sur le dossier, une tache sombre et ovale, là où il avait coutume de poser sa tête quand il lisait tandis qu'elle s'asseyait sur le sofa, en face de lui, pour recoudre des boutons, raccommoder des chaussettes ou poser une pièce au coude d'une de ses vestes. De temps à autre, il levait sur elle un regard, attentif, certes, mais étrangement impersonnel, comme s'il calculait quelque chose. Elle n'avait jamais beaucoup aimé ses yeux. Ils étaient d'un bleu de glace, petits, plutôt rapprochés, séparés par deux profonds traits verticaux et désapprobateurs. Ils n'avaient jamais cessé de la guetter. Et même maintenant qu'elle était seule depuis huit jours, elle les sentait encore parfois péniblement présents, et qui la suivaient partout, et qui la fixaient depuis la porte, depuis les chaises vides, ou même par la fenêtre, la nuit.

Lentement, elle tira de son sac une paire de lunettes et les chaussa. Puis, à la lueur du soleil couchant, elle se mit à lire :

« Cette note, ma chère Mary, est pour vous seule et vous sera remise peu après ma mort.

« Ne vous alarmez pas à la vue de toutes ces pages. Je tente simplement de vous faire comprendre ce que Landy va faire de moi, quels sont ses principes, ses espoirs, et pourquoi j'ai donné mon accord. Vous êtes ma femme et comme telle, vous ne devez pas ignorer ces choses. Au cours des derniers jours, j'ai essayé vainement de vous parler de Landy, mais vous refusiez obstinément de m'écouter. Comme je vous l'ai déjà fait remarquer, c'est là une attitude stupide et qui ne me paraît pas absoluement dépourvue d'égoïsme. Elle est due en grande partie à votre ignorance, et je suis persuadé que si vous aviez connu tous les faits, vous auriez aussitôt changé d'avis. C'est pourquoi j'espère que, lorsque je ne serai plus là et que votre esprit sera moins absorbé, vous consentirez à m'écouter avec plus d'attention à travers ces pages. Je suis certain que, lorsque vous aurez lu mon récit, votre antipathie s'évanouira pour faire place à l'enthousiasme. J'ose même espérer que vous éprouverez un peu de fierté.

« Il faut que vous me pardonniez, si vous le voulez bien, la froideur de mon style, mais c'est la seule manière que je connaisse de vous transmettre clairement mon message. Voyez-vous, à mesure que ma fin approche, je sens naître en moi toutes sortes de sentiments. Chaque jour, mon désenchantement se fait plus violent, surtout le soir, et si je ne me surveille pas rigoureusement, mes émotions iront jusqu'à inonder ces pages.

« Je désire, par exemple, écrire quelque chose sur vous, pour dire quelle épouse satisfaisante vous avez été pour moi pendant toutes ces années. Et je me promets que, si je trouve encore le temps et la force de le faire, je le ferai.

« J'aspire aussi à parler de cet Oxford où j'ai vécu et enseigné durant les dernières dix-sept années.

J'aimerais dire ce que signifie pour moi la gloire de ce
haut lieu, exprimer l'émotion que j'éprouve à l'idée
d'avoir eu l'honneur d'y travailler. Toutes les choses,
tous les endroits que j'ai aimés me reviennent
maintenant, entre ces tristes murs. Les images sont
belles et pleines de clarté, et aujourd'hui, je ne sais
pour quelle raison, je les revois avec plus de netteté
que jamais. Le sentier qui longe le lac de Worcester
College et où Lovelace avait coutume de se promener. Le portail de Pembroke. Le panorama qu'on
découvre du haut de la tour Magdalen. Le grand
vestibule de Christchurch. Le petit jardin de rocaille
de St. Johns où j'ai compté plus de douze variétés de
campanules, dont la rare et précieuse C. Waldstei-
niana. Eh bien, vous voyez? Je n'ai même pas
commencé mon récit et me voilà qui tombe déjà dans
le piège. Je vais donc commencer maintenant. Lisez
lentement, ma chère, et chassez la tristesse, la
désapprobation, enfin tout sentiment qui pourrait
vous empêcher de comprendre. Oui, promettez-moi
de lire lentement, dans un état d'esprit dépourvu.
d'impatience et d'inquiétude.

« Les détails de la maladie qui m'a terrassé dans la
force de l'âge vous sont connus. Inutile de perdre du
temps pour en parler, ne serait-ce que pour admettre
que j'ai été stupide de n'avoir pas consulté plus tôt
mon médecin. De nos jours, le cancer est une des
rares maladies qui résistent aux médicaments nouveaux. Il peut être opéré s'il n'est pas encore trop
étendu. Mais, en ce qui me concerne, non seulement
je l'avais signalé trop tard, mais la chose a eu le
toupet de m'attaquer au pancréas, ce qui rendait
impossible et l'opération et la survie.

« Voilà donc où j'en étais : il me restait un à six mois à vivre et je devenais plus mélancolique à chaque heure lorsque, tout à coup, survint Landy.

« C'était il y a six semaines, un mardi matin, très tôt, bien avant l'heure de votre visite, et lorsque je le vis entrer, je sentis qu'il avait quelque chose de peu ordinaire à me dire. Il ne marchait pas sur la pointe des pieds, embarrassé et bredouillant comme tous mes autres visiteurs. Il entra, fort, décidé, souriant, s'approcha à grands pas de mon lit, me regarda de ses yeux brillants et dit : « William, mon vieux, c'est parfait. Vous êtes exactement ce qu'il me faut. »

« Je dois peut-être vous apprendre que, bien que John Landy ne soit jamais venu chez nous, et que vous l'ayez vu rarement, sinon jamais, nous sommes amis depuis neuf ans au moins. Certes, je suis avant tout professeur de philosophie, mais comme vous le savez, il m'est également arrivé de patauger dans la psychologie un bon moment. C'est pourquoi les préoccupations de Landy ne sont pas étrangères aux miennes. C'est un remarquable neurochirurgien, un des meilleurs. Récemment encore, il a eu la gentillesse de me laisser étudier les résultats de quelques-uns de ses travaux, surtout les divers effets de lobectomie préfrontale sur quelques types de psychopathes. Donc, vous voyez que, lorsqu'il a surgi dans ma chambre ce mardi matin, nous n'étions nullement des inconnus l'un pour l'autre.

« — Écoutez, dit-il, approchant une chaise de mon lit. Dans quelques semaines vous serez mort. Vrai ?

« Venant de Landy, la question n'avait rien de brutal. D'une certaine manière, il était même réconfortant de voir quelqu'un d'assez courageux pour aborder le sujet défendu.

« — Vous allez mourir ici dans cette chambre. Puis on vous emmènera pour vous incinérer.

« — M'enterrer, dis-je.

« — C'est encore pire. Et ensuite ? Pensez-vous aller au ciel ?

« — J'en doute, dis-je. Il serait pourtant agréable d'y croire.

« — Ou en enfer peut-être ?

« — Je ne vois vraiment pas pourquoi on m'y enverrait.

« — On ne sait jamais, mon cher William.

« — Pourquoi parler de tout cela ?

« — Eh bien, dit-il sans me quitter des yeux, c'est que, personnellement, je ne crois pas que vous puissiez jamais entendre parler de vous après votre mort... à moins que... »

Il s'arrêta, sourit et se pencha plus près : « ... à moins que vous ayez le bon sens de vous remettre entre mes mains. Pourriez-vous envisager d'examiner une proposition ? »

Vu la façon dont il me fixait, me jaugeait, me prenait à partie avec une sorte de violence, j'aurais pu me croire un morceau de bœuf de première qualité qu'il venait d'acheter et qui, posé sur le comptoir, attendait d'être enveloppé.

« — Je ne plaisante pas, William. Pourriez-vous examiner une proposition ?

« — Mais je ne vois pas où vous voulez en venir !

« — Je vais justement vous le dire. M'écouterez-vous ?

« — Je veux bien, allez-y si vous y tenez. Au point où j'en suis, je n'ai rien à y perdre.

« — Au contraire, vous y gagnez beaucoup. Vous y gagnerez. Surtout *après votre mort.*

« A ces mots, il s'attendait sans aucun doute à me voir sursauter, mais pour je ne sais quelle raison, je n'éprouvai pas de réelle surprise. Je demeurai allongé, calme et immobile, sans cesser de regarder son visage où un sourire narquois retroussait lentement le coin gauche de la lèvre supérieure, découvrant quelques dents en or.

« — La chose qui nous intéresse ici, William, j'y ai travaillé pendant des années. En collaboration avec quelques collègues, surtout avec Morrison, j'ai réussi une série d'expériences sur des cobayes. Je suis maintenant en état de pouvoir expérimenter sur un être humain. C'est une grande idée. A première vue, elle peut paraître insolite, j'en conviens, mais au point de vue chirurgical, rien ne semble s'opposer à ce qu'elle soit praticable.

« Landy se pencha plus avant et posa ses deux mains sur le bord de mon lit. Il avait une bonne tête, une belle tête tout en os et son regard n'était pas celui d'un médecin ordinaire. Vous savez, ce regard qu'ils ont presque tous, et d'où jaillit un petit éclair électrique qui veut dire : « Je suis le seul à pouvoir vous sauver. » Les yeux de Landy étaient vastes et vivants, pleins d'étincelles animées.

« — Il y a longtemps déjà, dit-il, j'ai vu un film. Un court métrage importé de Russie. C'était plutôt macabre, mais fort intéressant. On y voyait la tête d'un chien complètement séparée du corps, mais le sang continuait à circuler normalement par les veines et les artères à l'aide d'un cœur artificiel. Eh bien, voilà : cette tête de chien sans corps, posée sur une espèce de plateau, était VIVANTE. Le cerveau fonctionnait. Plusieurs expériences le prouvaient. Par exemple, quand on barbouillait le museau du chien de nourriture, la langue sortait pour la lécher. Et les yeux suivaient une personne qui se déplaçait dans la pièce.

« Il en résultait donc logiquement que la tête et le cerveau n'ont pas besoin d'être reliés au corps pour rester en vie — pourvu, évidemment, qu'une provision de sang correctement oxygéné puisse être maintenue en circulation.

« C'est ce film qui m'avait donné l'idée de retirer le cerveau d'un crâne humain et de le garder vivant et en parfait état de fonctionnement comme une unité indépendante et pour un temps illimité, après la mort de l'homme. VOTRE cerveau, par exemple, après VOTRE mort.

« — Cette idée me déplaît, dis-je.

« — Ne m'interrompez pas, William, laissez-moi terminer. Toutes les expériences précédentes prouvent que le cerveau est un organe qui s'entretient remarquablement lui-même. Il secrète son propre liquide cérébro-spinal. Les processus magiques de la pensée et de la mémoire qui prennent naissance à l'intérieur ne sont manifestement pas compromis par l'absence des membranes, ou du coffre, ou même du crâne pourvu que, comme je le disais, vous ayez soin de l'alimenter suffisamment en sang oxygéné, dans des conditions naturelles.

« Mon cher William, pensez un peu à votre cerveau. Il est en parfait état. Il est empli de ce que

vous avez passé une vie à apprendre. De longues
années de travail ont été nécessaires pour en faire ce
qu'il est. Et il commence seulement à fournir des
idées originales de premier ordre. Doit-on le laisser
mourir avec le reste de votre corps, tout simplement
parce que votre sale petit pancréas est pourri par le
cancer ?

« — Non, merci, lui ai-je dit alors. Cela suffit.
Cette idée me répugne. Et même si vous pouviez la
réaliser, ce qui me paraît douteux, ce serait sans
aucune utilité. A quoi bon garder mon cerveau vivant
si je ne peux ni parler ni voir, ni entendre ni sentir ?
Pour ma part, je ne puis rien imaginer de plus
affreux.

« — Je crois que vous seriez capable de communiquer avec nous, dit Landy. Et nous pourrions même
parvenir à vous donner une part de vision. Mais
n'allons pas trop vite. J'y reviendrai plus tard.
Partons du fait que vous allez mourir bientôt quoi
qu'il arrive. Et je n'ai aucunement l'intention de vous
toucher AVANT que vous ne soyez mort. Allons,
William. Aucun véritable philosophe ne peut refuser
de léguer son corps à la science !

« — Quelque chose dans vos propos me semble
manquer de précision, répondis-je. Il me semble qu'il
subsiste un doute sur mon état de mort ou de vivant
quand vous en aurez fini avec moi.

« — Eh bien, dit-il avec un petit sourire, je crois
que vous avez raison. Mais vous ne devriez pas
discuter sur ce point avant d'en savoir un peu plus
long.

« — Je refuse d'en entendre parler davantage, je
vous l'ai déjà dit.

« — Prenez une cigarette, dit-il en me présentant son étui.

« — Je ne fume pas, vous le savez bien.

« Lui-même en alluma une avec un petit briquet en argent, pas plus grand qu'une pièce d'un shilling. « Un cadeau des gens qui me fabriquent mes instruments, dit-il. C'est ingénieux, n'est-ce pas ? »

« J'examinai le briquet, puis le lui rendis.

« — Je continue ? demanda-t-il.

« — Je n'y tiens pas du tout.

« — Pas d'histoires, restez tranquille et écoutez. Je suis sûr que vous finirez par vous y intéresser beaucoup.

« Il y avait un peu de raisin noir sur un plat, près de mon lit. Je posai le plat sur ma poitrine et me mis à manger le raisin.

« — Au moment même de la mort, dit Landy, je devrai être près de vous pour pouvoir intervenir aussitôt afin de faire le nécessaire pour garder votre cerveau vivant.

« — Vous voulez dire : vivant dans la tête ?

« — Pour commencer, oui. C'est indispensable.

« — Et où le mettriez-vous ensuite ?

« — Si vous désirez le savoir, dans une sorte de cuvette.

« — Vous parlez sérieusement ?

« — Mais certainement. Je n'ai jamais été plus sérieux.

« — Bon, continuez.

« — Je suppose que vous savez que lorsque le cœur s'arrête et que le cerveau est privé de sang frais et d'oxygène, ses tissus meurent très vite, en quatre à six minutes environ. Même au bout de trois minutes, ils peuvent s'abîmer. Aussi dois-je intervenir très rapidement pour éviter cela. Mais, à l'aide de la machine, tout devrait être très simple.

« — Quelle machine ?

« — Le cœur artificiel. Nous avons reproduit ici l'original conçu par Alexis Carrel et Lindbergh. Il oxygène le sang, conserve sa température et sa tension normales et ainsi de suite. Ce n'est pas compliqué du tout.

« — Dites-moi ce que vous feriez au moment de la mort, dis-je. Par quoi commenceriez-vous ?

« — Avez-vous des notions du système vasculaire du cerveau ?

« — Non.

« — Alors, écoutez-moi. Ce n'est pas difficile. Le sang est fourni au cerveau par deux sources principales, les artères carotides internes et les artères cérébrales. Il y en a deux de chacune, cela fait quatre artères en tout. Compris ?

« — Oui.

« — Quant au système de retour, il est plus simple encore. Le sang est emmené par deux grandes veines seulement, les jugulaires internes. Donc, vous avez quatre artères qui montent — le long du cou naturellement — et deux veines qui descendent. A la hauteur du cerveau, elles se divisent naturellement en d'autres canaux, mais cela ne nous concerne plus. Nous n'y touchons jamais.

« — Bon, dis-je. Imaginez que je viens de mourir. Qu'allez-vous faire ?

« — Je vous ouvre immédiatement le cou et je localise les quatre artères. Dans chacune, je plante une grosse aiguille creuse. Ces quatre aiguilles sont reliées par des tubes au cœur artificiel.

« Puis je me hâte de sectionner simultanément les veines jugulaires internes gauche et droite et je les relie également au cœur artificiel pour compléter le circuit. Ensuite nous mettons en marche la machine qui contient déjà une quantité du type de sang nécessaire, et vous voilà prêt. Le fonctionnement de votre cerveau est rétabli.

« — Je serais comme ce chien russe.

« — Je ne le pense pas. C'est que vous aurez certainement perdu conscience en mourant, et je doute fort que vous reveniez à vous avant un très long temps — si toutefois vous y revenez jamais. Mais, conscient ou non, avouez que vous serez dans une situation plutôt intéressante, n'est-ce pas ? Vous aurez un corps mort, froid, et un cerveau vivant !

« Landy se tut pour savourer cette délicieuse perspective. Il était si enthousiasmé par cette idée que, de toute évidence, il ne lui venait même pas à l'esprit que je puisse ne pas partager ses sentiments.

« — Après quoi, nous pourrions nous permettre de prendre notre temps, poursuivit-il. Et, croyez-moi, nous en aurions besoin. La première chose à faire serait alors de vous transporter à la salle d'opérations, accompagné naturellement de la machine qui ne doit jamais vous quitter. Le problème suivant...

« — Bon, dis-je. Cela suffit. Je ne cherche pas à connaître les détails.

« — Mais si, vous devez les connaître. Vous ne devez pas ignorer ce qui vous arrivera au cours de l'opération. Car, vous savez, par la suite, quand vous

aurez repris conscience, il sera beaucoup plus rassurant pour vous de pouvoir vous rappeler où vous êtes
et COMMENT vous y êtes venu. Vous devez le savoir,
ne serait-ce que pour la paix de votre esprit. D'accord ?

« Je ne bougeai pas.

« — Donc le problème suivant serait de retirer
votre cerveau intact et sans dommages de votre corps
inerte. Le corps est inutile. En fait, il a déjà
commencé à pourrir.Le crâne et la figure sont
également hors d'usage. Ils sont tous deux encom-
brants et personne n'en voudra plus. Tout ce que je
voudrai, c'est le cerveau, le beau cerveau propre,
vivant, parfait. Alors, quand vous serez sur la table,
je prendrai une scie, une petite scie mécanique, et je
ferai ainsi sauter toute la boîte crânienne. Comme
vous serez encore complètement inconscient, l'anes-
thésie sera inutile.

« — Inutile ? Et qu'en savez-vous ? dis-je.

« — Vous serez de bois, William, je vous le
promets. N'oubliez pas que vous êtes MORT depuis
quelques minutes.

« — On ne me sciera pas le crâne sans anesthésique, lui fis-je remarquer.

« Landy haussa les épaules. « Pour moi, vous
savez, cela ne fait aucune différence. Je veux bien
vous donner un peu de procaïne, pour vous faire
plaisir. Je vous injecterai même de la procaïne plein
le crâne, en partant du cou, pour vous être agréable.

« — Merci, vous êtes gentil, dis-je.

« — Vous savez, poursuivit-il, c'est extraordinaire, les histoires qui arrivent quelquefois. Tenez, la
semaine dernière, on m'amène un type inconscient,

je lui ouvre le crâne sans aucun anesthésique pour lui enlever un caillot de sang. Je suis encore en train de fouiller l'intérieur du crâne quand il se réveille et se met à parler.

« — Où suis-je ? fait-il.

« — A l'hôpital.

« — Ah ? Comme c'est drôle.

« Je lui demande si cela l'ennuie ce que je suis en train de lui faire.

« — Non, me dit-il, pas du tout. Que me faites-vous au juste ?

« — J'enlève seulement un caillot de sang dans votre cerveau.

« — Un QUOI ?

« — Un caillot de sang. Ne bougez pas. J'ai presque fini.

« — Alors, c'est cette saleté qui me donnait tous ces maux de tête...

« Landy s'arrêta et sourit en se rappelant son histoire. « C'est exactement ce qu'il m'a dit, le bonhomme. Vrai, le lendemain il ne se souvenait même plus de l'incident. C'est un drôle de truc, le cerveau.

« — Vous me donnerez de la procaïne, dis-je.

« — Comme vous voudrez, William. Où en étions-nous déjà ? Ah ! bon. Je prendrai donc une scie et je vous enlèverai soigneusement la boîte crânienne. J'aurai ainsi dégagé la partie supérieure de votre cerveau, c'est-à-dire la méninge extérieure. Je ne sais pas si vous savez qu'un cerveau a trois enveloppes, l'extérieure appelée dure-mère, celle du milieu qu'on appelle arachnoïde, et enfin celle de l'intérieur, la pie-mère. Car la plupart des gens ont

l'air de croire que le cerveau est une masse nue qui
flotte dans un liquide. Il n'en est rien. Le cerveau est
enveloppé soigneusement dans ses méninges et le
liquide cérébro-spinal coule dans un petit espace,
entre les deux méninges internes, connu sous le nom
d'espace subarachnoïde. Comme je vous l'ai déjà dit,
ce liquide est sécrété par le cerveau, et il pénètre le
système veineux par osmose.

« Je vous laisserai vos trois méninges — n'ont-elles
pas de jolis noms ? — je n'y toucherai pas. Il y a à
cela plusieurs raisons, la moindre n'étant pas le fait
que les canaux veineux parcourent la dure-mère,
drainant le sang vers la jugulaire.

« Maintenant, poursuivit-il, nous avons enlevé la
partie supérieure du crâne et dégagé le haut du
cerveau enveloppé dans ses méninges. L'étape suivante, c'est de la finasserie. Il s'agit de libérer tout le
paquet, le plus proprement possible, en laissant les
bouts des quatre artères et des deux veines pendre
par en dessous afin qu'ils puissent être reconnectés à
la machine. C'est une opération longue et délicate et
qui a pour but d'extirper de nombreux os, de
sectionner de nombreux nerfs, de couper et de nouer
de nombreux vaisseaux sanguins. Le seul moyen
d'avoir quelque espoir de succès serait de prendre un
grattoir et d'arracher lentement le reste de votre
crâne en l'épluchant comme une orange jusqu'à ce
que le cerveau soit entièrement dégagé. Les problèmes soulevés sont strictement techniques et je ne les
développerai pas davantage, mais je suis profondément convaincu que ce travail peut être fait. Ce n'est
qu'une question de dextérité chirurgicale et de
patience. Et n'oubliez pas que j'aurai tout mon

temps, vu la présence du cœur artificiel qui ne cessera de fournir le sang afin de garder le cerveau en vie.

« Maintenant, supposons que nous avons réussi à éplucher votre crâne et à dégager le cerveau. Il reste alors relié au corps à la base, principalement par la moelle épinière et par les deux grandes veines et les quatre artères. Alors, qu'allons-nous faire ?

« Je sectionnerai la moelle épinière sous la première vertèbre cervicale, en prenant grand soin de ne pas endommager les deux artères cérébrales qui se trouvent dans cette région. Mais n'oubliez pas que la dure-mère ou méninge externe est ouverte à cet endroit pour recevoir la moelle épinière. Je dois donc recoudre les bords de la dure-mère pour fermer l'ouverture. Là, pas de problème.

« Puis, c'est la dernière étape. Sur la table, j'aurai un bassin de forme spéciale, contenant ce que nous appelons la solution de Ringer. Alors je libère complètement le cerveau en sectionnant les artères et les veines. Puis je le prends simplement dans mes mains pour le déposer dans le bassin. Ce serait le seul moment de l'opération où le flux de sang serait interrompu. Mais une fois dans le bassin, je ne mettrais qu'un instant à relier les artères et les veines au cœur artificiel.

« Nous y voilà. Votre cerveau est maintenant dans le bassin. Il est vivant et rien ne s'oppose à ce qu'il reste vivant pendant de longues années, pourvu que nous surveillions le sang et la machine.

« — Mais est-ce qu'il fonctionnerait ?

« — Comment le saurais-je, mon cher William ? Je ne puis même pas vous dire si vous reprendrez jamais conscience.

« — Et si cela arrivait ?

« — Alors là ! Ce serait fascinant !

« — Vous croyez ? dis-je sans trop de conviction.

« — Mais bien sûr ! Être là, en possession de toute votre intelligence, de toute votre mémoire...

« — Et ne pouvoir ni entendre, ni voir, ni sentir, ni parler, dis-je.

« — Tiens, s'écria-t-il. Je savais bien que j'oubliais quelque chose ! Je ne vous ai pas encore parlé de l'œil. Écoutez-moi. Je tenterai de laisser l'un de vos nerfs optiques intact, ainsi que l'œil lui-même. C'est tout petit, le nerf optique, l'épaisseur d'un thermomètre, cinq centimètres de long. Il relie le cerveau à l'œil. Ce qui est étrange, c'est que ce n'est même pas un nerf. C'est une poche extérieure du cerveau et de la dure-mère dont elle suit le contour pour atteindre le globe de l'œil. L'envers de l'œil est ainsi en contact très proche avec le cerveau et le liquide cérébro-spinal est à sa portée.

« Tout cela ne fait que servir ce qui nous intéresse et permet de penser qu'il me serait possible de conserver l'un de vos yeux. J'ai déjà construit une petite capsule en plastique pour y introduire le globe de l'œil. Cette capsule remplacera l'orbite et quand le cerveau sera dans le bassin, baignant dans la solution de Ringer, l'œil, dans sa capsule, flottera à la surface du liquide.

« — En regardant fixement le plafond, dis-je.

« — Oui, je suppose. Car, faute de muscle, il ne lui sera guère possible de bouger. Mais ce doit être déjà amusant en soi d'être là, confortablement installé dans un bassin, à scruter le monde.

« — Cela doit être tordant, en effet, dis-je. Et

pourquoi pas une oreille, pendant que nous y sommes ?

« — J'aimerais mieux ne pas m'attaquer à l'oreille cette fois-ci.

« — Je veux une oreille, lui dis-je. J'y tiens absolument.

« — Impossible.

« — Je veux écouter du Bach.

« — Vous ne pouvez pas comprendre à quel point ce serait difficile, dit doucement Landy. L'appareil auditif est un mécanisme bien plus délicat que l'appareil visuel. De plus, il est encastré dans un os qu'une partie du nerf auditif relie au cerveau. Il me serait impossible de détacher cet ensemble tout en le laissant intact.

« — Ne pourriez-vous pas le laisser dans son os et transporter l'os dans le bassin ?

« — Non, répondit-il avec fermeté. La chose est déjà assez compliquée comme ça. Et de toute manière, si votre œil fonctionne, l'audition n'a pas une telle importance. Nous pourrons communiquer avec vous par des messages écrits. Il faut absolument que vous me laissiez décider de ce qui est possible et de ce qui ne l'est pas.

« — Je n'ai pas encore donné mon accord.

« — Je sais, William, je sais.

« — Et je suis loin encore d'être familiarisé avec cette idée.

« — Vous préférez être mort tout à fait ?

« — Peut-être. Je ne sais pas encore. Je ne pourrais pas parler, n'est-ce pas ?

« — Bien sûr que non.

« — Alors, comment communiquerais-je avec vous ? Comment sauriez-vous si je suis conscient ?

« — Il nous serait facile de le savoir, dit Landy. Un électro-encéphalographe ordinaire pourrait nous le dire. Nous attacherions les électrodes directement aux lobes frontaux de votre cerveau.

« — Et vous êtes sûr d'y arriver ?

« — Absolument. Ce travail peut être pratiqué dans n'importe quel hôpital.

« — Mais MOI je ne pourrais pas communiquer avec VOUS !

« — Eh bien, dit Landy, je crois que vous le pourriez. Il y a à Londres un homme appelé Wertheimer qui a entrepris un travail intéressant sur la communication de la pensée et j'ai pris contact avec lui. Vous savez certainement qu'un cerveau en action émet des décharges électriques et chimiques ? Et que ces décharges sont en forme d'ondes, un peu comme les ondes de radio ?

« — J'en ai entendu parler, dis-je.

« — Eh bien, ce Wertheimer a mis au point un appareil assez semblable à l'encéphalographe, mais beaucoup plus sensible, et il affirme que cet appareil lui permet d'interpréter instantanément les pensées d'un cerveau. Il produit une sorte de graphique traduisible, paraît-il, en langage intelligible. Voulez-vous que je demande à Wertheimer de venir vous voir ?

« — Non, dis-je. Landy avait l'air de croire que l'affaire était dans le sac et je lui en voulais. Maintenant, lui dis-je, il vaut mieux que vous me laissiez seul. Vous n'obtiendrez rien en cherchant à me brusquer.

« Il se leva aussitôt pour se diriger vers la porte.

« — Une question, dis-je alors.

« Il s'arrêta, la main sur la poignée. « Oui, William ?

« — Simplement ceci. Croyez-vous sincèrement que mon cerveau, une fois dans le bassin, fonctionnera exactement comme il le fait à présent ? Le croyez-vous capable de penser et de raisonner comme je le fais, moi, actuellement ? Et ma mémoire, n'en souffrirait-elle pas ?

« — Je n'ai aucune raison de penser le contraire, répondit-il. C'est le même cerveau. Il est vivant. Il n'est pas abîmé. Personne n'y aura touché. Nous n'aurons même pas ouvert la dure-mère. Nous aurons seulement — et là est la grande différence — coupé tous les nerfs qui en partaient, à l'exception du nerf optique, ce qui signifie que votre pensée ne sera plus perturbée par les sens. Vous vivrez dans un monde extrêmement limpide et détaché de tout. Rien ne pourra vous gêner, pas même la douleur. Vous serez même incapable d'en éprouver puisque vous n'aurez plus de nerfs pour la transmettre. Dans un sens, ce sera une situation idéale. Pas d'ennuis, pas de craintes, pas de douleurs physiques. Ni faim ni soif. Et même aucun désir. Rien que votre mémoire et vos pensées, et si l'œil qui vous reste est en bon état, rien ne vous empêchera de lire des livres. Tout cela me paraît plutôt agréable.

« — Vraiment ?

« — Vraiment, William. Et surtout pour un philosophe. Ce serait une expérience passionnante. Vous pourriez méditer sur tous les problèmes du monde avec un détachement et une sérénité jamais atteints auparavant par aucun homme. Et qui sait ? Vous pourriez avoir de grandes pensées, trouver des solutions idéales, des idées de génie qui révolutionneraient notre façon de vivre ! Essayez donc d'imaginer le degré de concentration que vous seriez capable d'atteindre !

« — Et la frustration, dis-je.

« — C'est insensé. Il n'y aurait pas de frustration. Vous ne pouvez ressentir de frustration sans désir, et vous n'éprouverez aucun désir. Aucun désir physique, en tout cas.

« — Je pourrais me souvenir de ce que fut ma vie, et désirer y revenir.

« — Revenir, dans cette saloperie ? Sortir de votre bassin douillet pour revenir dans ce bordel !

« — Une autre question, dis-je. Combien de temps pensez-vous pouvoir le maintenir vivant ?

« — Le cerveau ? Qui sait ? Pour de très nombreuses années peut-être. Les conditions seraient idéales, grâce au cœur artificiel qui supprimerait les principales causes de détérioration. La tension artérielle serait égale constamment, ce qui est impossible dans une vie réelle. La température aussi serait invariable. La composition chimique du sang serait à peu près parfaite. Pas d'impuretés, pas de virus, pas de bactéries, rien. Bien sûr, c'est une idée folle, mais je crois que, dans ces conditions, un cerveau pourrait vivre deux ou trois cents ans. Au revoir, cette fois, dit-il, je vous quitte, nous nous reverrons demain. Et il partit aussitôt, me laissant dans un état d'esprit que vous imaginerez sans peine.

« Ma première réaction après son départ fut une invincible répugnance. Car l'histoire, d'une manière ou d'une autre, était déplaisante. Je ne pouvais pas ne pas éprouver de dégoût à l'idée d'être réduit, tout en gardant mes facultés mentales intactes, à une petite masse grisâtre flottant dans un peu d'eau. C'était monstrueux, obscène, impie. Ce qui m'ennuyait tout autant, c'était le sentiment d'impuissance que je connaîtrais, une fois dans mon bassin. Car alors, plus le moyen de revenir en arrière, de protester ou d'expliquer quoi que ce soit. Je serais condamné à subir cet état de choses aussi longtemps qu'ils seraient capables de me garder vivant.

« Et qu'arriverait-il si la chose devenait insupportable ? Atrocement douloureuse ? Si je devenais hystérique ?

« Pas de jambes pour me sauver. Pas de voix pour hurler. Je devrais me contenter de supporter tout cela en grimaçant pendant les deux siècles à venir.

« Et alors, même pas de bouche pour grimacer.

« A ce moment, il me vint une curieuse pensée : Une jambe coupée, ne peut-elle pas faire mal encore ? Un amputé ne dit-il pas à son infirmière que les doigts de pieds qu'il n'a plus le démangent à le rendre fou, ou autre chose du même genre ? Si mes souvenirs sont exacts, j'en ai entendu parler assez récemment encore.

« Voilà. Mon idée, c'est que mon cerveau, tout seul dans son bassin, pourrait encore avoir mal à ce corps qu'il aurait perdu. Dans ce cas, tous mes maux physiques, toutes mes souffrances actuelles pourraient revenir et me submerger. Et je ne pourrais même pas prendre un cachet d'aspirine pour me soulager. Ainsi, je pourrais imaginer d'avoir une crampe douloureuse dans la jambe, ou une violente indigestion. Une autre fois, j'imaginerais que ma pauvre vessie — vous me connaissez — est si pleine qu'elle va éclater si je ne peux aller la vider immédiatement.

« Ah ! non, pas cela, mon Dieu !

« Je suis resté ainsi longtemps en compagnie de mes horribles pensées. Puis soudain, vers midi, mon humeur changea. Les aspects déplaisants de cette affaire m'atteignaient déjà moins et je me sentis capable d'examiner les propositions de Landy avec plus de lucidité. N'était-il pas, après tout, me demandai-je, plutôt réconfortant de penser que mon cerveau survivrait à mon corps qui, lui, va mourir dans quelques semaines ? Oui, c'était en effet réconfortant. Car je suis plutôt fier de mon cerveau. C'est un organe sensible, équilibré, magistral. Il contient un éventail prodigieux de dates et de faits. En plus, il est capable d'imagination et de raisonnement. Un beau cerveau, je l'admets, bien que j'en sois le propriétaire. Quant à mon corps, ce pauvre vieux corps dont Landy cherche à se débarrasser, — voyons, ma chère Mary, vous conviendrez avec moi qu'il ne vaudra vraiment pas la peine d'être conservé plus longtemps.

« J'étais allongé sur le dos, en train de manger du raisin qui, du reste, était délicieux. Je retirai de ma bouche trois petits pépins et les déposai sur le bord du plat.

« J'accepterai, dis-je calmement. Oui, c'est bien cela. Demain, quand Landy reviendra me voir, je lui donnerai ma réponse affirmative. »

« Ce fut donc aussi rapide que cela. Et à partir de ce moment, je me sentis beaucoup mieux. J'étonnai tout le monde en absorbant un copieux repas. Et un peu plus tard, ce fut votre visite, comme tous les jours.

« Vous m'avez trouvé en bonne forme. Et brillant. Et guilleret. Qu'était-il arrivé ? Y avait-il de bonnes nouvelles ?

« Oui, ai-je répondu, il y en a. Et alors, si vous vous en souvenez, je vous ai demandé de vous asseoir confortablement et j'ai commencé aussitôt à vous expliquer avec beaucoup de ménagements de quoi il s'agissait.

« Hélas ! vous ne vouliez rien savoir. J'avais à peine commencé à vous donner des détails que vous vous êtes mise en colère, en répétant que la chose était révoltante, dégoûtante, horrible, impensable, et lorsque j'ai tenté de continuer, vous avez quitté la chambre.

« Ma chère Mary, comme vous le savez, j'allais essayer par la suite de discuter avec vous de nombreuses fois de ce sujet, mais vous persistiez à ne pas m'écouter. D'où cette lettre, et tout ce que je puis espérer, c'est que vous aurez le bon sens de la lire jusqu'au bout. J'ai mis beaucoup de temps à l'écrire. Deux semaines ont passé depuis que j'ai griffonné la première phrase et, à présent, je me sens bien plus faible qu'à cette époque. Je crains de n'avoir plus la force d'en dire davantage. Je ne vous dirai pas adieu, car il y a une chance, rien qu'une faible chance, que je puisse vous revoir plus tard si Landy réussit son expérience et si vous avez alors le courage de venir me rendre visite.

« Je donnerai l'ordre que ces pages ne vous soient remises qu'une semaine au moins après mon départ.

Donc, au moment où vous les lisez, sept jours déjà ont passé depuis que Landy a effectué son travail. Vous en connaissez peut-être déjà le résultat. Sinon, si vous avez refusé volontairement d'y être mêlée, — ce qui me paraît assez probable — je vous en prie, changez maintenant d'attitude et téléphonez à Landy pour lui demander ce qu'il est advenu de moi. C'est le moins que vous puissiez faire. Je lui ai dit qu'il pouvait s'attendre à avoir de vos nouvelles dès le septième jour.

« Votre fidèle mari,

« WILLIAM. »

« *P.-S.* — Après mon départ, ayez la bonté de ne pas oublier qu'il est plus difficile d'être une veuve qu'une épouse. Ne buvez pas de cocktails. Ne dépensez pas trop d'argent. Ne fumez pas. Ne mangez pas de pâtisserie. Ne mettez pas de rouge à lèvres. N'achetez pas la télévision. Quand viendra l'été, ayez soin de sarcler mes parterres de rosiers et mon jardin de rocaille. Et, incidemment, je vous suggère de faire couper le téléphone maintenant que je n'aurai plus à m'en servir.

W.

Mme Pearl posa doucement la dernière feuille sur le sofa à côté d'elle. Sa bouche était pincée et ses narines avaient blanchi.

Non, mais vraiment ! Une veuve n'a-t-elle pas droit à un peu de paix après toutes ces années ?

Tout cela était trop affreux. Inhumain et affreux. Cela lui donnait des frissons.

Dans son sac, elle prit une autre cigarette. Elle

l'alluma, inspira profondément et remplit la pièce de nuages de fumée. Entre ces nuages, elle pouvait voir son poste de télévision flambant neuf, lustré, majestueux, hissé triomphalement, mais aussi avec un petit air de défi, sur ce qui avait été la table de travail de William.

« S'il voyait ça », se dit-elle.

Elle se rappela alors la dernière fois qu'il l'avait surprise en train de fumer. C'était environ un an plus tôt, elle était assise dans sa cuisine, près de la fenêtre ouverte, fumant avec rapidité avant qu'il ne rentre du travail. La radio jouait bruyamment une musique de danse. Elle s'était retournée pour se verser une autre tasse de café et il avait surgi sur le seuil, immense et redoutable, la fixant de ses yeux troués de noire fureur.

Pendant les quatre semaines suivantes, il avait payé lui-même toutes les factures et ne lui avait pas donné d'argent du tout, mais naturellement il ignorait qu'elle avait six livres dissimulées dans une boîte de potage en poudre, dans un placard, sous l'évier.

« Pourquoi cela ? lui avait-elle demandé un jour pendant le repas. Craignez-vous que je n'attrape un cancer du poumon ?

— Non, avait-il répondu.

— Alors pourquoi n'ai-je pas le droit de fumer ?

— Parce que je le réprouve, voilà tout. »

Il avait aussi réprouvé les enfants et, par conséquent, ils n'en avaient jamais eu.

Où était-il à présent, son William, le grand réprobateur ?

Landy attendait son coup de téléphone. Devait-elle lui téléphoner ?

A vrai dire, non.

Elle finit sa cigarette, puis elle en alluma une autre avec le feu de la précédente. Elle regarda le téléphone, posé sur la table de travail, à côté du poste de télévision. Il l'avait priée tout particulièrement d'appeler Landy dès qu'elle aurait lu la lettre. Elle hésita, luttant contre ce sens du devoir si profondément enraciné qu'elle n'osait pas encore rejeter complètement. Puis, lentement, elle se leva et se dirigea vers le téléphone. Elle trouva le numéro dans l'annuaire, le composa et attendit.

« J'aimerais parler au docteur Landy, s'il vous plaît.

— Qui est à l'appareil ?

— Mme Pearl. Mme William Pearl.

— Ne quittez pas. »

Presque aussitôt, Landy fut au bout du fil.

« Madame Pearl ?

— Oui. »

Il y eut un petit silence.

« Vous avez bien fait de m'appeler, madame. J'espère que vous allez bien ! » La voix était calme, courtoise, sans émotion. « Vous serait-il possible de venir à l'hôpital ? Nous pourrions bavarder un peu. Vous désirez certainement savoir comment cela s'est passé ? »

Elle ne répondit pas.

« Je peux vous dire dès maintenant que tout s'est déroulé dans les meilleures conditions. Bien mieux, en fait, que je n'osais l'espérer. Car non seulement il est vivant, madame, mais il est conscient. Il a repris conscience le deuxième jour. N'est-ce pas intéressant ? »

Elle attendit la suite de son récit.

« Et l'œil voit. Nous en sommes certains car les vibrations qu'émet l'encéphalographe changent dès que nous tenons quelque chose devant l'œil. A présent, nous lui donnons le journal à lire, régulièrement.

— Quel journal ? s'enquit vivement Mme Pearl.

— Le *Daily Mirror*. A cause de la grosseur des titres.

— Il hait le *Mirror*. Donnez-lui le *Times*.

— Très bien, madame, dit le docteur après un silence. Nous lui donnerons le *Times*. Nous ferons, bien entendu, tout notre possible pour que ce soit heureux.

— IL, dit Mme Pearl. Pas CE. IL.

— IL, répéta le docteur. Je vous demande pardon. Pour qu'IL soit heureux. C'est une des raisons pour lesquelles je serais bien content de vous voir ici le plus tôt possible. Je crois que cela lui ferait du bien s'il vous voyait. Vous pourriez lui montrer votre joie de le retrouver — lui sourire, lui envoyer un baiser, que sais-je ? Ce serait réconfortant pour lui. »

Il y eut un long silence.

« Bien, dit Mme Pearl d'une voix soudain douce et lasse. Je passerai le voir.

— Parfait. Je savais bien que vous le feriez. Je vous attends. Montez directement à mon bureau, au deuxième. A tout à l'heure. »

Une demi-heure plus tard, Mme Pearl était à l'hôpital.

« N'ayez surtout pas l'air trop étonnée par son aspect », dit Landy qui marchait à côté d'elle le long d'un couloir.

« Non.

— Au départ, cela va vous faire un choc. Je crains qu'il ne soit pas très agréable à voir dans son état actuel.

— Je ne l'ai pas épousé pour son apparence, docteur. »

Landy tourna la tête et la regarda. « Quelle étrange petite femme », pensa-t-il, avec ces grands yeux, cet air maussade et buté. Ses traits qui devaient avoir été fort plaisants dans sa jeunesse se trouvaient comme estompés par l'âge. La bouche était molle, les joues flasques. Tout le visage donnait l'impression d'être lentement mais sûrement tombé en morceaux au cours d'une longue existence d'épouse sans joie. Ils marchèrent en silence.

« Prenez votre temps en entrant, dit enfin Landy. Il ne saura pas que vous êtes là avant que vous ne placiez votre visage juste au-dessus de son œil. L'œil est toujours ouvert, mais il ne peut pas le remuer, aussi son champ visuel est-il très étroit. Pour le moment, il regarde fixement le plafond. Et naturellement, il n'entend rien. Nous pouvons parler autant que nous voudrons. Il est là. »

Landy ouvrit une porte et l'introduisit dans une petite pièce carrée.

« A votre place, je ne m'approcherais pas trop pour l'instant, dit-il en lui posant une main sur le bras. Restez un peu en arrière avec moi, le temps de vous habituer. »

Au centre de la pièce, sur une haute table blanche, il y avait un bol blanc de la taille d'une cuvette. Il en sortait une demi-douzaine de fins tubes en matière plastique. Ces tubes étaient reliés à un ensemble de

tuyaux de verre où l'on voyait circuler le sang. Le
cœur articifiel, lui, émettait un son doux de pulsation
rythmée.

« Il est là, dit Landy en désignant le bassin qui était
si haut qu'elle ne pouvait pas voir son contenu.
Approchez-vous un peu plus. Pas trop près. »

Il la fit avancer de deux pas.

En allongeant le cou, Mme Pearl pouvait voir
maintenant la surface du liquide que contenait le
bassin. Il était clair et immobile et il y flottait une
petite capsule ovale, de la grosseur d'un œuf de
pigeon.

« Voilà l'œil, dit Landy. Pouvez-vous le voir ?

— Oui.

— Il semble en parfait état. C'est son œil droit, et
l'enveloppe de plastique est munie d'une lentille
correspondant à celle de ses propres lunettes. En ce
moment, il voit probablement aussi bien qu'avant.

— Il n'y a pas grand-chose à voir au plafond, dit
Mme Pearl.

— Ne vous tourmentez pas pour cela. Nous envi-
sageons de mettre au point tout un programme pour
le divertir, mais nous ne voulons pas aller trop vite.

— Donnez-lui un bon livre.

— Nous le ferons, nous le ferons. Vous sentez-
vous bien, madame ?

— Oui.

— Alors, approchons-nous un peu plus, et vous
verrez le tout. »

Ils se trouvaient maintenant à deux mètres environ
de la table. De là, sa vue plongeait droit dans le
bassin.

« Voilà, dit Landy. Voilà William. »

Il était bien plus gros qu'elle ne l'avait imaginé. Et d'une couleur sombre. Avec toutes ses stries et tous ses plis, il lui rappelait une énorme noix séchée. Les bouts des quatre artères et des deux veines étaient visibles, ainsi que la façon impeccable dont ils avaient été reliés aux tubes de plastique. Et à chaque palpitation du cœur-robot, tous les tubes frémissaient à l'unisson du sang qui s'écoulait à travers eux.

« Il faudra vous pencher par-dessus, dit Landy, et placer votre charmant visage juste au-dessus de l'œil. Alors il vous verra et vous pourrez lui sourire et lui envoyer un baiser. Si j'étais vous, je lui dirais quelques mots gentils. Bien qu'il ne les entende pas, il en devinera certainement le sens.

— Il a horreur qu'on lui envoie des baisers, dit Mme Pearl. Je ferai à mon idée, si cela ne vous ennuie pas. » Elle s'approcha du bord de la table, se pencha au-dessus du bassin et regarda droit au fond de l'œil de William.

« Bonjour, mon cher, murmura-t-elle. C'est moi — Mary. »

L'œil qui semblait n'avoir rien perdu de son éclat la fixa avec une étrange intensité.

« Comment allez-vous, mon cher ? fit-elle. »

La capsule étant transparente, on apercevait le globe oculaire dans son intégrité. Le nerf optique qui reliait l'œil au cerveau ressemblait à un long spaghetti gris.

« Vous sentez-vous tout à fait bien, William ? »

C'était une sensation bizarre que de fouiller cet œil sans visage. Pas de traits, rien, rien que cet œil. A force de le fixer elle le voyait de plus en plus grand. Il finit par devenir à lui seul une sorte de visage, avec

son réseau de fines veines rouges qui marbraient le
blanc du globe. Dans le bleu glacial de l'iris se
dessinaient trois ou quatre belles raies noirâtres
partant du centre de la pupille qui, elle, était noire et
dilatée, avec une étincelle de chaque côté.

« J'ai reçu votre lettre, mon cher, et je suis venue
vous voir aussitôt. Le docteur Landy me dit que tout
va merveilleusement bien. Peut-être, si je parle
lentement, vous arrivez à comprendre ce que je dis,
en lisant sur mes lèvres. »

Il n'y avait pas de doute : l'œil la regardait.

« On fera tout pour vous rendre heureux, mon
cher. Cette merveilleuse machine pompe sans cesse
et je suis sûre qu'elle vaut bien mieux que ces sales
vieux cœurs que nous avons tous. Les nôtres peuvent
craquer à n'importe quel moment tandis que celui-ci
ne s'arrêtera jamais. »

Elle examinait l'œil avec attention, cherchant à
découvrir ce qui lui donnait cet aspect inhabituel.

« Vous avez l'air très bien, mon cher. Très-très
bien, vraiment. »

Il paraissait infiniment plus beau, cet œil, que tous
les yeux qu'elle lui avait jamais vus. Il avait de la
douceur, de la sérénité, une sorte de bonté même
qu'elle découvrait pour la première fois. C'était peut-
être à cause de la pupille. Les pupilles de William
avaient toujours été comme des pointes d'aiguilles
noires. Étincelantes, elles vous perçaient jusqu'à la
moelle, regardaient à travers vous, sachant toujours
immédiatement ce que vous alliez faire, et même ce
que vous pensiez. Alors que celle qui s'offrait maintenant à ses yeux était vaste et douce, presque
comme une pupille de bon gros veau.

« Êtes-vous sûr qu'il est conscient ? demanda-t-elle
sans lever les yeux.

— Oh oui, absolument, dit Landy.

— Et il me voit ?

— Parfaitement.

— Mais c'est merveilleux ! Le voilà sûrement qui
se demande ce qui lui arrive.

— Pas du tout. Il sait parfaitement où il est et
pourquoi il y est. Il ne peut pas l'avoir oublié.

— Vous voulez dire qu'il sait qu'il est dans ce
bassin ?

— Naturellement. Et si seulement il pouvait
parler, il échangerait avec vous des propos parfaitement normaux, à l'instant même. Je ne vois absolument pas de différence d'ordre mental entre ce
William qui est sous vos yeux et celui que vous
connaissiez avant.

— EXTRAORDINAIRE », dit Mme Pearl. Puis elle se
tut pour examiner cet aspect passionnant de la
situation.

« Je me demande, se dit-elle, regardant cette fois-
ci l'envers de l'œil et examinant attentivement la
grosse noix pulpeuse qui gisait si paisiblement sous
l'eau, je me demande si je ne le préfère pas sous sa
forme actuelle. C'est vrai, je crois que je pourrais
vivre très agréablement avec cette espèce-là de
William. Cela irait même très bien. »

« Silencieux, n'est-ce pas ? dit-elle.

— Naturellement qu'il est silencieux. »

« Pas de disputes, pas de critiques, pensa-t-elle.
Pas de reproches incessants, pas d'ordres à respecter,
pas d'interdiction de fumer, pas de regards froids et
réprobateurs, le soir, par-dessus le livre. Pas de

chemises à laver et à repasser, pas de repas à
préparer. Rien que le rassurant battement du cœur-
robot qui n'était certainement pas assez bruyant pour
l'empêcher d'entendre la télévision.

« Docteur, dit-elle, il me semble que j'éprouve
tout à coup pour lui une affection démesurée. Est-ce
que cela vous paraît anormal ?

— Je crois que c'est parfaitement compréhensible.

— Il a l'air si attendrissant, si petit, là, tout
silencieux, sans défense, dans son bassin.

— Oui, je comprends.

— On dirait un bébé, voilà à quoi il me fait
penser. A un tout petit bébé. »

Landy, immobile derrière elle, la regardait.

« Voilà, dit-elle avec douceur, penchée sur le
bassin. Désormais, c'est Mary TOUTE SEULE qui
veillera sur vous. Et vous n'aurez plus à vous
inquiéter de rien. Quand puis-je le ramener à la
maison, docteur ?

— Pardon... ?

— Je vous demande quand je pourrai le ramener.
Le ramener chez moi !

— Vous plaisantez, dit Landy. »

Elle tourna lentement la tête et le regarda droit
dans les yeux. « Pourquoi plaisanterais-je ? »
demanda-t-elle. Son visage était lumineux, ses yeux
ronds et scintillants comme deux diamants.

« Mais il n'est pas transportable.

— Je ne vois pas pourquoi.

— Il s'agit d'une expérience, madame.

— C'est mon mari, docteur ! »

Un étrange petit sourire nerveux apparut sur la
bouche de Landy. « Eh bien !... fit-il.

— C'EST MON MARI, vous savez. » Il n'y avait pas de colère dans sa voix. Elle parlait avec beaucoup de calme, avec fermeté.

« On pourrait discuter sur ce point, dit Landy, se mouillant les lèvres. Vous êtes une veuve à présent, madame. Et je crois que vous devriez vous y résigner. »

Elle s'écarta alors de la table pour se diriger vers la fenêtre. « Je n'ai qu'une chose à vous dire, fit-elle en fouillant son sac à la recherche d'une cigarette, je désire le ramener. »

Sous le regard scrutateur de Landy, elle mit la cigarette entre ses lèvres et l'alluma. « A moins que je ne me trompe, pensa Landy, cette femme a un comportement très bizarre. On la dirait plutôt contente d'avoir son mari dans le bassin. » Il tenta d'imaginer quels seraient ses sentiments à lui si le cerveau de SA femme se trouvait dans le bassin et si SON œil à ELLE le regardait par cette capsule.

Non, l'idée était pénible.

« Si nous retournions à mon bureau ? » dit-il.

Elle fumait sa cigarette près de la fenêtre, l'air tout à fait calme et détendue.

« Très bien. »

En passant devant la table, elle s'arrêta et se pencha de nouveau sur le bassin. « Mary s'en va maintenant, mon chéri, dit-elle. Ne vous inquiétez de rien, promis ? Nous allons vous ramener à la maison, et là, nous veillerons sur vous. Et écoutez bien, mon chéri... » A ce moment, elle s'interrompit pour tirer longuement sur sa cigarette.

L'œil lança aussitôt un éclair.

Elle ne le quittait pas des yeux et vit, au centre, un

minuscule mais brillant éclat. En une fraction de seconde, la pupille se contracta en une pointe d'épingle noire et menaçante.

Elle demeura d'abord immobile. Courbée sur le bassin, la cigarette à la main, elle regarda l'œil.

Puis, avec une extrême lenteur, elle remit délibérément la cigarette entre ses lèvres et inspira profondément. Elle garda la fumée quelques secondes dans ses poumons, puis, hop ! la rejeta par le nez en deux minces filets qui firent des ricochets sur l'eau du bassin pour former enfin un épais nuage bleuté qui allait envelopper l'œil.

Près de la porte, Landy, de dos, attendait. « Venez, madame ! » dit-il.

« Ne prenez pas cet air fâché, William, dit-elle doucement. Cela ne vous va pas du tout, cet air fâché. »

Intrigué, Landy tourna la tête.

« Cela ne sert plus à rien, murmura-t-elle. Car à partir de ce jour, mon poussin, vous allez faire exactement ce que Mary voudra. Compris ?

— Madame Pearl, dit Landy en s'approchant.

— Alors ne faites plus le vilain petit garçon, n'est-ce pas, mon bijou, dit-elle, tirant une nouvelle bouffée de sa cigarette. Les vilains petits garçons, on les punit sévèrement, vous devriez le savoir... »

Landy était maintenant derrière elle. Il la prit par le bras et, doucement mais fermement, se mit à l'écarter de la table.

« A bientôt, mon chéri, dit-elle encore.

— Cela suffit, madame Pearl !

— N'est-il pas adorable ? s'écria-t-elle en regardant Landy de ses gros yeux brillants. N'est-il pas mignon ? J'ai hâte de le ramener à la maison ! »

Tous les chemins
mènent au ciel

Toute sa vie, Mme Foster avait souffert d'une crainte presque pathologique de manquer le train, l'avion, le bateau, ou même le lever du rideau au théâtre. Mis à part cette hantise, ce n'était pas une femme particulièrement nerveuse. Seule la pensée d'être en retard la mettait dans un état tel qu'elle en conservait un tic. Un tout petit muscle, au coin de l'œil gauche, se mettait à sauter ce qui lui donnait l'air de cligner constamment de l'œil. Et cela ne voulait jamais s'arrêter avant le départ, départ sans histoire, du train, du bateau, etc. Et cela durait encore près d'une heure après qu'elle eût pris le moyen de transport en question.

Il est extraordinaire de constater comme, chez certaines personnes, la peur de manquer un train peut dégénérer en obsession. Une demi-heure au moins avant le moment de quitter la maison pour aller à la gare, Mme Foster sortait de l'ascenseur, prête à partir, avec son chapeau, son manteau et ses gants. Incapable de s'asseoir, elle voletait de chambre en chambre jusqu'à l'apparition de son mari dont la voix calme et sèche suggérait que c'était peut-être bien le moment de partir.

M. Foster avait certainement des raisons d'être irrité par les manies de sa femme, mais il n'avait pas d'excuse à augmenter ses tortures en la faisant attendre sans nécessité. Remarquez bien qu'il ne le faisait peut-être pas tout à fait à dessein, mais la chose se répétait avec une telle régularité qu'il était difficile de ne pas le soupçonner de le faire exprès. Et pourtant, la pauvre dame n'aurait jamais osé le rappeler à l'ordre ou lui demander simplement de se dépêcher. Elle était trop bien dressée pour cela. Et lui le savait parfaitement. Il devait savoir également que cette façon d'attendre le dernier moment pouvait la mener jusqu'à l'hystérie. A une ou deux occasions, au cours des dernières années, il avait eu presque l'air de VOULOIR manquer le train, rien que pour augmenter les souffrances de la pauvre femme.

Dans le cas où le mari serait coupable, son attitude deviendrait doublement irrationnelle car, à l'exception de ce point faible nommé plus haut, Mme Foster avait toujours été une épouse irréprochable. Pendant près de trente années, elle n'avait jamais cessé de se montrer bonne, aimante, serviable. Cela ne faisait aucun doute. Et, quoique très modeste, elle en était consciente. Si bien que, malgré son refus obstiné de croire que M. Foster la tourmentait à dessein, quelques incidents survenus récemment l'avaient contrainte à se poser la question.

M. Eugène Foster qui était âgé de près de soixante-dix ans vivait avec sa femme dans une maison de six étages, dans la 62e Rue, et ils avaient quatre domestiques. L'endroit était plutôt morne et

ils recevaient peu de visites. Mais, le matin de janvier
qui nous occupe, la maison s'était animée soudain et
il y régnait un considérable remue-ménage. Une
servante déposait des paquets de housses dans toutes
les chambres tandis qu'une autre en revêtait les
meubles. Le maître d'hôtel descendait des valises qui
allaient s'entasser au milieu du vestibule. La cuisinière allait et venait pour donner des instructions au
maître d'hôtel. Mme Foster, elle, dans son manteau
de fourrure démodé, son chapeau noir haut perché,
courait de pièce en pièce, en prétendant surveiller les
opérations. En réalité, elle était incapable de penser
à autre chose qu'à cet avion qu'elle allait manquer si
son mari ne sortait pas bientôt de son cabinet de
travail, prêt à partir.

« Quelle heure est-il, Walker ? demanda-t-elle au
maître d'hôtel qui traversait le vestibule.

— Dix heures moins vingt, Madame.

— Et la voiture ? Elle est là ?

— Oui, Madame, elle vous attend. Je suis en train
d'y mettre vos bagages.

— Il faut une heure pour aller à Idlewild, dit-elle.
Mon avion décolle à onze heures et il faut que j'y sois
une demi-heure avant, pour les formalités. Je vais
être en retard. Je vais être en retard, j'en suis sûre.

— Je crois que vous avez tout votre temps,
Madame, dit gracieusement le maître d'hôtel.
M. Foster sait que vous devez partir à dix heures
moins le quart. Vous avez encore cinq minutes.

— Oui, Walker, bien sûr. Mais chargez vite cette
voiture, s'il vous plaît. »

Elle se mit à faire les cent pas dans le vestibule et
chaque fois que le maître d'hôtel repassait, elle lui

demandait l'heure. C'était, se disait-elle, le SEUL avion et elle ne devait pas le rater. Il lui avait fallu de longs mois pour convaincre son mari de la laisser partir. Si elle le manquait, il pourrait encore changer d'avis et lui ordonner de décommander le voyage. Le plus grave était sa volonté de l'accompagner à l'aéroport pour la voir partir.

« Mon Dieu, dit-elle tout haut, je vais le manquer, je le sais, je le sais. » Le petit muscle au coin de son œil gauche dansait follement. Les yeux, eux, allaient pleurer.

« Quelle heure est-il, Walker ?

— Dix heures moins dix-huit, Madame.

— Ça y est, je vais le manquer ! gémit-elle. Mais que fait-il donc ? »

C'était un voyage très important. Mme Foster allait toute seule à Paris pour voir sa fille, sa fille unique qui avait épousé un Français. Mme Foster n'aimait pas énormément son gendre, mais elle adorait sa fille et, de plus, elle mourait d'envie de voir de ses propres yeux ses trois petits-enfants. Elle ne les connaissait que par les nombreuses photos qui lui avaient été envoyées et qu'elle avait répandues un peu partout dans la maison. Elle en raffolait et chaque fois qu'une nouvelle photo arrivait, elle l'étudiait longuement, avec amour, tout en cherchant sur les petits visages des traits familiers, cette fameuse ressemblance si agréable à détecter. Et, peu à peu, l'idée de vivre loin de ces enfants lui était devenue intolérable. Elle ne pouvait plus supporter de ne pas les avoir près d'elle, de ne pas pouvoir les promener, leur offrir des cadeaux, les voir grandir. Elle savait, bien sûr, que c'était plutôt mal, déloyal même, d'avoir de telles

pensées tandis que son mari vivait encore. Car, bien
qu'il n'y eût plus beaucoup d'activités, il n'aurait
jamais consenti à quitter New York pour s'établir à
Paris. C'était déjà un miracle qu'il ait fini par
l'autoriser à partir seule, pour six semaines. Mais, oh
mon Dieu, comme elle avait envie de vivre toujours
— près d'eux !

« Walker, quelle heure est-il ?

— Dix heures moins huit, Madame. »

Au moment même où il parlait, une porte s'ouvrit
et M. Foster pénétra dans le vestibule. Il s'arrêta un
instant pour regarder fixement son épouse. Et elle
rendit son regard à ce tout petit vieillard encore vert
dont le visage à la barbe fleurie ressemblait de façon
étonnante à celui d'Andrew Carnegie, sur les vieilles
photos.

« Eh bien, dit-il, il est temps de nous mettre en
route si vous voulez attraper cet avion !

— Oui, mon cher, oh oui, tout est prêt ! La voiture
est devant la porte.

— Bien », dit-il. Et il la regardait toujours attentivement, en dessous. Il avait une façon bizarre de
relever la tête pour la secouer rapidement. A cause
de cela même, et aussi parce qu'il tenait toujours les
mains très haut devant lui, il avait quelque chose d'un
écureuil. Oui, on aurait dit un vieil écureuil futé du
Parc national.

« Voici Walker avec votre manteau, mon cher.
Mettez-le.

— Une seconde, dit-il. Je dois encore me laver les
mains. »

Elle l'attendit et le maître d'hôtel resta près d'elle.
Il tenait toujours le manteau et le chapeau.

« Walker, je vais le manquer, n'est-ce pas ?

— Mais non, Madame, dit le maître d'hôtel. Tout se passera très bien, vous allez voir. »

M. Foster reparut et le maître d'hôtel l'aida à mettre son pardessus. Mme Foster se précipita hors de la maison et s'engouffra dans la Cadillac qu'ils avaient louée. Son mari la suivit, mais il descendit lentement les marches, s'arrêtant en chemin pour examiner le ciel et renifler l'air froid du matin.

« On dirait du brouillard, dit-il en s'asseyant à côté d'elle dans la voiture. A l'aéroport, cela prend toujours plus d'importance. Cela ne m'étonnerait pas si le vol était déjà supprimé.

— Ne dites pas cela mon cher ! Surtout pas cela, s'il vous plaît. »

Et ils ne prononcèrent plus un mot jusqu'au pont de Long Island.

« Tout est arrangé avec les domestiques, dit alors M. Foster. Ils s'en vont tous aujourd'hui. Je leur ai donné leur demi-salaire pour six semaines et j'ai dit à Walker que je lui enverrais un télégramme quand nous aurons de nouveau besoin d'eux.

— Oui, dit-elle. Je sais.

— Je vais à mon club ce soir. Ce sera amusant d'y habiter. Cela me changera.

— Oui, mon cher. Je vous écrirai.

— De temps en temps, je ferai un saut à la maison pour prendre le courrier et pour voir si tout va bien.

— N'aurait-il pas mieux valu demander à Walker de rester là et de s'occuper de tout ? demanda-t-elle avec douceur.

— Ce serait stupide. Cela ne servirait à rien. Et en plus, il faudrait alors lui payer tous ses gages.

— Oui, c'est vrai, dit-elle.

— Et puis, on ne sait jamais ce que les gens fabriquent quand on les laisse seuls à la maison », déclara M. Foster. Là-dessus, il sortit un cigare et, après en avoir coupé le bout avec des ciseaux d'argent, il l'alluma avec un briquet en or.

Elle demeurait immobile, les mains crispées sous le plaid.

« M'écrirez-vous ? demanda-t-elle.

— Je verrai, dit-il. Mais j'en doute. Vous savez bien que je ne tiens pas beaucoup aux lettres, à moins qu'il n'y ait quelque chose de très important à dire.

— Oui, mon cher, je sais. Cela ne fait rien. »

Ils roulaient le long du Queens Boulevard. Puis, aux abords de la région plate et marécageuse où est construit Idlewild, le brouillard s'épaissit et la voiture dut ralentir.

« Oh mon cher ! s'écria M\ume{} Foster. Je vais le rater cette fois-ci, c'est sûr ! Quelle heure est-il ?

— Pourquoi tout ce bruit ? dit le vieil homme. Ils vont annuler le vol, de toute manière. Ils ne décollent jamais par un temps pareil. Je ne vois vraiment pas pourquoi nous avons pris la peine de venir jusqu'ici. »

Sans en être tout à fait certaine, elle crut entendre dans sa voix une intonation nouvelle. Elle se tourna pour voir. Mais il était difficile de constater le moindre changement d'expression sous tous ces poils de barbe. On ne voyait jamais la bouche. Les yeux, eux, ne trahissaient jamais rien, sauf, quelquefois, de la colère.

« Naturellement, poursuivit-il, s'il part quand même, je suis d'accord avec vous, vous l'aurez certainement raté cette fois-ci. Il faudrait vous y résigner. »

Par la fenêtre, elle scruta le brouillard. Il semblait s'épaissir à mesure que l'heure passait. Elle distinguait à peine le peu de prairie qui bordait la route. En même temps, elle sentait le regard de son mari peser sur elle. Alors elle se tourna de nouveau vers lui et, cette fois-ci, elle constata avec une sorte d'horreur qu'il fixait avec attention le coin de son œil gauche où sautait le petit muscle.

« Comprenez-vous ? demanda-t-il.

— Comprendre quoi ?

— Que vous l'avez manqué s'il part. Nous ne pouvons pas rouler plus vite dans cette saloperie. »

Après quoi il ne lui adressa plus la parole. La voiture avançait en rampant. La lampe jaune du chauffeur fouillait le bord de la route. D'autres lumières, blanches et jaunes, surgissaient dans le brouillard. L'une d'elles étaient particulièrement brillante et elle semblait les suivre pas à pas.

Soudain, la voiture s'arrêta.

« Voilà ! s'écria M. Foster. Nous sommes bloqués. Je le savais.

— Non, monsieur, dit le chauffeur en se retournant. Nous sommes arrivés. C'est l'aéroport. »

Sans un mot, Mme Foster bondit dehors et se précipita vers l'entrée. A l'intérieur, il y avait une foule de gens. Des passagers déçus, pour la plupart, qui se pressaient autour des guichets. Elle se fraya un chemin au milieu d'eux, puis s'adressa à un employé.

« Oui, madame, dit-il. Votre vol est remis à plus tard. Mais ne partez pas surtout. Le temps peut s'éclaircir d'un moment à l'autre. »

Elle retourna auprès de son mari qui était toujours dans la voiture et l'informa.

« Il n'y a plus de raison que vous attendiez, mon cher, dit-elle.

— Je n'attendrai pas, répondit-il. Du moins, si le chauffeur peut me ramener. Pouvez-vous me ramener, chauffeur ?

— Je pense bien, dit l'homme.

— Avez-vous sorti les bagages ?

— Oui, monsieur.

— Au revoir, mon cher, dit Mme Foster en se penchant pour embrasser son mari du bout des lèvres sur la broussaille grise de ses joues.

— Au revoir, répondit-il. Et bon voyage. »

La voiture s'éloigna et Mme Foster demeura seule.

Le reste de la journée fut pour elle comme un cauchemar. Elle allait passer tout ce temps assise sur un banc, non loin des guichets, se levant toutes les demi-heures pour demander à l'employé si la situation avait changé. Et pour recevoir toujours la même réponse : qu'elle devait patienter encore, car le brouillard pouvait se lever à tout instant. Après six heures du soir enfin, les haut-parleurs annoncèrent que le vol était reporté au lendemain matin, à onze heures.

A cette nouvelle, Mme Foster demeura sur son banc, désemparée. Elle passa près d'une autre demi-heure à se demander ce qu'elle allait faire. L'idée de quitter l'aérodrome lui faisait horreur. Elle n'avait pas envie de voir son mari. Elle était terrifiée à la pensée qu'il puisse, d'une manière ou d'une autre, réussir à l'empêcher de partir pour la France. Elle eût préféré passer la nuit là où elle était, sur ce banc. Ce serait plus sûr. Mais elle était trop fatiguée, et puis, la chose serait ridicule pour une dame de son âge. Elle se leva donc péniblement et se dirigea vers une cabine téléphonique.

Son mari, qui était sur le point de se rendre à son club, lui répondit lui-même. Elle lui raconta sa journée et lui demanda si les domestiques étaient encore là.

« Ils sont tous partis, dit-il.

— Dans ce cas, mon cher, je vais prendre une chambre pour la nuit, dans un hôtel. Ne vous inquiétez pas.

— Ce serait une folie, dit-il. Vous avez une grande maison ici. Vous en disposez. Pourquoi n'en profiteriez-vous pas ?

— Mais, mon cher, la maison est VIDE.

— Je resterai avec vous.

— Il n'y a rien à manger.

— Eh bien, mangez avant de rentrer. Ne soyez donc pas stupide ! On dirait que vous voulez faire un drame de tout.

— Oui, fit-elle docilement. Excusez-moi. Je mangerai un sandwich avant de rentrer. »

Dehors, le brouillard était moins épais, mais le parcours en taxi fut long et il était tard lorsqu'elle retrouva sa maison de la 62e Rue.

A son arrivée, le mari sortit de son cabinet de travail. « Eh bien, fit-il, debout dans l'encadrement de la porte, comment était Paris ?

— Nous partons à onze heures demain matin, répondit-elle. C'est sûr.

— Vous voulez dire si le brouillard se lève.

— C'est en bonne voie. Il y a du vent.

— Vous paraissez fatiguée. Vous avez dû passer un moment difficile.

— Cela n'a pas été drôle, en effet. Je pense que je vais me coucher tout de suite.

— J'ai demandé une voiture pour demain matin, dit-il. Pour neuf heures.

— Oh, merci, mon cher. Mais j'espère que vous n'allez pas prendre la peine de refaire tout ce chemin pour me voir partir.

— Non, dit-il posément. Je ne crois pas. Mais vous pourriez peut-être me déposer au club, en route. »

Elle le regarda. Il était loin, étrangement loin d'elle, comme sur une autre rive. Il était si loin et si petit tout à coup qu'il lui était devenu impossible de savoir au juste ce qu'il faisait, ce qu'il pensait ou même qui il était.

« Le club n'est pas sur le chemin de l'aéroport, dit-elle.

— Mais vous aurez tout votre temps, ma chère. Vous ne voulez pas me déposer au club ?

— Mais si, bien sûr que si.

— Parfait. A demain matin alors ! »

Elle monta dans sa chambre, au troisième. La journée avait été épuisante et elle s'endormit aussitôt.

Le lendemain, Mme Foster se leva très tôt. A huit heures et demie, elle était dans le vestibule, prête à partir.

Peu après neuf heures, M. Foster apparut. « Avez-vous préparé du café ? demanda-t-il.

— Mais non, mon cher. J'ai pensé que vous prendriez votre petit déjeuner au club. La voiture est là. Je suis prête. »

Ils étaient dans le vestibule qui semblait être depuis quelque temps leur unique lieu de rencontre. Elle avec son manteau, son chapeau et son sac, lui dans une étrange redingote aux revers montants.

« Et vos bagages ?

— Ils sont à l'aéroport.

— Ah oui, dit-il. Bien sûr. Il faut que nous partions rapidement si vous voulez me déposer au club, n'est-ce pas ?

— Oh oui ! s'écria-t-elle.

— Je vais seulement chercher mes cigares. J'en ai pour une seconde. Montez dans la voiture. »

Machinalement, elle se dirigea vers l'endroit où attendait le chauffeur.

« Quelle heure est-il ? lui demanda-t-elle lorsqu'il lui ouvrit la porte.

— Il va être neuf heures un quart, madame. »

M. Foster revint au bout de cinq minutes. Elle le regarda descendre lentement les marches. Dans le pantalon en tuyaux de pipe, ses jambes ressemblaient à des pattes de chèvre. Comme la veille, il s'arrêta à mi-chemin pour humer l'air et examiner le ciel. Le temps n'était pas encore tout à fait clair, mais un rayon de soleil filtrait à travers la brume.

« Vous aurez peut-être plus de chance aujourd'hui, dit-il en s'installant à côté d'elle dans la voiture.

— Vite, s'il vous plaît, dit-elle au chauffeur. Ne vous en faites pas pour le plaid, je vais l'arranger. Partons vite ! Je suis en retard ! »

L'homme se mit au volant et la voiture démarra.

« Un instant, dit alors M. Foster. Arrêtez un instant, chauffeur, s'il vous plaît.

— Qu'y a-t-il, mon cher, fit-elle, le voyant fouiller les poches de son pardessus.

— C'était un petit cadeau pour Ellen, dit-il. Mais où peut-il bien être ? Je l'avais pourtant à la main en descendant, j'en suis sûr.

— Quel cadeau ? Je ne vous ai rien vu porter.

— Un petit paquet blanc. J'avais oublié de vous le donner hier. Je ne voudrais pas l'oublier aujourd'hui.

— Un petit paquet ? s'écria Mme Foster. Je n'ai jamais vu de petit paquet ! » Elle se mit à explorer frénétiquement l'arrière de la voiture.

Son mari continuait à faire le tour des poches de son manteau. Puis il passa aux poches de sa veste. « C'est incompréhensible, dit-il. Je dois l'avoir laissé dans ma chambre. Je n'en ai que pour quelques secondes.

— Oh, je vous en supplie ! s'écria-t-elle. Nous n'avons pas le temps. Laissez cela, je vous en prie. Vous pourrez l'envoyer. C'est sûrement encore un de ces peignes. Vous lui offrez toujours des peignes.

— Et que reprochez-vous aux peignes, puis-je le savoir ? dit-il, furieux que, pour une fois, elle se soit laissée aller.

— Rien, mon cher, mais...

— Restez où vous êtes, ordonna-t-il. Je vais le chercher.

— Faites vite, mon cher, je vous en supplie ! »

Puis elle resta immobile et attendit et attendit...

« Chauffeur, quelle heure est-il ? »

L'homme consulta sa montre-bracelet. « Ça va faire neuf heures et demie.

— Pouvons-nous arriver à l'aérodrome en une heure ?

— Tout juste. »

A ce moment, Mme Foster aperçut le coin de quelque chose de blanc coincé dans la fente du siège, du côté de la place de son mari. Elle s'en saisit et retira une petite boîte enveloppée de papier. Elle ne put s'empêcher de constater que la chose avait été enfoncée fermement, comme si une main y avait contribué.

« Le voilà ! s'écria-t-elle. Je l'ai retrouvé ! Oh, et mon mari qui est en train de le chercher en haut ! Chauffeur, montez vite, dites-lui de descendre, je vous en prie ! »

Le chauffeur, avec sa petite bouche rebelle d'Irlandais, se moquait pas mal de leurs histoires. Il sortit néanmoins de sa voiture et monta les marches jusqu'à la porte d'entrée. Puis il revint sur ses pas. « La porte est fermée, annonça-t-il. Vous avez une clef ?

— Oui — une seconde ! » Et elle se mit à chercher follement dans son sac. Son petit visage était tendu d'anxiété, sa lippe pendait comme un bec.

« La voilà ! Non, j'irai moi-même. Ce sera plus vite fait. Je sais où le trouver. »

Elle se précipita hors de la voiture et escalada les marches, la clef à la main. Elle introduisit la clef dans la serrure, elle allait la tourner — lorsque tout à coup elle s'arrêta. Sa tête se dressa pour se figer, tout son corps devint immobile. Elle attendit ainsi, cinq, six, sept, huit, neuf, dix secondes. A la manière tendue dont elle se tenait là, on aurait dit qu'elle écoutait, qu'elle attendait en retenant le souffle la répétition d'un bruit perçu à l'instant et qui provenait du fond lointain de la maison.

Oui — il était certain qu'elle écoutait. Tout en elle figurait l'ÉCOUTE. A présent, elle semblait approcher une de ses oreilles plus près de la porte. Elle était maintenant tout contre la porte, son oreille s'y collait. Elle se tenait là, la clef à la main, l'air de vouloir entrer, mais qui n'entrait point. Elle semblait, au contraire, vouloir mieux entendre et identifier les sons qui lui parvenaient faiblement de l'intérieur de la maison.

Puis, soudain, elle se ranima. Elle retira la clef et redescendit les marches en courant.

« Il est trop tard ! cria-t-elle. Je ne peux plus attendre, je vais manquer mon avion ! Vite, chauffeur, faites vite ! A l'aérodrome ! »

Si le chauffeur l'avait regardée avec plus d'attention, il aurait vu que son visage était devenu tout blanc et que son expression n'était plus du tout la même. Elle avait perdu son petit air béat. Une étrange dureté venait de s'emparer de tous ses traits. La bouche, si molle d'habitude, était maintenant pincée, les yeux brillaient et la voix, lorsqu'elle retentit, sonnait avec plus d'autorité.

« Vite, chauffeur, dépêchez-vous !

— Votre mari ne part donc pas avec vous ? fit l'homme, étonné.

— Bien sûr que non ! J'allais seulement le déposer à son club. Cela ne fait rien. Il comprendra. Il se débrouillera. Allez, allez ! J'ai un avion à prendre, pour Paris ! »

Harcelé par Mme Foster, l'homme accéléra, ils atteignirent l'aérodrome en un temps record et Mme Foster prit son avion avec cinq minutes d'avance. Peu après, au-dessus de l'Atlantique, blottie dans son fauteuil, elle écoutait le ronron des moteurs. Paris venait à elle. Ses yeux brillaient toujours. Elle se sentait plus forte que jamais, et même étrangement fière d'elle-même. Tout ce qui venait de se produire lui coupait un peu le souffle. Elle n'en revenait pas. Mais à mesure que l'avion s'éloignait de New York et de la 62e Rue, une sensation de grand calme prenait possession de toute sa personne. Et au moment d'atterrir à Paris, elle se sentait forte, sûre d'elle, d'un calme admirable.

Elle fit la connaissance de ses petits-enfants. En chair et en os, ils étaient encore cent fois plus beaux qu'en photo. C'étaient des anges, de vrais petits anges. Tous les jours, elle les promenait, les bourrait de sucreries, leur achetait des cadeaux et leur racontait de charmantes histoires.

Une fois par semaine, le mardi, elle écrivait à son mari. Une longue lettre affectueuse, pleine de bavardages, et qui se terminait toujours par ces mots : « Soyez gentil, prenez vos repas régulièrement, mon cher, car cela m'inquiète que vous puissiez ne pas le faire en mon absence. »

Au bout des six semaines, tout le monde était triste de la voir repartir pour New York. C'est-à-dire, tout le monde, à l'exception d'elle-même. Elle paraissait même étrangement détendue au moment de faire ses adieux, et, dans toute sa manière d'être, quelque chose laissait entrevoir la possibilité d'un retour dans un temps pas trop lointain.

Cependant, en épouse fidèle, elle ne dépassa pas le temps convenu. Six semaines exactement après son arrivée, elle envoya un télégramme à son mari. Et, aussitôt, elle prit l'avion pour New York.

Arrivée à Idlewild, Mme Foster constata qu'aucune voiture n'était venue l'attendre. On eût pu, à ce moment, lui trouver un petit air plutôt amusé. Mais elle garda tout son sang-froid et ne bouscula même pas le porteur qui l'aida à mettre ses bagages dans un taxi.

Il faisait plus froid à New York qu'à Paris et les trottoirs étaient bordés de neige sale. Le taxi s'arrêta devant la maison de la 62e Rue et Mme Foster pria le chauffeur de lui monter ses deux grandes valises en haut des marches qui menaient à la porte d'entrée. Puis elle le paya et tira la sonnette. Il n'y eut pas de réponse. Elle attendit avant de sonner une seconde fois. Elle put entendre, du fond de la maison, le tintement strident de la sonnerie. Mais personne ne vint.

Elle prit alors sa clef et ouvrit elle-même la porte.

La première chose qu'elle vit en entrant fut l'impressionnante pile de courrier tombé à même le sol après avoir été glissé par la fente. Tout était sombre et froid. Une housse drapait encore la pendule ancestrale. En dépit du froid, l'atmosphère était étrangement lourde, chargée d'une odeur inconnue.

Mme Foster traversa rapidement le vestibule pour s'engouffrer dans un coin sombre, à gauche. Il y avait dans sa façon d'agir quelque chose de délibéré, d'organisé. Elle avait l'air de quelqu'un qui contrôle une rumeur, qui confirme un soupçon. Et lorsque, au bout de quelques secondes, elle reparut, une petite lueur de satisfaction se lisait sur son visage.

Elle s'arrêta au milieu du vestibule, comme pour réfléchir. Puis, soudain, elle revint sur ses pas et pénétra dans le cabinet de travail de son mari. Sur le bureau, elle prit le carnet d'adresses et, après l'avoir consulté, elle saisit le téléphone et composa un numéro.

« Allô, dit-elle, ici le neuf de la 62ᵉ Rue. Oui, c'est cela. Pourriez-vous m'envoyer quelqu'un le plus tôt possible ? Oui, on dirait qu'il est coincé entre le second et le troisième. C'est du moins ce qu'indique le tableau... Tout de suite ? Oh, merci, vous êtes gentil. Vous savez, je n'ai plus d'assez bonnes jambes pour grimper tant d'étages. Merci beaucoup. Au revoir ! »

Elle reposa l'écouteur et s'assit devant le bureau de son mari pour attendre patiemment l'homme qui allait venir réparer l'ascenseur.

Un beau dimanche

M. Boggis conduisait lentement sa voiture, confortablement renversé sur son siège, un coude sur l'appui de la fenêtre ouverte. Comme le paysage était beau ! Et comme il était doux de voir revenir l'été, avec ses primeroses et son aubépine. L'aubépine qui éclatait, blanche, rose et rouge, le long des haies, et les petites touffes de primeroses, comme tout cela était beau !

Il retira une main du volant pour allumer une cigarette. Le mieux serait, se dit-il, de pousser jusqu'au sommet de Brill Hill. Il pouvait le voir, ce sommet, de là où il se trouvait. Et cette grappe de maisons parmi les arbres, là-haut, cela devait être le village de Brill. Cela tombait bien. Peu de ses secteurs dominicaux possédaient une altitude aussi favorable à son travail.

Il grimpa la route en pente et arrêta la voiture peu avant le sommet, à l'orée du village. Puis il en sortit et regarda autour de lui. A ses pieds, le paysage s'étalait comme un vaste tapis vert. La vue était dégagée. C'était parfait. Il tira de sa poche un crayon et un carnet, s'adossa contre la voiture et laissa ses yeux experts parcourir le panorama avec lenteur.

A sa droite, il vit une ferme de taille moyenne, adossée aux champs, reliée à la route par un sentier. Plus haut, il y avait une autre ferme, plus grande que la première. Puis une maison, de style Queen Anne probablement, entourée de grands ormes. Plus loin, à gauche, deux fermes identiques. Cela faisait cinq demeures en tout. Rien d'autre à signaler.

Sur son carnet, M. Boggis fit un rapide croquis, notant la position de chaque maison pour les retrouver plus facilement au retour. Puis il remonta dans la voiture, traversa le village et atteignit l'autre côté de la colline. Là il repéra six autres habitations — cinq fermes et une blanche maison géorgienne. Il examina cette dernière à l'aide de ses jumelles. Elle paraissait propre et cossue. Le jardin était bien entretenu. Dommage. Il la raya immédiatement. Rien à attendre de la prospérité.

Il y avait donc dix possibilités dans ce coin. Dix était un très bon nombre. Juste ce qu'il fallait pour un après-midi, et sans se presser. Quelle heure était-il? Midi. Il aurait bien bu un verre de bière avant de se mettre au travail. Mais le dimanche, les bistrots n'ouvraient pas avant une heure. Tant pis, il boirait sa bière plus tard. Il jeta un coup d'œil sur son carnet et décida de s'occuper en premier de la maison Queen Anne. A travers ses jumelles, elle lui était apparue joliment délabrée. Pour un peu d'argent, les gens marcheraient sans doute. D'autant qu'il avait toujours eu de la chance avec les Queen Anne. M. Boggis réintégra sa voiture, desserra le frein à main et descendit la colline sans moteur.

A part le fait qu'il était provisoirement déguisé en curé, la personne de M. Cyril Boggis ne présentait rien de particulièrement sinistre. Antiquaire de son métier, il possédait une boutique et une salle d'exposition sur la Kings Road, à Chelsea. Ses locaux n'étaient pas grands et, en général, il ne faisait pas de grosses affaires, mais comme il achetait toujours bon marché, très, très bon marché, il parvenait à se faire un joli petit revenu chaque année. C'était un vendeur de talent et, qu'il fût question d'achat ou de vente, il avait le don d'entrer doucement dans la peau du personnage qui correspondait le mieux aux goûts du client. Il était sérieux et plein de charme avec les vieillards, obséquieux avec les riches, humble avec les dévots, autoritaire avec les faibles, polisson avec les veuves, spirituel avec les vieilles demoiselles. Très conscient de ce don, il n'hésitait pas à s'en servir chaque fois que l'occasion se présentait. Et souvent, à la fin d'un numéro particulièrement réussi, il avait du mal à ne pas se retourner pour saluer une ou deux fois devant le tonnerre d'applaudissements d'un public imaginaire.

Malgré cette aptitude à la clownerie, M. Boggis n'était pas fou. En fait, il était connu pour en savoir plus long sur les meubles français, anglais et italiens que quiconque à Londres. D'un goût très sûr, il était prompt à reconnaître et à écarter un objet sans grâce, fût-il authentique. Son amour allait, bien entendu, aux grands maîtres anglais du dix-huitième, Ince, Mayhew, Chippendale, Robert Adam, Manwaring, Inigo Jones, Hepplewhite, Kent, Johnson, George Smith, Lock, Sheraton et quelques autres, mais même avec ceux-là, il lui arrivait de faire le difficile.

Il refusait par exemple de laisser entrer dans sa salle d'exposition une pièce de la période gothique ou chinoise de Chippendale. Il en était de même pour les motifs surchargés, à l'italienne, de Robert Adam.

Au cours des dernières années, M. Boggis s'était taillé une réputation enviable parmi ses confrères, grâce à sa faculté de présenter, avec une étonnante régularité, des pièces insolites et même extrêmement rares. On chuchotait qu'il avait des réserves à peu près inépuisables, une sorte d'entrepôt particulier où, disait-on, il lui suffisait de se rendre une fois par semaine, en voiture, pour y puiser à loisir. Et, chaque fois qu'on lui demandait de dévoiler son secret, il souriait mystérieusement, clignait de l'œil en murmurant quelques mots peu compréhensibles.

Il était simple pourtant, le petit secret de M. Boggis, et l'idée lui en était venue à la suite d'un certain dimanche après-midi, voilà près de neuf ans, alors qu'il se promenait à la campagne au volant de sa voiture.

Il était parti le matin pour voir sa vieille mère qui vivait à Sevenoaks. En revenant, ayant cassé la courroie du ventilateur de sa voiture, l'eau du radiateur s'était mise à bouillir. Il s'était donc arrêté pour marcher jusqu'à la maison la plus proche, une toute petite ferme à l'écart de la route, et il avait demandé une cruche d'eau à la fermière.

En attendant qu'elle aille la chercher, il avait jeté par hasard un coup d'œil par la porte entrouverte de la chambre, et là, il avait découvert une chose qui fit battre son cœur et lui mit la sueur au front. C'était un grand fauteuil de chêne comme il n'en avait vu qu'une seule fois de sa vie. Les accotoirs, ainsi que le

dossier, étaient soutenus par une rangée de huit
fuseaux merveilleusement tournés. Le dossier lui-
même portait une délicate marqueterie à fleurs, et
une tête de canard longeait les accotoirs. Seigneur,
pensa-t-il, cela doit bien dater du xve siècle !

Il avança un peu la tête, et, ciel ! de l'autre côté de
la cheminée, il y avait un second fauteuil semblable
au premier !

Sans en être tout à fait sûr, il estima que deux
fauteuils de cette espèce, cela devait valoir au moins
mille livres, à Londres. Et quelles merveilles !

Lorsque la femme revint, M. Boggis lui demanda à
brûle-pourpoint si elle voulait bien lui vendre les
deux fauteuils.

« Dieu me garde, répondit-elle. Mais pourquoi
donc ?

— C'est que je vous en donnerais un bon petit
prix. »

Cela l'intriguait. Combien lui donnerait-il ? Les
fauteuils, bien sûr, n'étaient pas à vendre, mais rien
que pour voir, pour rire, combien lui donnerait-il ?

« Trente-cinq livres. »

Trente-cinq livres, tiens, tiens. Comme c'était
intéressant ! D'ailleurs, elle avait toujours pensé
qu'ils avaient de la valeur. Ils étaient très vieux. Et
très confortables aussi. Mais elle ne pouvait absolument pas s'en passer, rien à faire. Non, vraiment, ils
n'étaient pas à vendre, mais merci tout de même.

M. Boggis lui dit qu'ils n'étaient pas si vieux que ça
et qu'ils ne seraient pas si faciles à vendre, mais qu'il
avait justement un client qui raffolait de ce genre de
choses. Peut-être, s'il ajoutait deux livres — trente-
sept au lieu de trente-cinq ?

Ils passèrent une demi-heure à négocier ainsi et, naturellement, M. Boggis finit par emporter les deux fauteuils après les avoir payés le vingtième à peu près de leur valeur.

Ce soir-là, sur le chemin du retour, les deux merveilleux fauteuils rangés à l'arrière de sa vieille camionnette, M. Boggis eut soudain une idée de génie.

Voyons, se dit-il. S'il y a de beaux morceaux dans une ferme, pourquoi n'y en aurait-il pas dans une autre ? Pourquoi ne les rechercherait-il pas ? Pourquoi ne passerait-il pas au crible toute la région ? Le dimanche, par exemple, cela ne lui ferait pas perdre de temps. D'ailleurs, il ne savait jamais que faire de ses dimanches.

Cela dit, M. Boggis acheta des cartes, des cartes à grande échelle des environs de Londres et, à l'aide d'une plume fine, il partagea chacune d'elles en une série de carrés. Chacun de ces carrés représentait une surface de cinq milles sur cinq, la distance qu'il pouvait couvrir en un seul dimanche s'il devait l'examiner à fond. Il ne s'intéressait ni aux villes ni aux villages. Ce qu'il recherchait, c'étaient les endroits plutôt isolés, les grandes fermes, les maisons de campagne un peu délabrées. En faisant un carré par dimanche, cela lui ferait cinquante-deux carrés par an. En procédant ainsi, il verrait peu à peu toutes les fermes et toutes les maisons sans rien laisser lui échapper.

Évidemment, la chose n'était pas simple. Les gens qui vivent à la campagne sont plutôt soupçonneux. Même les riches appauvris. Vous ne pouvez pas aller sonner à leur porte et vous attendre à ce qu'ils vous fassent visiter leur maison, comme ça, pour rien, pour bavarder. Non, de cette façon, vous ne franchirez jamais une porte. Que faire alors, pour y parvenir ? Il vaudrait mieux ne pas leur dire qu'il était marchand de meubles. Il pourrait être l'employé du téléphone, le plombier, l'inspecteur du gaz. Ou même, il pourrait être curé...

A partir de ce moment, tout le scénario se mit à prendre forme. M. Boggis commanda une importante quantité de cartes où était gravé le texte suivant :

LE RÉVÉREND CYRIL WINNINGTON BOGGIS
Président de la Société
pour la protection des meubles rares
En association avec le Musée Victoria et Albert.

Et depuis, tous les dimanches, il se transformait en gentil vieux curé qui passait son temps à courir la campagne par dévouement pour sa « Société », afin de réunir un inventaire des trésors cachés dans les maisons anglaises. Et qui aurait la cruauté de le chasser en apprenant cela ?

Personne.

Donc, une fois introduit, s'il lui arrivait d'apercevoir une pièce vraiment digne d'intérêt, il connaissait cent manières de procéder.

A la grande surprise de M. Boggis lui-même, cela marchait. En fait la bienveillance avec laquelle on le recevait dans les maisons de campagne était, au début, très embarrassante, même pour lui. Une tranche de pâté, un verre de porto, une tasse de thé, un panier de prunes et même un repas dominical en

famille, voilà à quoi il s'exposait constamment. Bien
sûr, çà et là il avait passé de mauvais moments, connu
un certain nombre d'incidents, mais voyons, neuf
ans, cela fait plus de quatre cents dimanches et un
nombre considérable de maisons. Tout compte fait,
l'affaire avait été intéressante, passionnante et lucra-
tive.

Aujourd'hui, cela faisait un dimanche de plus, et
M. Boggis opérait cette fois dans le comté de
Buckinghamshire, un des carrés situés le plus au nord
sur sa carte, à dix milles environ d'Oxford. Et comme
il descendait la colline au volant de sa voiture, en
direction de sa première maison, la Queen Anne
délabrée, il eut soudain le sentiment que c'était là un
de ses jours de chance.

Il gara sa voiture à une centaine de mètres de la
porte et fit à pied le reste du chemin. Il préférait ne
pas exhiber sa voiture avant que le marché fût
conclu. Un bon vieux curé et une grosse camionnette, cela ne va pas ensemble. Cette brève promenade lui permit également de mieux examiner l'aspect extérieur de la propriété et de choisir le ton qui
conviendrait le mieux.

M. Boggis parcourut allégrement les cent mètres
qui séparaient sa voiture de la maison. C'était un
homme court sur pattes avec un gros ventre. Il avait
une bonne tête de curé, ronde et rose, avec de gros
yeux bruns et bombés, des yeux de veau marin. Il
portait une robe noire à collier de chien blanc et il
était coiffé d'un feutre noir. Il avait à la main une
canne de chêne qui lui donnait, à son avis, une allure
plus joviale, plus rustique.

Arrivé devant la porte, il sonna. Il entendit un

bruit de pas, la porte s'ouvrit et, devant lui, ou plutôt au-dessus de lui, apparut une femme gigantesque en culotte de cheval. Même à travers l'odeur de la cigarette qu'elle fumait, il ne pouvait pas ne pas sentir celle des écuries et du fumier qui était collée à toute sa personne.

« Que désirez-vous ? » dit-elle en le regardant de manière soupçonneuse.

M. Boggis, qui n'eût pas été surpris de l'entendre hennir, souleva son chapeau, s'inclina un peu et tendit sa carte. « Excusez-moi de vous déranger », dit-il. Puis il attendit en observant son visage tandis qu'elle lisait.

« Je ne comprends pas, fit-elle en lui rendant la carte. Que désirez-vous au juste ? »

M. Boggis donna des précisions sur la Société pour la protection des meubles rares.

« Est-ce que cela n'aurait pas quelque chose à voir avec le Parti socialiste ? » demanda-t-elle en fronçant ses sourcils pâles et broussailleux.

A partir de ce moment, cela allait tout seul. Un tory mâle ou femelle en culotte de cheval, c'était toujours une proie facile. Et M. Boggis de consacrer deux bonnes minutes à un éloge passionné de l'aile d'extrême droite du Parti conservateur, puis deux autres à dénoncer les socialistes. Pour finir, il fit une place importante au projet de loi que les socialistes avaient déposé et qui avait pour but l'abolition des massacres qu'entraînait la chasse. Aussi confia-t-il à son auditrice, tout en remarquant qu'il valait mieux ne pas le dire à l'évêque, que, à son idée, le paradis était un endroit où l'on pourrait chasser le renard, le cerf et le lièvre avec des meutes infatigables, du matin au soir, tous les jours de la semaine, y compris le dimanche.

En parlant, il la guettait du coin de l'œil pour voir venir l'instant magique où il pourrait se mettre au travail. La femme souriait à présent, découvrant un lot de dents en touches de piano. « Madame, s'écria-t-il, je ne vous demande qu'une chose, même je vous en supplie, ne me parlez pas des socialistes ! » Alors elle éclata d'un énorme rire, souleva une immense main rouge et lui donna une tape sur l'épaule, une tape si vigoureuse qu'il faillit tomber.

« Entrez ! claironna-t-elle. Je ne vois toujours pas ce que vous voulez, mais entrez donc ! »

Malheureusement, et cela pouvait paraître surprenant, il n'y avait aucun meuble de valeur dans toute la maison. Et M. Boggis, qui ne perdait jamais de temps en terre stérile, s'excusa au bout d'un moment et prit congé. La visite avait duré moins de cinquante minutes. Ce n'était pas excessif, se dit-il, en rejoignant sa voiture.

Maintenant, il ne lui restait plus que des fermes à visiter. La plus proche était à un demi-mille, en remontant la route. C'était une grande construction, très ancienne, mi-bois, mi-brique. Un magnifique poirier, encore en fleur, cachait presque tout le mur orienté au sud.

M. Boggis frappa à la porte. Il attendit, mais personne ne vint. Il frappa encore. Toujours pas de réponse. Il fit alors le tour de la maison pour voir si la fermière était à l'étable. Là non plus, il ne trouva personne. Ils étaient certainement tous à l'église. Et il se mit à regarder par les fenêtres. Rien dans la salle à manger. Rien non plus à la bibliothèque. Il passa à la fenêtre suivante, celle de la salle de séjour. Et là, sous son nez, dans la petite alcôve, il vit une chose admirable. Une table de jeu en demi-lune, en acajou richement verni, de l'époque Hepplewhite, datant de 1780 environ.

« Ah ! fit-il, le visage collé à la vitre. Bien joué, Boggis ! » Mais ce n'était pas tout. Il y avait aussi une chaise, une chaise unique. Hepplewhite également, et d'une qualité plus belle encore que la table. Le treillis du dossier était d'une grande finesse, le cannage du siège était original, les pieds se décrochaient avec grâce, leur ligne était des plus recherchées. C'était une chaise exquise. « Avant la fin du jour, dit doucement M. Boggis, j'aurai le plaisir de m'asseoir sur cette merveille. » Car il n'achetait jamais une chaise sans s'y asseoir d'abord. C'était une de ses expériences préférées. Il fallait le voir se laisser tomber délicatement sur le siège pour jauger le degré de rétrécissement précis mais infinitésimal dont les années avaient marqué les assemblages.

Mais rien ne pressait. Il reviendrait plus tard. Il avait tout l'après-midi devant lui.

La ferme suivante se trouvait au-delà des champs, et pour laisser sa voiture hors de vue, M. Boggis dut la quitter sur la route et suivre un long sentier qui menait directement au potager, derrière la maison. Cette ferme était bien plus petite que la précédente. Elle ne promettait pas grand-chose. Elle paraissait sale, mal entretenue et les étables étaient plutôt en mauvais état.

Dans un coin de la cour, il y avait trois hommes, debout. L'un d'eux tenait en laisse deux grands lévriers. Lorsque les hommes virent M. Boggis dans sa robe noire à collier de chien blanc, ils cessèrent de parler et prirent l'air figé. Immobiles soudain, les trois visages le regardaient approcher avec méfiance.

Le plus âgé des trois était un homme trapu avec une bouche de crapaud et de petits yeux fuyants. Cet homme — M. Boggis l'ignorait, évidemment — s'appelait Rummins. Il était le propriétaire de la ferme.

Le grand garçon à l'œil malade qui se tenait à côté de Rummins était Bert, son fils.

Le troisième, un peu courtaud, au visage ratatiné, aux sourcils joints, aux épaules démesurées, s'appelait Claude. Il avait fait irruption chez Rummins dans l'espoir d'obtenir un morceau du cochon que Rummins avait tué la veille. Claude avait entendu parler de l'abattage — tout le monde, dans les fermes voisines, était au courant — et il savait aussi qu'il fallait une autorisation du gouvernement pour tuer une bête, et que Rummins n'en avait pas.

« Bonjour, dit M. Boggis. Quel beau temps, vous ne trouvez pas ? »

Les trois hommes ne bronchèrent pas. Tous les trois pensaient exactement à la même chose : que ce prêtre, qui n'était certainement pas du pays, avait été envoyé pour fourrer son nez dans leurs affaires et pour les dénoncer ensuite au gouvernement.

« Quels beaux chiens, poursuivit M. Boggis. Je n'ai jamais vu de courses de lévriers, mais il paraît que c'est fascinant. »

Toujours le silence. M. Boggis, qui promenait son regard de l'un à l'autre, constata qu'ils avaient tous les trois la même expression : Quelque chose entre l'ironie et la provocation, une moue dédaigneuse, des plis goguenards aux coins du nez.

« Puis-je savoir si vous êtes le propriétaire ? demanda l'intrépide M. Boggis en s'adressant à Rummins.

— Que voulez-vous ?

— Excusez-moi de vous déranger un dimanche. »

M. Boggis brandit sa carte. Rummins la prit et l'approcha de sa figure. Les deux autres, bien que toujours immobiles, laissèrent rouler leurs yeux de ce côté.

« Et que voulez-vous dire par là ? » demanda Rummins.

Pour la seconde fois, M. Boggis vanta avec une certaine lenteur les buts et les vertus de la Société pour la protection des meubles rares.

« Nous n'en avons pas, lui dit Rummins lorsqu'il eut fini sa tirade. Vous perdez votre temps.

— Pas si vite, monsieur, dit M. Boggis en levant l'index. La dernière fois, un vieux fermier du Sussex m'a dit la même chose. Mais quand il a fini par me laisser entrer chez lui, savez-vous ce que j'ai trouvé ? Une vieille chaise sale, dans la cuisine, mais qui valait QUATRE CENTS LIVRES ! Je l'ai aidé à la vendre, et il s'est acheté un nouveau tracteur avec cet argent.

— Qu'est-ce que vous racontez là ? dit Claude. Une chaise de quatre cents livres, ça n'existe pas.

— Là, pardon, mais vous vous trompez, fit d'un air pincé M. Boggis. Il y a des tas de chaises en Angleterre qui valent deux fois cette somme, ou même plus que ça. Et savez-vous où elles sont ? Eh bien, tout simplement dans les fermes, dans les chaumières de la campagne anglaise, et les propriétaires s'en servent comme d'un escabeau, ils montent dessus avec leurs sales brodequins pour descendre un pot de confiture du haut de l'armoire, ou pour accrocher un tableau au mur. C'est la vérité, mes amis ! »

Mal à l'aise, Rummins dansait d'un pied sur l'autre. « Vous voulez dire que, ce qu'il vous faut, c'est faire le tour de la maison ?

— Exactement », dit M. Boggis. Il commençait enfin à comprendre ce que redoutaient ces gens. « Mais, rassurez-vous, je ne fouillerai pas vos armoires, ni votre garde-manger. Je voudrais seulement regarder vos meubles pour voir si vous n'avez pas quelque trésor ici, car cela peut arriver. Et puis je pourrais en parler dans le journal de la Société.

— Vraiment ? fit Rummins en le fixant de ses petits yeux malicieux. On dirait que c'est vous qui cherchez à acheter vos trucs. Sans cela, pourquoi vous donneriez-vous tant de mal ?

— Oh ! Si seulement j'étais assez riche pour cela ! Bien sûr, s'il m'arrivait de trouver un objet à mon goût et dans mes prix, je pourrais être tenté de faire une offre. Mais, hélas ! cela n'arrive que rarement.

— Bon, dit Rummins, si vous y tenez, venez jeter un coup d'œil. » Il ouvrit la voie à travers la cour, suivi de M. Boggis, de son fils Bert, de Claude et de ses deux chiens. Ils passèrent par la cuisine qui n'était meublée que d'une piètre table de sapin où gisait un poulet mort. Puis ce fut une grande chambre extrêmement sale.

Et pan ! M. Boggis s'arrêta net, secoué par un petit hoquet d'émotion. Et il resta où il était, cinq, dix, quinze secondes au moins, le regard fixe comme un crétin, incapable de croire, d'oser croire ses yeux. Ce ne POUVAIT être vrai, ce n'était pas possible ! Mais plus il écarquillait les yeux, plus cela paraissait vrai. Après tout, la chose était là, contre le mur, juste en face de lui, aussi vraie et présente que la maison elle-même. Et qui pourrait s'y tromper ? Évidemment, elle était peinte en blanc, l'œuvre de quelque imbé-cile, mais cela était sans importance. La peinture, c'est facile à gratter. Mais grand Dieu, regardez-moi ça ! Et dans un taudis pareil !

Mais M. Boggis finit par se rendre compte que les trois hommes, qui se tenaient groupés près de la cheminée, le regardaient fixement. Ils l'avaient bien vu s'arrêter, hoqueter, écarquiller les yeux, et ils avaient dû voir aussi son visage rougir, ou peut-être pâlir. De toute manière, ils en avaient vu assez pour lui gâcher toute son affaire s'il ne trouvait pas rapidement un moyen de s'en tirer. En une fraction de seconde, M. Boggis porta une main à son cœur et s'affaissa sur la chaise la plus proche en respirant lourdement.

« Qu'est-ce qui vous arrive ? demanda Claude.

— Ce n'est rien, fit-il en haletant. Ce sera vite passé. Un verre d'eau, s'il vous plaît... C'est le cœur. »

Bert alla lui chercher un verre d'eau, le lui tendit et resta à ses côtés sans cesser de le regarder bêtement.

« J'ai cru que vous regardiez quelque chose », dit Rummins. La bouche de crapaud s'étira en un sourire plein de ruse qui laissa voir les chicots de plusieurs dents cassées.

« Non, non, fit M. Boggis. Oh, Seigneur, non. Ce n'est que mon cœur. Je suis désolé. Cela m'arrive de temps en temps. Mais ce n'est jamais long. Je serai remis dans deux minutes. »

Car il fallait, se dit-il, trouver le temps de réfléchir, de se calmer parfaitement avant de dire quoi que ce soit. Du calme, Boggis, c'est le principal. Ces gens sont peut-être ignorants, mais ils ne sont pas stupides. Ils sont méfiants, circonspects et sournois. Et si c'est vrai, alors... mais non, c'est impossible, IMPOSSIBLE...

Dans un geste de souffrance, il tenait une main devant ses yeux et, imperceptiblement, avec beaucoup de précaution, il écarta un peu les doigts et tenta de regarder au travers.

Oui, c'était sûr. Il ne s'était pas trompé en identifiant la chose au premier coup d'œil. Il n'y avait pas le moindre doute ! C'était incroyable !

Il avait devant lui un meuble pour lequel n'importe quel expert aurait donné toute sa fortune. Pour un profane, évidemment, il pouvait n'avoir rien d'extraordinaire, surtout sous sa couche de peinture blanche et sale. Mais pour M. Boggis, c'était le rêve d'un antiquaire. Comme tout marchand qui se respecte, il savait que parmi les pièces les plus célèbres et les plus convoitées de l'ameublement anglais du XVIIIᵉ siècle figuraient les trois fameuses « Commodes Chippendale ». Il connaissait parfaitement leur histoire. La première avait été « découverte » en 1920, dans une maison de Morethon-on-the-Marsh et vendue chez Sotheby la même année. Les deux autres venaient du Rainham Hall, Norfolk. Elles étaient passées aux mêmes enchères un an plus tard. Elles avaient atteint des prix fabuleux. Il ne se rappelait pas exactement le prix atteint par la pre-

mière, ni même par la seconde, mais il était certain
que la dernière avait été vendue trois mille neuf cents
guinées. Et c'était en 1921 ! Aujourd'hui, la même
pièce vaudrait sûrement dix mille livres. Un expert
dont M. Boggis avait oublié le nom avait prouvé dans
une récente étude que ces trois meubles devaient
provenir du même atelier car les placages étaient du
même bois. On n'avait pas retrouvé les factures, mais
les experts s'accordaient pour penser que ces trois
commodes n'avaient pu être exécutées que par
Thomas Chippendale lui-même, de ses propres
mains, dans la période la plus inspirée de sa carrière.

Et ici, M. Boggis se le répétait en regardant à la
sauvette par la trouée de ses doigts, ici se trouvait la
quatrième commode Chippendale ! Et c'était LUI qui
l'avait découverte ! Il allait être riche ! Et célèbre !
Chacune des trois autres était connue à travers le
monde des meubles sous un nom particulier. La
Commode Chastleton, la première Commode de
Rainham, la seconde Commode de Rainham. Celle-
ci ferait son entrée dans l'histoire sous le nom de
Commode de Boggis ! Imaginez un peu la tête des
gens, à Londres, quand ils la verront demain matin !
Et les offres vertigineuses que lui feront les grands
types de West End — Frank Partridge, Mallet, Jetley
et tous les autres ! Il y aurait une photo dans le *Times*
et en dessous, on pourrait lire : La très belle commode Chippendale récemment découverte par le
marchand londonien Cyril Boggis... Bon Dieu, quel
bruit cela allait faire !

Celle-ci, se dit M. Boggis, était à peu près semblable à la seconde de Rainham. Car toutes les trois, la
Chastleton et les deux Rainham, présentaient entre

elles quelques petites différences d'ordre ornemental. C'était un meuble magnifique, construit dans le style rococo de la période la plus heureuse de Chippendale, une grosse commode plantée sur quatre pieds sculptés et cannelés qui la soutenaient à environ un pied du sol. Elle avait quatre tiroirs, deux grands au milieu et deux plus petits de chaque côté. Le serpentin avant était somptueusement orné de motifs compliqués de festons, de volutes et de grappes. Les poignées de cuivre, bien que recouvertes en partie de peinture blanche, paraissaient superbes. C'était, bien entendu, une pièce plutôt lourde, mais l'élégance de sa ligne en atténuait considérablement la lourdeur.

Quelqu'un demanda : « Comment vous sentez-vous ?

— Merci, merci, répondit M. Boggis. Ça va déjà beaucoup mieux. Ça passe vite. Mon médecin dit que cela ne vaut pas la peine de m'inquiéter à condition que je me repose quelques minutes chaque fois que cela arrive. Oh oui, fit-il en se remettant lentement debout, ça va mieux. Ça va tout à fait bien à présent. »

D'une démarche un peu chancelante, il se mit à déambuler dans la pièce pour examiner un à un chaque meuble en le commentant brièvement. Ainsi, il put se rendre compte que, mis à part la commode, le reste était sans intérêt.

« Belle table de chêne, dit-il, mais pas assez ancienne pour avoir de la valeur. Bonnes chaises confortables, mais trop modernes, oui, beaucoup trop modernes. Quant à l'armoire, elle est assez intéressante, mais encore sans valeur. Cette commode — il passa près d'elle comme par hasard et claqua dédaigneusement des doigts — elle vaut bien quelques livres, mais pas plus. C'est une reproduction assez grossière, je le crains bien. De l'époque victorienne probablement. C'est vous qui l'avez peinte en blanc ?

— Oui, dit Rummins. C'est Bert qui l'a peinte.

— Excellente idée. C'est beaucoup moins choquant en blanc.

— C'est un beau meuble, dit Rummins. Il y a de belles sculptures.

— Faites à la machine », rétorqua M. Boggis avec superbe. Il était courbé sur le meuble pour examiner l'exquis travail d'artisan. « Cela se voit à un kilomètre. Pourtant, c'est assez joli dans son genre. Il y a de la finesse. »

Il se remit à flâner, puis se ressaisit et revint lentement sur ses pas. Un doigt au bout du menton, il fronça les sourcils comme quelqu'un qui réfléchit très fort.

« Savez-vous », fit-il en regardant comme par hasard la commode. Sa voix était indifférente. « Savez-vous, cela me revient maintenant... il me faudrait des pieds comme ceux de votre commode. J'ai une drôle de table, chez moi, une de ces tables basses qu'on met devant le sofa, une sorte de table à café. Et l'année dernière, à la Saint-Michel, alors que je m'installais dans ma maison, ces imbéciles de déménageurs en ont complètement abîmé les pieds. J'aime beaucoup cette table. J'y mets toujours ma bible, et toutes les notes pour mes sermons. »

Il se gratta le menton. « J'y pense maintenant. Les pieds de votre commode lui conviendraient certainement. Oui, c'est sûr. On pourrait facilement les couper et les fixer à ma table. »

Il jeta un regard circulaire et vit les trois hommes immobiles, le regard soupçonneux. Trois paires d'yeux absolument dissemblables, mais où se lisait la même incrédulité. Les petits yeux de cochon de Rummins, les gros yeux lourds de Claude et les yeux dépareillés de Bert dont l'un était étrangement trouble, comme bouilli, avec un petit point noir au milieu, comme un œil de poisson dans une assiette.

M. Boggis secoua la tête en souriant. « Allons, allons, qu'est-ce que je raconte ? Je parle comme si ce meuble m'appartenait. Excusez-moi.

— On dirait que vous avez envie de l'acheter, dit Rummins.

— Eh bien... » M. Boggis regarda de nouveau la commode en fronçant les sourcils. « Je n'en suis pas sûr. Peut-être bien... et puis... non... je crois que cela ferait trop de dérangements. Elle ne les vaut pas. Il vaut mieux que je la laisse.

— Combien pensez-vous offrir ?

— Pas beaucoup, je le crains. Vous savez, ce n'est pas un meuble d'époque. Ce n'est qu'une reproduction.

— Ce n'est pas sûr, dit Rummins. Nous l'avons depuis vingt ans, et avant, elle était au Manoir. Je l'ai achetée moi-même aux enchères quand le vieux châtelain est mort. Vous n'allez pas me dire que c'est moderne !

— Elle n'est pas moderne à proprement dire, mais elle n'a sûrement pas plus de soixante ans.

— Elle a plus que ça, dit Rummins. Bert, où est ce

morceau de papier que tu as trouvé un jour au fond
d'un tiroir ? Ce vieux billet, tu sais bien... »

Le garçon eut un regard distrait.

M. Boggis ouvrit la bouche, puis la referma sans
avoir émis un son. Il commençait littéralement à
trembler d'émotion, et pour retrouver son sang-
froid, il marcha vers la fenêtre et regarda une grosse
poule brune qui picorait des grains épars dans la
cour.

« Il était au fond d'un tiroir, sous tous ces pièges à
lapins, dit Rummins. Trouve-le et montre-le au
curé. »

Quand Bert fut près de la commode, M. Boggis se
retourna. Il ne put s'empêcher de le guetter. Il le vit
tirer un des grands tiroirs du milieu. Le tiroir glissa
avec une douceur admirable. La main de Bert
plongea dans un fouillis de câbles et de ficelles.

« C'est ça que vous voulez dire ? » Et Bert retira
du fond du tiroir un pli jauni. Il le tendit à son père
qui le déplia et l'approcha de ses yeux.

« Vous n'allez pas me dire que ce papillon n'est
pas diablement vieux », dit Rummins en tendant le
papier à M. Boggis dont les mains tremblaient. Le
papier était cassant. Il lui craquait un peu entre les
doigts. C'était écrit à la main, d'une grande écriture
penchée :

EDWARD MONTAGU, ESQU.

Dr. A Thos, Chippendale

*Une grande Table Commode du meilleur acajou, riche-
ment sculptée, montée sur pieds cannelés, deux grands*

tiroirs très nettement façonnés au milieu et deux dito de
chaque côté. Riches poignées et ornements de cuivre
ciselé, le tout fini dans le goût le plus exquis... L. 87.

M. Boggis se tenait péniblement debout, luttant
ferme contre l'émotion, contre le vertige. Oh Dieu,
c'était merveilleux ! Cette facture faisait encore
monter la valeur. Au nom du ciel, combien attein-
drait-elle maintenant ? Douze mille livres ? Quatorze ?
Peut-être quinze ou vingt, qui sait ?

Bon Dieu !

Il jeta le papier sur la table avec mépris et dit d'une
voix tranquille : « C'est exactement ce que je vous
disais. Une reproduction victorienne. C'est tout
simplement la facture que le vendeur a donnée à son
client en faisant passer le meuble pour une pièce
ancienne. Des papiers de ce genre, j'en ai vu des tas.
Vous remarquerez vous-même qu'il ne dit pas qu'il a
fabriqué lui-même la commode. C'est tout dire.

— Racontez ce que vous voudrez, déclara Rummins, mais c'est un papier ancien.

— Bien sûr, mon cher ami. Il est victorien. Autour
de mille huit cent quatre-vingt-dix. C'est vieux de
soixante ou soixante-dix ans, j'en ai vu des centaines.
A cette époque, des tas de fabricants ne faisaient rien
d'autre que de truquer les beaux meubles du siècle
précédent.

— Écoutez-moi, curé, dit Rummins, pointant vers
lui un gros doigt crasseux, vous en savez sûrement un
bon bout sur la question, mais voilà ce que je dis,
moi : comment diable pouvez-vous être si sûr que ça
que c'est un faux alors que vous n'avez même pas vu
de quoi ça a l'air sous la peinture blanche ?

— Approchez, dit M. Boggis. Approchez et je vais vous montrer. » Il se planta devant la commode et attendit qu'ils approchent. « Maintenant, avez-vous un couteau ? »

Claude sortit de sa poche un canif et M. Boggis le prit pour ouvrir la plus petite lame. Puis, procédant en apparence négligemment, mais en réalité avec un soin extrême, il se mit à gratter la peinture blanche sur une petite surface du sommet de la commode. La peinture se détacha proprement du vieux et dur vernis qui était en dessous. Quand il eut ainsi nettoyé trois centimètres carrés, il recula et dit : « Maintenant, regardez ! »

C'était beau. Une chaude petite surface d'acajou brillant comme une topaze, dans la splendeur riche et profonde de ses deux cents ans.

— Qu'y a-t-il de mal ? demanda Rummins.

— C'est truqué ! Tout le monde vous le dira.

— Comment pouvez-vous le voir ? Dites-le-nous.

— Bon. Je dois dire que c'est plutôt difficile à expliquer. C'est surtout une question d'expérience. Et mon expérience me dit que, sans aucun doute, ce bois a été travaillé à la chaux. C'est de cela qu'ils se servent pour l'acajou, pour lui donner cette couleur sombre, à l'ancienne. Pour le chêne, ils prennent des sels de potasse, et pour le noyer, c'est l'acide nitrique. Mais pour l'acajou, c'est toujours la chaux. »

Les trois hommes s'approchèrent un peu plus pour scruter le bois. Ils manifestaient à présent une lueur d'intérêt. C'était toujours instructif d'entendre parler d'une nouvelle forme d'escroquerie ou de tromperie.

« Regardez bien le grain. Vous voyez cette petite

touche d'orange au milieu du rouge-brun ? C'est la trace de la chaux. »

Ils vinrent plus près encore, le nez contre le bois. Rummins d'abord, puis Claude, puis Bert.

« Et puis il y a la patine, poursuivit M. Boggis.

— La quoi ? »

Il leur expliqua le sens de ce mot par rapport aux meubles.

« Mes chers amis, vous n'avez pas d'idée du mal que se donnent ces coquins pour arriver à imiter la patine, la belle et vraie patine comparable à celle du bronze. C'est terrible, c'est vraiment terrible, et cela me rend malade d'en parler ! » Il articulait nettement et donnait à sa bouche une expression de profond dégoût. Les hommes se taisaient, en attendant qu'il leur dévoilât d'autres secrets.

« Le travail des uns sert à tromper les autres ! s'écria M. Boggis. N'est-ce pas dégoûtant ? Savez-vous ce qu'ils ont fait ici, mes amis ? je peux le voir, moi. Je peux presque les voir faire, comme ils frottent le bois, longuement, rituellement, à l'huile de lin, comme ils le recouvrent d'un vernis français habilement coloré. Puis ils le passent à l'estompe et au glacis, puis à la cire d'abeille mêlée savamment de poussière et de saleté, et finalement ils le passent à la chaleur pour faire craqueler le vernis et lui donner cette apparence de vernis vieux de deux siècles. Vraiment, cela me bouleverse, une telle friponne-rie ! »

Les trois hommes continuaient à regarder fixement la petite tache de bois sombre.

« Touchez-le ! ordonna M. Boggis. Touchez-le du bout du doigt ! Alors, c'est chaud ou c'est froid ?

— C'est froid, dit Rummins.

— Exactement, mes amis ! C'est un fait que la patine truquée est toujours froide au toucher. La vraie patine donne une curieuse sensation de chaleur.

— Celle-ci n'est ni chaude ni froide, fit Rummins, prêt à discuter.

— Non, monsieur, elle est froide. Mais naturellement, il faut des doigts experts et sensibles pour émettre un jugement valable. On ne peut vous demander de juger la qualité de ce bois comme vous ne pourriez me demander, à moi, de juger la qualité de votre orge. Dans la vie, cher monsieur, tout n'est qu'expérience. »

Les hommes regardaient l'étrange curé, son visage rond comme la lune, aux yeux bombés. Moins soupçonneux que tout à l'heure parce qu'il avait l'air de s'y connaître. Mais loin encore d'avoir confiance en lui.

M. Boggis se pencha pour désigner une des poignées de métal des tiroirs. « Voici un autre truc, dit-il. Le vieux cuivre a normalement une couleur et un caractère qui lui sont propres, le saviez-vous ? »

Ils le fixaient, en attendant qu'il en dévoile davantage.

« Mais l'ennui, c'est qu'ils sont devenus trop habiles à l'assortir. Si bien qu'il est à peu près impossible de voir la différence entre du « vrai vieux » et du « faux vieux ». Je veux bien reconnaître qu'il me le faudrait deviner. Ce n'est donc pas la peine de gratter la peinture de ces poignées. Nous n'en serions pas plus avancés.

— Comment peut-on donner l'air vieux à du

cuivre neuf ? demanda Claude. Le cuivre ne rouille pas, vous savez.

— Vous avez parfaitement raison, mon ami. Mais ces gredins ont leurs secrets bien à eux.

— Par exemple ? » demanda Claude. Toute révélation de ce genre avait de la valeur pour lui. On ne sait jamais.

« Voilà ce qu'ils font, dit M. Boggis. Ils placent les poignées pendant la nuit dans une boîte de copeaux d'acajou saturés de sels d'ammoniaque. Cela fait verdir le métal, mais si vous grattez le vert, vous trouverez en dessous un beau et doux lustré à la fois chaud et argenté, comme celui du très vieux cuivre. Oh, vraiment, c'est inhumain ce qu'ils font ! Avec le fer, ils ont un autre tour.

— Que font-ils avec le fer ? demanda Claude fasciné.

— Le tour du fer, c'est facile, dit M. Boggis. Les serrures, les charnières, la vaisselle, ils enterrent tout ça dans du sel, du gros sel ordinaire. Puis ça sort tout rouillé, tout piqueté, en un rien de temps.

— Très bien, dit Rummins. Ainsi vous admettez que vous ne pouvez rien dire au sujet des poignées. Elles ont peut-être des centaines et des centaines d'années, qu'en savez-vous ?

— Ah, murmura M. Boggis en regardant Rummins de ses gros yeux de veau. C'est là que vous vous trompez. Regardez donc ceci. »

Et, de sa poche, il sortit un petit tournevis. Mais en même temps, sans que personne puisse le voir il en sortit aussi une petite vis de cuivre pour la cacher dans sa main fermée. Puis il jeta son dévolu sur une des vis de la commode — il y en avait quatre à chaque poignée — et se mit à en gratter soigneusement toute trace de peinture. Puis, lentement, il la dévissa.

« Si c'est une authentique vis du xviiie siècle, dit-il, la spirale sera un peu irrégulière puisqu'elle a été tracée à la lime. Mais si cette pièce est truquée, si elle est de l'époque victorienne ou de plus tard, la vis sera obligatoirement de la même époque. Ce sera une vis faite à la machine, en série. Bon, nous allons voir. »

Et, en posant sa main sur la vis ancienne pour la retirer, M. Boggis n'eut aucun mal à lui substituer la neuve cachée jusqu'alors dans sa paume. C'était encore un de ses petits trucs et qui s'était révélé très fructueux au cours des années. Les poches de sa soutane étaient toujours pleines de vis de cuivre de bazar de toutes tailles.

« Nous y voilà, dit-il, en tendant la vis moderne à Rummins. Regardez un peu. Vous voyez la parfaite régularité de la spirale. Vous la voyez ? Eh bien, c'est tout simplement une petite vis courante que vous pourriez acheter vous-même dans n'importe quelle quincaillerie de village. »

La vis passa de main en main. Chacun l'examina minutieusement. Même Rummins, cette fois-ci, était impressionné.

M. Boggis remit le tournevis dans sa poche, en même temps que la jolie vis taillée à la main qu'il avait extraite de la commode. Puis il se retourna pour se diriger lentement vers la porte, en passant devant les trois hommes.

« Mes chers amis, dit-il, en s'arrêtant à l'entrée de la cuisine, vous avez été très gentils de m'avoir accueilli dans votre petite maison. J'espère que je n'ai pas été un affreux raseur. »

Rummins qui examinait toujours la vis leva les yeux : « Vous ne nous avez pas dit ce que vous offririez », dit-il.

« Ah, dit M. Boggis. C'est juste. Je ne vous l'ai pas dit. Eh bien, pour être tout à fait sincère, je crois que tout cela ferait trop de dérangement. Je préfère abandonner cette idée.

— Combien donneriez-vous ?

— Vous voulez dire que vous désirez vraiment vous en séparer ?

— Je n'ai pas dit cela. Je vous ai demandé combien. »

M. Boggis regarda la commode. Il tourna la tête d'un côté, puis de l'autre. Il fronça les sourcils, fit la moue, haussa les épaules. De la main, il fit un petit geste dédaigneux, comme pour dire que la chose n'en valait pas la peine…

— Mettons… dix livres. Je crois que ce serait correct.

— Dix livres ! s'écria Rummins. Voyons, curé, ne soyez pas ridicule !

— Autant en faire un feu de bois ! dit Claude avec dégoût.

— Et ce billet ! » reprit Rummins, en poignardant si sauvagement de son index malpropre le précieux document que M. Boggis faillit en trembler. « Il vous dit bien le prix ! Quatre-vingt-sept livres ! Et c'était neuf alors. Maintenant que c'est vieux, ça vaudra bien le double !

— C'est ce qui vous trompe, monsieur, si vous voulez bien m'excuser ! Il s'agit d'une reproduction de seconde main. Mais, pour vous être agréable, mon ami, je vais être généreux, c'est plus fort que moi,

que voulez-vous. J'irai jusqu'à quinze livres. D'accord ?

— Faites-en cinquante », dit Rummins.

Un délicieux petit frisson, tout en pointes d'aiguilles, parcourut le dos de M. Boggis. Puis ses jambes,
en descendant jusqu'à la plante de ses pieds. C'était
joué. La chose était à lui. Il n'y avait plus de doute.
Mais l'habitude acquise au cours des années d'acheter à bas prix, à prix aussi bas que possible, était trop
profondément ancrée en lui pour qu'il se rendît aussi
facilement.

« Mon cher ami, murmura-t-il avec douceur. Je ne
veux que les pieds, pensez-y. Peut-être pourrai-je me
servir des tiroirs un jour, mais le reste, toute cette
carcasse, c'est bon pour le feu, comme votre ami l'a
dit si justement, voilà...

— Faites-en trente-cinq, dit Rummins.

— Impossible, monsieur, impossible. Cela ne les
vaut pas. Je ne peux pas me permettre de chipoter
comme ça sur un prix. C'est inadmissible. Mais je
vais vous faire une dernière offre, avant de m'en
aller. Vingt livres.

— Va pour les vingt livres, aboya Rummins.

— Oh mon cher, dit Boggis en lui serrant les
mains. C'est tout moi. Je n'aurais jamais dû vous
faire cette offre.

— Vous ne pouvez plus reculer, curé. Un marché
est un marché.

— Oui, oui, je sais.

— Comment allez-vous faire pour l'emporter ?

— Eh bien, voyons. Peut-être si j'amenais ma
voiture dans la cour, ces messieurs seraient assez
bons pour m'aider à la charger ?

— Une voiture ? Ça n'entrera jamais dans une voiture ! Il vous faudrait un camion !

— Je ne crois pas. De toute manière, nous allons voir. Ma voiture est sur la route. J'en ai pour deux secondes. Nous trouverons bien un moyen, j'en suis sûr. »

M. Boggis gagna la cour, franchit le portail et descendit le long sentier qui menait vers la route. Il ne put retenir quelques petits gloussements de satisfaction. C'était comme si des centaines de petites bulles montaient de son ventre pour éclater joyeusement au sommet de sa tête, dans un éclair mousseux. Tous les boutons-d'or des champs transformés miraculeusement en pièces d'or, étincelaient au soleil. Le sol en était jonché, et il quitta son chemin pour marcher dans l'herbe, au milieu d'elles, pour entendre le petit tintement qu'elles émettaient quand il les frappait du pied. Il eut du mal à s'empêcher de courir. Mais un prêtre, ça ne court jamais. Ça se déplace lentement. Doucement, Boggis. Ne t'énerve pas. Rien ne presse. La commode est à toi. A toi pour vingt livres, et elle en vaut quinze ou vingt mille ! La COMMODE BOGGIS ! Dans dix minutes, il l'aura dans sa voiture — elle y entrera sans difficulté — et il rentrerait à Londres en chantonnant tout au long de la route. M. Boggis emmenant dans sa voiture la Commode Boggis ! Que ne donnerait un reporter pour en prendre une photo ! Il s'en occuperait peut-être. On verra bien. Oh, jour glorieux ! Quel merveilleux dimanche !

De retour à la ferme, Rummins dit : « Marrant, ce vieux radis noir qui donne vingt livres pour un rebut pareil.

— Vous vous en êtes bien tiré, monsieur Rummins, dit Claude. Vous croyez qu'il va vous payer ?

— Faut bien. Sans ça, on ne la mettra pas dans la voiture.

— Et si ça n'y entre pas ? demanda Claude. Voulez-vous que je vous dise, monsieur Rummins ? Eh bien, je crois que ce sale truc est trop grand pour entrer dans la voiture. Et alors, qu'est-ce qu'on fait ? Il laissera tomber, il se sauvera et vous ne le reverrez plus jamais. Ni lui ni l'argent. Il n'avait pas l'air tellement mordu, vous savez ! »

Rummins s'arrêta pour prendre en considération cette alarmante éventualité.

« Comment voulez-vous qu'un machin pareil entre dans une voiture ? reprit Claude, impitoyable. Un curé, ça n'a jamais une grosse voiture. Vous avez déjà vu un curé avec une grosse voiture, monsieur Rummins ?

— Je ne peux pas vous dire...

— Vous voyez bien ! Et maintenant, écoutez-moi, j'ai une idée. Il dit qu'il ne veut que les pieds. Alors, on les coupe sur-le-champ, et quand il sera de retour, ce sera chose faite. Et alors, ça entrera sûrement dans sa voiture, et ça lui évitera de les couper lui-même en arrivant chez lui. Qu'en pensez-vous, monsieur Rummins ? » Une fierté mielleuse illuminait la grosse face bovine de Claude.

« Pas mauvaise, votre idée, fit Rummins en regardant la commode. Elle est même vachement bonne. Alors, on y va, dépêchez-vous. Portez-la dans la cour, vous et Bert. Je vais chercher une scie. Sortez d'abord les tiroirs. »

Au bout de deux minutes, Claude et Bert avaient

sorti la commode pour la poser tête en bas dans la cour, au milieu de la fiente de poulet, de la bouse de vache et de la boue. Très loin, au fond des champs, on voyait une petite silhouette noire qui longeait le sentier, en direction de la route. Elle avait quelque chose de plutôt comique, cette silhouette. Tantôt elle trottait, tantôt elle sautillait à cloche-pied. Puis elle sursautait, et une fois, les trois hommes crurent entendre des vocalises réjouies leur parvenir faiblement à travers la prairie.

« On dirait qu'il est rond », fit Claude. Et Bert ricana tandis que son œil trouble remuait dans l'orbite.

Rummins arriva, en pataugeant, du fond des étables, l'air d'un crapaud. Il portait une longue scie. Claude lui prit la scie et se mit au travail.

« Coupez-les bien ras, dit Rummins. N'oubliez pas qu'il veut s'en servir pour sa table. »

L'acajou était très dur et très sec et à mesure que Claude maniait la scie, une fine poussière rouge se répandait sur le sol. Un à un, les pieds tombèrent, et lorsqu'ils furent tous sectionnés, Bert se pencha pour les ranger avec soin.

Claude recula pour examiner son œuvre. Il y eut un long, long silence.

« Une question, monsieur Rummins, dit-il lentement. Maintenant, pourriez-vous mettre cet énorme truc à l'arrière d'une voiture ?

— Sûrement pas, si ce n'est pas un fourgon.

— C'est ça ! s'écria Claude. Et un curé, ça n'a pas de fourgon. Ça n'a d'habitude qu'une petite Morris Huit, ou une petite Austin Sept.

— Il ne lui faut que les pieds, dit Rummins. Si le

reste n'entre pas, il n'a qu'à le laisser. Il ne pourra pas se plaindre. Il aura les pieds.

— Mais il y a autre chose, monsieur Rummins, dit patiemment Claude. Vous savez bien qu'il va baisser le prix s'il manque le moindre morceau. Un curé, c'est aussi malin que n'importe qui dès qu'il s'agit de ses sous, ne vous y trompez pas. Surtout ce petit vieux-là. Alors, qu'est-ce qu'on attend pour lui faire du bois ? Et puis, on serait quittes ? Vous avez une hache ?

— C'est assez juste, dit Rummins. Bert, va chercher la hache ! »

Bert s'en fut à l'étable et revint aussitôt avec une grande hache à fendre le bois. Il la tendit à Claude. Ce dernier cracha dans ses mains et les frotta l'une contre l'autre. Puis, d'un long mouvement bien rythmé, il attaqua énergiquement la carcasse sans pieds de la commode.

C'était un rude travail et il lui fallut plusieurs minutes pour mettre tout le meuble en pièces.

« Ça alors ! », dit-il en se redressant pour s'éponger le front. « Il connaît rudement bien son métier, ce diable de charpentier qui a fait ce truc-là, et je me fiche pas mal de ce qu'en dit le curé !

— Nous avons fini juste à temps ! s'écria Rummins. Le voilà qui arrive ! »

Madame Bixby
et le manteau du Colonel

L'Amérique est le paradis des femmes. Déjà elles règnent sur quatre-vingt-cinq pour cent des biens de la nation. En attendant les quinze pour cent qui restent. Le divorce est devenu un passe-temps lucratif, simple à exercer et facile à oublier. Les femelles, selon le degré de leur ambition peuvent le répéter aussi souvent qu'elles le désirent et entrer ainsi en possession de sommes astronomiques. Une autre bonne affaire, c'est la mort du mari. Certaines dames préfèrent cette méthode-là. Elles savent que la période d'attente ne se prolongera pas trop. Le surmenage et l'hypertension s'associent généralement pour retirer le pauvre diable de la circulation avant terme. Il expirera, à son bureau, un flacon de benzédrine dans une main, une boîte de tranquillisant dans l'autre.

Ces terrifiantes perspectives sont loin de décourager les jeunes générations. Plus le taux de divorces augmente, plus les jeunes gens s'y exposent. Ils se marient comme des rats, avant même d'être pubères. Et pour la plupart, à trente-cinq ans, ils ont déjà deux ex-femmes à leur compte. Pour entretenir convenablement ces dames, les ex-époux travaillent comme des forçats, ce qui est bien naturel car, réflexion faite, que sont-ils d'autre ? Mais, à l'approche d'un âge mûr précoce, ils voient la désillusion et l'angoisse s'installer dans leur cœur. Alors, quand la nuit tombe, ils se réfugient, par petits groupes, dans les clubs et dans les bars. Là, ils sirotent leur whisky, ils avalent leurs pilules tout en se racontant des histoires aussi réconfortantes que possible.

Le thème fondamental de ces histoires est toujours le même. Les personnages aussi sont les mêmes, il y en a trois — le mari, la femme, et le « sale type ». Le mari est obligatoirement un honnête homme qui travaille dur et dont l'existence est sans mystère. La femme, elle, est perfide, menteuse et lascive, elle passe invariablement son temps à brouiller les cartes en compagnie du « sale type ». Et le mari est trop bon pour même aller jusqu'à la soupçonner. Découvrira-t-il jamais la chose ? Sera-t-il cocu à perpétuité ? Oui, on le dirait. Mais attention ! Tout à coup, par une brillante et astucieuse manœuvre, le mari bouleverse les projets de sa monstrueuse épouse. Celle-ci est désarmée, humiliée, vaincue. Alors, autour du bar, l'assistance mâle, vengée, sourit dans sa barbe...

Beaucoup d'histoires de ce genre circulent ainsi, merveilleux récits sortis directement de l'imagination de quelque mâle infortuné. Pour la plupart, ces histoires sont trop niaises pour être répétées, ou bien trop scabreuses pour être imprimées. L'une d'elles pourtant semble valoir mieux que les autres, d'autant qu'elle a le mérite d'être vraie. Elle jouit d'une grande popularité auprès des hommes avides de réconfort et si vous en êtes, et si vous ne la connaissez pas encore, vous l'apprécierez peut-être. Cette histoire s'appelle « Madame Bixby et le manteau du Colonel », et elle relate à peu près ceci :

Le docteur et Mme Bixby vivaient dans un tout petit appartement, quelque part à New York. Le docteur Bixby était un dentiste aux revenus modestes. Mme Bixby était une forte femme aux lèvres humides. Une fois par mois, toujours un vendredi après-midi, Mme Bixby prenait le train à la gare de Pennsylvanie, pour Baltimore. Elle allait voir sa vieille tante. Elle y passait la nuit et rentrait à New York le lendemain, avant l'heure du dîner. Le docteur Bixby ne s'opposait nullement à cette habitude. Il savait que tante Maud vivait à Baltimore et que sa femme était très attachée à la vieille dame. Il eût été absurde de les priver toutes les deux du plaisir de cette rencontre mensuelle.

« A condition que vous ne me demandiez jamais de vous accompagner », avait dit au commencement le docteur Bixby.

« Bien sûr que non, mon chéri », avait répondu Mme Bixby. Après tout, ce n'est pas VOTRE tante. C'est la mienne.

Donc, tout était pour le mieux.

Comme nous allons le voir, pourtant, la vieille tante était un peu plus qu'un alibi commode pour Mme Bixby. Le « sale type », sous la forme d'un monsieur connu sous le nom du « Colonel », se dissimulait sournoisement derrière toute cette mise en scène. Et notre héroïne passait à Baltimore le plus clair de son temps en compagnie de cet individu. Le Colonel était fabuleusement riche. Il vivait dans une

ravissante maison, aux environs de la ville. Ni femme
ni enfants, rien que quelques discrets et loyaux
serviteurs. Et lorsque Mme Bixby était absente, il se
consolait en montant à cheval et en chassant le
renard.

Voilà des années que durait cette euphorique
liaison entre Mme Bixby et le Colonel. Ils se voyaient
si rarement — douze fois par an, c'est bien peu si on y
réfléchit — qu'ils ne risquaient pratiquement pas de
s'ennuyer ensemble ou de se disputer. Au contraire,
la longue attente entre leurs rencontres ne faisait
qu'accroître leur tendresse.

« Taïaut ! » criait le Colonel chaque fois qu'il
venait la chercher à la gare dans sa belle voiture.
« Ma chère, j'avais presque oublié combien vous
étiez belle. »

Huit années passèrent ainsi.

C'était avant Noël. Mme Bixby attendait à la gare
de Baltimore le train qui allait la ramener à New
York. La visite qui venait de s'achever avait été tout
particulièrement agréable et elle était d'humeur
joyeuse. Mais c'était toujours pareil. La compagnie
du Colonel lui inspirait toujours ces sentiments-là.
Cet homme avait le don de lui faire croire qu'elle
était la plus remarquable des femmes, qu'elle possédait un charme subtil et exotique et qu'elle était la
fascination même. Et comme il était différent de son
dentiste de mari pour qui elle avait l'impression de
n'être que l'éternelle cliente installée dans la salle
d'attente, silencieuse devant les piles de magazines,
rarement sinon jamais admise à l'intérieur pour se
soumettre aux petits gestes précis de ses petites mains
propres et roses.

« Le Colonel me charge de vous remettre ceci »,
fit une voix derrière elle. Elle se retourna et aperçut
Wilkins, le groom du Colonel, un nain ratatiné à la
peau grise. Il poussa dans ses bras un grand carton
plat.

« Mon Dieu ! s'écria-t-elle, tout émue. Quelle
énorme boîte ! Qu'est-ce que c'est, Wilkins ? Y a-t-il
un message ?

— Pas de message », dit le groom. Puis il partit.

Dès qu'elle fut dans le train, Mme Bixby porta la
boîte là où il y avait écrit « Dames ». Elle ferma la
porte et tira le verrou. Comme c'était passionnant !
Un cadeau de Noël du Colonel ! Elle se mit à défaire
la ficelle. « Je parie que c'est une robe », se dit-elle
tout haut. « Peut-être même deux robes. Ou bien
toute une parure de fine lingerie. Je ne regarderai
pas. J'y toucherai un peu pour deviner ce que c'est.
J'essayerai aussi de deviner la couleur. Et puis le
prix. »

Elle ferma les yeux et souleva lentement le couver-
cle. Puis elle plongea une main dans la boîte. Il y
avait du papier de soie qui bruissait sous ses doigts. Il
y avait aussi une enveloppe, ou peut-être une carte.
Elle passa outre pour fouiller sous le papier. Ses
doigts s'y enfoncèrent comme des vrilles.

« Mon Dieu, s'écria-t-elle soudain, ce n'est pas
possible ! »

Elle ouvrit de grands yeux sur le manteau. Puis elle
se jeta dessus et le tira de la boîte. De grosses vagues
de fourrure se frottaient contre le papier de soie et
lorsqu'elle le souleva pour le voir dans toute sa
longueur, il était si beau qu'elle en eut le souffle
coupé.

Elle n'avait jamais vu un vison aussi superbe. Car c'était bien du vison, il n'y avait pas d'erreur. La fourrure était presque noire. Elle crut d'abord qu'elle l'était vraiment, mais plus près de la lumière, elle avait des reflets bleus, d'un bleu riche et profond comme du cobalt. Elle regarda vite l'étiquette qui disait en toute simplicité : VISON SAUVAGE DU LABRADOR. Mais rien n'indiquait l'endroit où le manteau avait été acheté. Rien. C'était certainement l'œuvre du Colonel. Ce vieux renard n'avait pas voulu laisser de trace. C'était bien son droit. Mais combien avait-il bien pu le payer ? Elle osait à peine y penser. Quatre, cinq, six mille dollars ? Peut-être plus ?

Elle ne parvenait pas à le quitter des yeux. Et, pour les mêmes raisons, elle ne put résister à l'envie de l'essayer. Elle fit tomber rapidement son vieux manteau rouge. Elle était tout essoufflée et ses yeux étaient tout ronds. Pouvoir toucher cette fourrure, mon Dieu ! Ces belles manches aux épais revers ! Qui donc lui avait expliqué une fois que les peaux de femelles servaient toujours à faire les manches et des peaux de mâles pour le reste du manteau ? Quelqu'un, Joan Rutfield sans doute. Mais comment Joan pouvait-elle savoir ce que c'était qu'un vison...

Le grand manteau noir l'enveloppait comme une seconde peau. Oh, quelle étrange sensation ! Elle se regarda dans le miroir. Toute sa personnalité avait miraculeusement changé. Elle était éblouissante, rayonnante, riche, fière, voluptueuse, tout cela en même temps ! Et cette impression de puissance qu'il lui donnait ! Dans ce manteau, elle pourrait aller où elle voudrait et tout le monde lui ferait des courbettes. C'était trop beau, vraiment !

Mme Bixby prit l'enveloppe qui était encore dans la boîte. Elle l'ouvrit et sortit la lettre du Colonel.

« *Vous m'avez dit un jour que vous aimiez le vison, alors je vous en offre un. On me dit qu'il est beau. Je vous demande de l'accepter avec mes vœux les plus sincères, comme cadeau d'adieu. Car, pour des raisons qui me sont personnelles, je ne pourrai plus vous revoir. Adieu donc, et bonne chance.* »

Eh bien !

Voilà du propre !

Juste au moment où elle se sentait si heureuse.

Plus de Colonel.

Quel choc affreux.

Il allait lui manquer énormément.

D'un geste lent, Mme Bixby caressa la douce fourrure noire.

C'était toujours cela de gagné.

Elle sourit et plia la lettre dans l'intention de la déchirer et de la jeter par la fenêtre, mais en la pliant, elle vit quelques mots écrits au revers :

« P.S. Dites que votre gentille et généreuse tante vous l'a offert pour Noël. »

La bouche de Mme Bixby, toute souriante encore voilà une seconde, se pinça soudain.

« Il est fou ! s'écria-t-elle. Tante Maud n'a pas de fortune. Elle ne pourrait jamais m'offrir une chose pareille ! »

Mais qui alors ?

Oh, grand Dieu ! Dans son émotion, elle avait complètement oublié de résoudre ce problème.

Dans deux heures, elle serait à New York. Dix

minutes plus tard elle serait chez elle, face à son mari. Et même un homme comme Cyril, tout enfermé qu'il était dans son petit monde maussade et visqueux de racines, de caries et d'abcès, poserait quelques questions en voyant sa femme, retour d'un week-end, faire une entrée triomphale vêtue d'un manteau de vison de six mille dollars.

« On dirait, pensa-t-elle, on dirait que ce maudit Colonel l'a fait exprès, rien que pour me torturer. Il sait parfaitement que Tante Maud est pauvre. Il sait que je ne pourrai pas le garder. »

Mais Mme Bixby ne pouvait supporter l'idée de s'en séparer.

« J'ai DROIT à ce manteau ! dit-elle tout haut. J'ai droit à ce manteau !

— Bien, ma chère. Tu auras ce manteau. Mais ne perds pas la tête. Reste tranquille et réfléchis. Tu es une fille débrouillarde, pas vrai ? Ce n'est pas la première fois que tu te paies sa tête. Il n'a jamais été capable de voir plus loin que le bout de son stylet, tu le sais bien. Alors, du calme. Rien n'est perdu encore. »

Deux heures plus tard, Mme Bixby descendit du train à la gare de Pennsylvanie et se hâta vers la sortie. Elle avait remis son vieux manteau rouge et elle portait le carton sous le bras. Elle appela un taxi.

« Chauffeur, dit-elle, vous connaissez peut-être un prêteur sur gages encore ouvert dans les environs ?

— Il y en a plein le long de la Sixième Avenue, répondit-il.

— Alors, arrêtez au premier que vous voyez, s'il vous plaît. »

Elle monta dans le taxi, qui démarra.

Peu après, il s'arrêta devant une boutique où étaient suspendues trois boules de cuivre.

« Voulez-vous m'attendre ? » dit Mme Bixby au chauffeur. Elle quitta le taxi pour entrer dans la boutique.

Un énorme chat était accroupi sur le comptoir. Il mangeait des têtes de poissons dans une soucoupe. L'animal leva sur Mme Bixby ses yeux d'un jaune étincelant, puis il les baissa et se remit à manger. Mme Bixby se tenait près du comptoir, aussi loin que possible du chat. En attendant que quelqu'un arrive, elle regardait les montres, les boucles de chaussures, les broches d'émail, les vieilles lunettes, les jumelles cassées, les dentiers. « Pourquoi prêtent-ils toujours sur des dents ? » se demanda-t-elle.

« Oui ? fit le propriétaire en émergeant d'un coin sombre, au fond du magasin.

— Oh, bonsoir », dit Mme Bixby. Elle se mit à dénouer la ficelle du paquet. L'homme s'approcha du chat et lui caressa le dos. Le chat continuait à manger.

« C'est idiot, dit Mme Bixby. J'ai perdu mon porte-monnaie, et comme nous sommes samedi, les banques sont fermées et il me faudrait de l'argent pour le week-end. C'est un manteau de grande valeur, mais je n'en demande pas beaucoup. J'aimerais simplement de l'argent pour deux jours, jusqu'à lundi. Alors je viendrai le dégager. »

L'homme attendit sans rien dire. Mais lorsqu'elle eut sorti le manteau et permis à la belle fourrure de se déployer sur le comptoir, ses sourcils se soulevèrent, il quitta le chat et s'approcha pour voir.

« Si seulement j'avais une montre sur moi. Ou une

bague. Je vous l'aurais donnée. Mais il se trouve que
je n'ai sur moi que ce manteau. » Elle étendit ses
doigts pour qu'il puisse les voir.

« Il a l'air neuf, remarqua l'homme en caressant la
douce fourrure.

— Oh oui, il est neuf. Mais, comme je vous l'ai
dit, je veux tout juste emprunter assez pour me tirer
d'affaire jusqu'à lundi. Que diriez-vous de cinquante
dollars ?

— D'accord pour cinquante dollars.

— Il vaut cent fois plus, mais je sais que vous en
prendrez soin jusqu'à lundi. »

L'homme prit dans un tiroir un ticket qui ressemblait à ceux qu'on attache à la poignée d'une valise.
La même taille, le même papier raide et brunâtre.
Mais il était perforé au milieu de manière à pouvoir
être partagé en deux, et les deux moitiés étaient
identiques.

« Quel nom ? demanda-t-il.

— Laissez tomber. »

Elle vit l'homme hésiter et le bec de la plume
osciller au-dessus de la ligne de pointillés.

« Vous n'êtes pas obligé de mettre le nom et
l'adresse, n'est-ce pas ? »

L'homme haussa les épaules. Puis il secoua la tête
et la plume descendit jusqu'à la ligne suivante.

« C'est que je préfère que vous ne le mettiez pas,
dit Mme Bixby. Pour des raisons strictement personnelles.

— Alors il vaut mieux que vous ne perdiez pas ce
ticket.

— Je ne le perdrai pas.

— Parce que, si quelqu'un le trouvait, il pourrait venir réclamer l'article.

— Oui, je le sais.

— Rien que sur le numéro.

— Oui, je sais.

— Que voulez-vous que je mette comme description ?

— Pas de description non plus. Ce n'est pas nécessaire. Mettez juste la somme que vous me prêtez. »

De nouveau, la plume hésita sur la ligne qui suivait le mot ARTICLE.

« Il vaudrait mieux mettre une description. Ça peut vous aider si des fois vous voulez vendre le ticket. On ne sait jamais.

— Je ne veux pas le vendre.

— Vous pourriez être obligée. Ça arrive souvent.

— Écoutez, dit Mme Bixby. Je ne suis pas fauchée, si c'est ce que vous voulez dire. J'ai simplement perdu mon porte-monnaie. Vous comprenez ?

— Bon, faites comme vous voudrez, dit l'homme. C'est votre manteau, après tout. »

A ce moment, une idée déplaisante vint à Mme Bixby. « Dites-moi, fit-elle, si je n'ai pas de description sur mon ticket, comment puis-je être sûre que vous me rendrez ce manteau et pas autre chose quand je reviendrai ?

— On l'inscrit dans le livre.

— Mais je n'ai que ce numéro. Vous pourriez me rendre n'importe quelle vieille loque !

— Voulez-vous une description, oui ou non ? demanda l'homme.

— Non, dit-elle. Je vous fais confiance. »

L'homme inscrivit « cinquante dollars » après le mot « valeur », sur les deux parties du ticket, puis il les sépara en suivant le pointillé et posa la moitié sur le comptoir. Il sortit son portefeuille et en retira cinq billets de dix dollars. « L'intérêt est de trois pour cent par mois, dit-il.

— Très bien. Et merci. Vous en prendrez bien soin, n'est-ce pas ? »

L'homme acquiesça en silence.

« Voulez-vous que je le remette dans le carton ?

— Non », dit l'homme.

Mme Bixby sortit de la boutique. Dans la rue, le taxi l'attendait. Dix minutes plus tard, elle était chez elle.

« Chéri, fit-elle en se penchant pour embrasser son mari. Je t'ai manqué ? »

Cyril Bixby laissa tomber le journal et regarda sa montre-bracelet. « Il est six heures vingt-six, dit-il. Tu es en retard.

— Je sais. Ces trains sont terribles. Tante Maud t'envoie ses amitiés, comme toujours. Je meurs de soif, et toi ? »

Le mari plia le journal en rectangle précis et le posa sur le bras du fauteuil. Puis il se leva pour se diriger vers le buffet. Sa femme se tenait toujours au milieu de la pièce. Occupée à ôter ses gants, elle le surveillait du coin de l'œil en se demandant combien de temps il mettrait. Il lui tournait maintenant le dos, penché pour doser le gin, scrutant le doseur comme si c'était la bouche d'un patient.

Comme il paraissait petit après le Colonel ! Le Colonel était gigantesque et velu et une vague odeur de raifort émanait de sa personne. Tandis que celui-ci était petit, glabre et maigrelet et il ne sentait rien, tout au plus les pastilles à la menthe qu'il suçait à longueur de journée pour avoir l'haleine fraîche.

« Regarde ce que j'ai acheté pour doser le vermouth, dit-il en désignant un verre gradué. Je peux doser à un milligramme près avec ça.

— Quelle bonne idée, chéri. »

« Il faut absolument que je le pousse à changer la façon dont il s'habille, se dit-elle. Ses vêtements sont plus que ridicules. » Il y avait eu un temps où elle les trouvait merveilleux, où elle admirait ses vestons édouardiens qui avaient six boutons et des revers montants, mais à présent ils lui paraissaient absurdes. Ainsi que ses pantalons en tuyaux de pipe. Il eût fallu, pour pouvoir porter des vêtements de ce genre, une tout autre tête que celle de Cyril. Son visage à lui était long et osseux, avec un nez mince et une mâchoire proéminente, et, en voyant sortir tout cet attirail de ces vêtements étroits et démodés, on pensait à une caricature de Sam Weller. Lui se prenait sans doute pour le beau Brummell. A son cabinet, il accueillait ses clientes la blouse blanche non boutonnée pour qu'elles puissent admirer sa mascarade. C'était probablement pour donner l'impression qu'il était quelqu'un. Mais Mme Bixby, elle, savait que tout ce plumage n'était que de la poudre aux yeux. Il lui rappelait un vieux paon qui fait la roue au milieu d'une pelouse alors qu'il a perdu la moitié de ses plumes.

« Merci, chéri, dit-elle. Elle prit le Martini et s'assit sur le sofa, son sac sur les genoux. Qu'as-tu fait hier soir ?

— Je suis resté à mon cabinet et j'ai fait quelques moulages. Puis j'ai fait des comptes.

— Sérieusement, Cyril, écoute. Je crois qu'il est grand temps de laisser à d'autres ce travail idiot. Par ta situation, tu es bien supérieur à ce genre de choses. Pourquoi ne donnes-tu pas les moulages à ton mécanicien ?

— J'aime mieux les faire moi-même. Je suis très fier de mes moulages.

— Je le sais, chéri, et je les trouve merveilleux. Ce sont les plus beaux moulages du monde. Mais je ne veux pas que tu travailles trop. Et pourquoi cette demoiselle Pulteney ne fait-elle pas les comptes ? C'est son travail, non ?

— Mais elle les fait. Mais il faut d'abord que j'établisse les prix. Elle ne connaît pas les conditions matérielles de mes malades.

— Ce Martini est excellent, dit Mme Bixby en posant son verre sur la table. Vraiment. » Elle ouvrit son sac et en tira un mouchoir, comme pour se moucher. « Oh, regarde ! s'écria-t-elle en voyant le ticket. J'allais oublier de te montrer ce que j'ai trouvé dans le taxi. Il y a un numéro, ce pourrait être une sorte de billet de loterie ou quelque chose de ce genre. Alors je l'ai gardé. »

Elle tendit à son mari le petit bout de carton brun. Il le prit entre ses doigts et l'examina minutieusement sous tous les angles, comme une dent suspecte.

« Tu sais ce que c'est ? fit-il.

— Non, mon cher. Qu'est-ce que c'est ?

— Un ticket de prêt sur gage.

— Un quoi ?

— Un ticket de prêteur. Voici le nom et l'adresse de la boutique. C'est sur la Sixième Avenue.

— Dommage, je suis déçue. J'espérais que c'était un ticket pour la Loterie irlandaise.

— Tu n'as aucune raison d'être déçue, dit Cyril Bixby. Au contraire, cela promet d'être plutôt amusant.

— Amusant, pourquoi, chéri ? »

Et il se mit à lui expliquer exactement comment fonctionnait un ticket de prêt en insistant tout particulièrement sur le fait que quiconque se trouvait en possession d'un ticket était habilité à réclamer l'objet déposé. Elle l'écouta patiemment, jusqu'au bout.

« Et tu crois que cela vaut la peine de le réclamer ? demanda-t-elle.

— Cela vaut toujours la peine de savoir ce que c'est. Tu vois ce qu'il y a marqué dessus ? Cinquante dollars ! Tu sais ce que cela veut dire ?

— Non, mon cher, qu'est-ce que cela veut dire ?

— Cela veut dire que l'objet en question a de fortes chances d'être quelque chose de grande valeur.

— Tu veux dire qu'il vaudra cinquante dollars ?

— Peut-être plus de cinq cents.

— Cinq cents ?

— Tu ne comprends donc pas ? Un prêteur sur gages ne donne jamais plus de dix pour cent de la valeur réelle.

— Ma foi, je l'ignorais.

— Il y a beaucoup de choses que tu ignores, ma chère. Maintenant, écoute. Puisqu'il n'y a ni nom ni adresse du titulaire...

— Mais il faut sûrement prouver d'une façon ou d'une autre que la chose m'appartient ?

— Rien du tout. Les gens font cela souvent. Ils ne veulent pas qu'on sache qu'ils sont allés chez un prêteur sur gages. Ils en ont honte.

— Alors tu crois que nous pouvons le garder ?

— Naturellement. Il est à nous maintenant.

— Tu veux dire à MOI, dit fermement Mme Bixby. C'est moi qui l'ai trouvé.

— Ma chère enfant, quelle importance ? L'important c'est de pouvoir aller le chercher, pour cinquante dollars seulement. Qu'en penses-tu ?

— Comme c'est drôle ! s'écria-t-elle. Et comme c'est passionnant de ne même pas savoir ce que c'est ! Cela pourrait être n'importe quoi, n'est-ce pas, Cyril ? N'importe quoi !

— Mais oui, bien sûr. Mais selon toute vraisemblance, ce sera une bague ou une montre.

— Alors, si c'était un véritable trésor ! Ce serait merveilleux ! Je veux dire quelque chose de vraiment ancien, un vase antique par exemple, ou une statue romaine.

— Je n'ai aucune idée de ce que ce sera. Nous verrons bien.

— Je trouve ça absolument fascinant ! Donne-moi le ticket et j'irai le chercher lundi matin !

— Je crois qu'il vaut mieux que j'y aille, moi.

— Oh, non ! s'écria-t-elle. C'est MOI !

— Eh bien, non. J'irai le chercher en allant à mon cabinet.

— Mais c'est MON ticket ! Laisse-moi faire, Cyril ! J'aimerais tant m'amuser !

— Tu ne connais pas ces prêteurs sur gages, ma chère. Tu serais capable de te laisser rouler.

— Mais non, sûrement pas ! Donne-le, s'il te plaît.

— Il faudrait aussi que tu aies les cinquante dollars, dit-il en souriant. Sans cela, on ne te remet pas l'objet.

— Je les ai, dit-elle. Enfin, je crois…

— Je préférerais que tu ne t'occupes pas de cela, si ça ne t'ennuie pas.

— Mais, Cyril, c'est moi qui l'ai trouvé ! C'est à moi d'y aller, voilà qui est juste !

— Naturellement que le ticket est à toi. Ce n'est vraiment pas la peine de faire tant d'histoires…

— Je ne fais pas d'histoires. Je suis un peu émue, voilà tout.

— Et tu n'as certainement pas pensé que cela pourrait être quelque chose de typiquement masculin — une montre de poche par exemple, ou une paire de boutons de manchettes. Il n'y a pas que les femmes pour aller chez les prêteurs sur gages, tu sais ?

— Dans ce cas, je t'en ferai cadeau pour Noël, dit Mme Bixby avec magnanimité. J'en serais enchantée. Mais si c'est un objet pour femme, je le veux pour moi. D'accord ?

— Cela me paraît très juste. Pourquoi ne viendrais-tu pas avec moi quand j'irai le chercher ? »

Mme Bixby fut sur le point de dire oui, mais se retint juste à temps. Elle ne désirait nullement être accueillie comme une habituée par le prêteur en présence de son mari.

« Non, dit-elle. Je ne crois pas. Tu sais, ce sera encore plus passionnant si je reste à la maison à t'attendre. Oh, j'espère que ce ne sera pas un truc sans intérêt.

— Tu soulèves là une question importante, dit-il. Si l'objet ne vaut pas les cinquante dollars, je ne le prendrai même pas.

— Mais tu disais qu'il en vaudrait cinq cents.

— C'est certain, ne t'en fais pas.

— Oh, Cyril, je suis si impatiente ! C'est passionnant, n'est-ce pas ?

— C'est amusant, fit-il en glissant le ticket dans la poche de son gilet. Il n'y a pas de doute. »

Le lundi matin, après le petit déjeuner, Mme Bixby accompagna son mari à la porte et l'aida à mettre son pardessus.

« Ne travaille pas trop, chéri, dit-elle.

— Non.

— Tu rentres à six heures ?

— Je l'espère.

— Auras-tu le temps d'aller chez le prêteur sur gages ? demanda-t-elle.

— Mon Dieu, je n'y pensais plus ! J'y vais maintenant. C'est sur mon chemin.

— Tu n'as pas perdu le ticket ?

— J'espère que non, dit-il en tâtant la poche de son gilet. Non, il est là.

— Tu as assez d'argent ?

— Juste ce qu'il faut.

— Mon chéri », dit-elle en s'approchant plus près de lui pour lui redresser la cravate qui, d'ailleurs, était parfaitement droite. « Si c'est quelque chose de beau, quelque chose qui me ferait plaisir, me téléphoneras-tu dès que tu seras à ton cabinet ?

— Si tu veux.

— Tu sais, au fond, j'aimerais bien que ce soit quelque chose pour toi, Cyril. Je le préférerais.

— C'est très généreux de ta part, ma chère. Mais maintenant, il faut que je me dépêche. »

Au bout d'une heure environ, le téléphone sonna. Mᵐᵉ Bixby fut si rapide qu'elle décrocha l'écouteur avant même la fin de la première sonnerie.

« Ça y est ! dit-il.

— Tu l'as ? Oh, Cyril, qu'est-ce que c'est ? C'est bien ?

— C'est fantastique ! Attends, tu verras ! Tu vas t'évanouir !

— Chéri, qu'est-ce que c'est ? Dis-le-moi vite !

— Tu es une veinarde, voilà ce que tu es.

— Alors c'est pour moi ?

— Bien sûr que c'est pour toi. Mais comment a-t-on pu mettre en gage une chose pareille pour cinquante dollars seulement ? Je n'y comprends vraiment rien. Ils sont fous, ces gens.

— Cyril ! Arrête de me tenir en haleine ! Je n'en peux plus !

— Tu deviendras folle en voyant la chose.

— Mais qu'est-ce que c'est ?

— Essaye de deviner. »

Mᵐᵉ Bixby freina. Attention ! se dit-elle. C'est le moment de ne pas aller trop vite.

« Un collier, dit-elle.

— Faux.

— Un solitaire.

— Tu ne brûles même pas. Je vais te faciliter les choses. C'est plutôt vestimentaire.

— Que veux-tu dire ? Un chapeau ?

— Ce n'est pas un chapeau, dit-il en riant.

— Oh, Cyril, dis-le-moi, je t'en conjure !

— Non. Je veux te faire une surprise. Tu le verras ce soir à la maison.

— Tu ne feras pas cela ! s'écria-t-elle. Je vais te rejoindre tout de suite !

— Je préfère que tu ne viennes pas.

— Ne sois pas stupide, chéri. Pourquoi pas ?

— Parce que j'ai trop à faire. Tu vas bousculer tout mon programme de ce matin. J'ai déjà une demi-heure de retard.

— Alors, je passerai à l'heure du déjeuner. D'accord ?

— Je ne déjeunerai même pas. Oh, et puis bon, viens à une heure et demie, je mangerai un sandwich. Au revoir. »

A une heure et demie exactement, Mme Bixby sonna au cabinet du docteur. Celui-ci, dans sa blouse blanche de dentiste, vint lui-même ouvrir la porte.

« Oh, Cyril, je suis si impatiente !

— Il y a de quoi. Tu as de la veine, le sais-tu ? » Et il la précéda dans le couloir, puis au bureau.

« Allez déjeuner, mademoiselle Pulteney, dit-il à son assistante occupée à déposer avec zèle les instruments dans le stérilisateur. Vous terminerez cela en revenant. » Il attendit que la jeune femme partît. Puis il se dirigea vers le placard et s'arrêta. « La chose est là, dit-il. Et maintenant, ferme les yeux. »

Mme Bixby s'exécuta. Elle retint sa respiration et, dans le silence qui suivit, elle entendit s'ouvrir la porte du placard. Puis il y eut le doux froufroutement d'un vêtement que l'on décroche.

« Ça y est. Tu peux regarder !

— Je n'ose pas, dit-elle en riant.

— Vas-y. Fais un effort. »

En hésitant, en gloussant, elle entrouvrit une paupière, juste une seconde, le temps d'apercevoir comme dans un brouillard l'homme à la blouse blanche qui tenait quelque chose en l'air

« Du vison ! cria-t-il. Du vrai vison ! »

Au son de ce mot magique, elle ouvrit aussitôt les yeux et s'avança, prête à recevoir le manteau dans ses bras.

Mais il n'y avait pas de manteau. Rien qu'un ridicule petit tour de cou en fourrure qui pendillait à la main de son mari.

« Réjouis-en tes yeux ! » dit-il en le faisant onduler devant son visage.

Mme Bixby porta une main à sa bouche et recula. Je vais me mettre à hurler, se dit-elle. Je le sais. Je vais me mettre à hurler.

« Qu'y a-t-il, ma chère ? Il ne te plaît pas ? » Il arrêta le mouvement ondulatoire, en attendant qu'elle dise quelque chose.

« Eh bien, balbutia-t-elle. C'est... c'est... c'est très joli, vraiment. Très, très joli...

— Cela coupe le souffle, n'est-ce pas ?

— Oh ! oui...

— Merveilleuse qualité, dit-il, belle couleur. Sais-tu, ma chère, je crois qu'une pièce comme celle-ci te coûterait au moins deux ou trois mille dollars si tu voulais l'acheter dans un magasin.

— Je n'en doute pas. »

C'étaient deux peaux, deux petites peaux miteuses avec leurs têtes. Des yeux de verre et des petites pattes pendantes. L'une des deux têtes mordait la queue de l'autre.

« Voilà, fit-il. Essayons-le. » Il avança pour lui
parer le cou, puis il recula pour mieux l'admirer.
« C'est parfait. Ça te va à merveille. Le vison, ce
n'est pas pour n'importe qui, ma chère.

— Pas pour n'importe qui, en effet.

— Il vaut mieux ne pas le mettre quand tu feras
ton marché, sinon on va te croire millionnaire et te
doubler les prix.

— J'y penserai, Cyril.

— Je crains que tu ne puisses rien espérer d'autre
pour Noël. Cinquante dollars, c'est un peu plus que
j'allais y consacrer, de toute manière. »

Sur ce, il alla se laver les mains. « Maintenant,
rentre vite, ma chère, et bon appétit. Je serais bien
sorti avec toi, mais j'ai le père Gorman dans ma salle
d'attente, avec une dent déplombée. »

Mme Bixby prit la porte.

Je vais aller tuer ce prêteur sur gages, se dit-elle. Je
cours à sa boutique à l'instant même pour lui jeter
cette camelote à la figure. Et s'il ne me rend pas mon
manteau, je le tue.

« Je ne t'ai pas dit que je rentrerai tard ce soir ?
demanda Cyril Bixby en se savonnant toujours les
mains.

— Non.

— A en juger d'après maintenant, il sera au moins
huit heures et demie. Neuf heures peut-être.

— Très bien. A ce soir. » Et Mme Bixby sortit en
claquant la porte.

Au même instant, Mlle Pulteney, la secrétaire-
assistante, venait à sa rencontre dans le couloir. Elle
avait fini de déjeuner.

« Quel jour magnifique ! » dit Mlle Pulteney dans

un sourire éclatant lorsqu'elle la croisa. Elle était suivie d'une traînée de parfum. Sa démarche était ondulante et elle avait l'air d'une reine, oui, d'une reine, dans le superbe manteau de vison noir que le Colonel avait offert à Mme Bixby.

Gelée royale

« Je suis désespérée, Albert, désespérée à en mourir, vraiment », dit Mme Taylor.

Ses yeux ne quittaient pas un instant le bébé qui demeurait immobile au creux de son bras gauche.

« Tout ce que je sais, c'est que quelque chose ne va pas. »

La peau du bébé, terriblement tendue sur les os du visage, avait une transparence de nacre.

« Essaye encore, dit Albert Taylor.

— Cela ne servirait à rien.

— Il faut continuer, Mabel », dit-il.

Elle retira le biberon de sa casserole d'eau chaude et fit couler quelques gouttes de lait sur son poignet pour en contrôler la température.

« Viens, murmura-t-elle. Viens, mon bébé. Réveille-toi et mange un peu. »

La petite lampe posée sur la table la baignait d'une douce lumière jaune.

« S'il te plaît, dit-elle. Mange. Rien qu'une goutte. »

Le mari la surveillait par-dessus son magazine. Elle était à moitié morte d'épuisement, il pouvait le voir, et son pâle visage ovale, si calme et si serein d'habitude, avait les traits tirés et une expression de désespoir. Mais même ainsi, sa façon de pencher la tête sur le bébé lui paraissait étrangement belle.

« Tu vois, murmura-t-elle. Il n'y a rien à faire. Elle n'en veut pas. »

Elle leva le biberon vers la lumière pour en examiner le contenu.

« Un centilitre. C'est tout ce qu'elle a bu. Non — même pas. Les trois quarts seulement. Ce n'est pas assez pour qu'elle vive, Albert, vraiment, ça ne suffit pas. Je suis à bout.

— Je sais, dit-il.

— Si seulement je pouvais trouver ce qu'elle a !

— Elle n'a rien, Mabel. Ce n'est qu'une question de temps.

— Elle a sûrement quelque chose.

— Le docteur Robinson dit qu'elle n'a rien.

— Regarde, dit-elle en se levant. Tu ne vas pas me dire que c'est normal, un bébé de six semaines qui pesait quatre livres à sa naissance et qui, depuis, ne cesse de perdre du poids ! Regarde ses jambes ! Elles n'ont que la peau sur les os ! »

Le minuscule bébé reposait mollement sur son bras.

« Le docteur Robinson dit qu'il faut cesser de t'inquiéter. Et l'autre a dit la même chose.

— Ah ! fit-elle. Voilà qui est merveilleux ! Je dois cesser de m'inquiéter !

— Voyons, Mabel.

— Que dois-je faire alors ? Considérer cela comme une bonne plaisanterie ?

— Personne ne te le demande.

— Je hais les médecins ! Je les hais tous ! » cria-t-elle. Puis elle traversa rapidement la chambre et monta l'escalier en emportant le bébé dans ses bras.

Albert Taylor demeura seul.

Un peu plus tard, il l'entendit aller et venir à petits pas rapides et nerveux dans la chambre à coucher, juste au-dessus de lui. Bientôt les pas s'arrêteraient et il lui faudrait alors se lever et monter la rejoindre. Et, en entrant dans la chambre, il la trouverait assise près du berceau comme tous les soirs, en contemplant l'enfant, immobile, les larmes aux yeux.

« Elle se meurt, Albert, dirait-elle.

— Mais non.

— Elle est mourante. Je le sais. Et... Albert ?

— Oui ?

— Je sais que tu le sais aussi, mais que tu ne veux pas l'admettre ! C'est bien ça, n'est-ce pas ? »

C'était pareil chaque soir, depuis des semaines.

Voilà huit jours, ils avaient ramené l'enfant à l'hôpital. Le médecin l'avait examinée avec soin, puis il avait déclaré que tout allait bien.

« Nous avons attendu neuf ans avant d'avoir ce bébé, docteur, avait dit Mabel. Je crois que, s'il lui arrivait quelque chose, j'en mourrais. »

C'était la semaine dernière et, depuis, le bébé avait perdu encore cent cinquante grammes.

Mais, s'inquiéter, cela ne sert à rien, se disait Albert Taylor. On n'avait qu'à faire confiance au médecin. Il saisit le magazine qui était encore sur ses genoux et jeta un coup d'œil furtif sur la table des matières pour y lire :

LE MOIS DE MAI CHEZ LES ABEILLES.
LA CUISINE AU MIEL.
APICULTURE ET PHARMACIE.
LE CONTRÔLE DU MIEL.
DU NOUVEAU SUR LA GELÉE ROYALE.
LA SEMAINE APICOLE.
LE POUVOIR GUÉRISSEUR DE LA PROPOLIS.
LES RÉGURGITATIONS.
LE DÎNER ANNUEL DES APICULTEURS BRITANNIQUES.
NOUVELLES DE L'ASSOCIATION.

Depuis toujours, Albert Taylor était fasciné par tout ce qui concernait les abeilles. Petit garçon, il lui arrivait souvent de les prendre dans ses mains nues et de courir ainsi vers sa mère pour les lui montrer. Quelquefois, il les mettait sur son visage et les laissait se promener sur ses joues et sur son cou et, ce qui était extraordinaire, c'est qu'elles ne le piquaient jamais. Au contraire, elles étaient heureuses en sa compagnie. Elles ne s'envolaient jamais et, pour s'en débarrasser, il lui fallait les écarter gentiment avec ses doigts. Et même alors, elles revenaient presque toujours sur son bras, sur sa main ou sur son genou, partout où la peau était nue.

Son père qui était maçon disait qu'il devait y avoir une espèce de sorcellerie chez ce garçon, une sorte de fluide nocif qui filtrait par les pores de sa peau. Et que cela ne promettait rien de bon, un gosse qui hypnotise les insectes. Mais sa mère disait que c'était un don accordé par la grâce de Dieu. Elle allait même jusqu'à le comparer à saint François d'Assise.

A mesure qu'il grandissait, la passion d'Albert pour les abeilles devenait une véritable obsession et, à douze ans, il avait déjà construit sa première ruche. L'été suivant, il avait capturé son premier essaim. Deux ans plus tard, à quatorze ans, il n'avait pas moins de cinq ruches le long de la palissade de la petite cour paternelle, et déjà, en dehors de la production courante du miel, il pratiquait le travail délicat et compliqué qu'était l'alimentation de ses propres reines, en greffant des larves dans des alvéoles artificiels et ainsi de suite.

Il n'avait jamais besoin de fumée pour entrer dans une ruche et il ne mettait jamais de gants ni de masque. De toute évidence, il y avait une étrange complicité entre ce garçon et les abeilles, et au village, dans les boutiques et dans les cafés, on se mit à parler de lui avec un certain respect et les gens prirent l'habitude de venir acheter son miel.

A dix-huit ans, il avait loué une acre de terrain inculte, le long d'une cerisaie, au fond de la vallée, à un mille du village, pour y installer sa propre affaire. A présent, onze ans plus tard, il était toujours au même endroit, mais il possédait six acres de terre, deux cent quarante ruches bien pleines et une petite maison qu'il avait presque entièrement construite de ses propres mains. Il s'était marié à vingt ans, et cela, mis à part le fait qu'il leur avait fallu attendre neuf ans avant d'avoir un enfant, avait été aussi un succès. En effet, tout avait très bien marché pour Albert jusqu'à l'arrivée de cette étrange petite fille qui leur faisait perdre la raison en refusant de se nourrir et en perdant du poids chaque jour.

Il leva les yeux de sa revue et pensa à sa fille.

Ce soir, par exemple, au moment de son repas, lorsqu'elle avait ouvert les yeux, il y avait découvert quelque chose d'effrayant. Une sorte de regard fixe, trouble et absent, comme si les yeux n'étaient pas du tout reliés au cerveau, mais simplement posés dans leurs orbites comme deux petites boules de marbre gris.

Est-ce que les médecins connaissaient vraiment leur métier ?

Il prit un cendrier et se mit à nettoyer sa pipe avec un bout d'allumette.

Ils pourraient peut-être l'emmener à un autre hôpital, peut-être à Oxford. Il en parlerait à Mabel tout à l'heure.

Il pouvait toujours l'entendre marcher dans sa chambre, mais elle devait avoir enlevé ses chaussures et mis ses pantoufles, car le bruit était à peine perceptible.

Il revint à sa revue pour finir l'article qu'il avait commencé, puis il tourna la page et se mit à lire le suivant : « Du nouveau sur la gelée royale. » Il se disait que ce texte ne lui apprendrait rien qu'il ne sache déjà.

« Quelle est cette merveilleuse substance appelée gelée royale ? »

Sur la table, il prit sa tabatière et se mit à bourrer sa pipe, tout en lisant.

« La gelée royale est une sécrétion glandulaire que produisent les abeilles mères pour nourrir les larves dès l'éclosion des œufs. Les glandes pharyngées des abeilles fournissent cette substance d'une manière semblable à celle dont les glandes mammaires des vertébrés fournissent du lait. Ce fait présente un grand intérêt biologique, car on ne connaît aucun autre insecte qui ait évolué dans ce sens. »

De vieilles histoires, se dit-il, mais comme il n'avait rien d'autre à faire, il reprit sa lecture.

« La gelée royale est fournie sous une forme concentrée à toutes les larves pendant les trois jours qui suivent l'éclosion de l'œuf. Mais à partir de ce moment, la nourriture de celles qui sont destinées à être des bourdons et des ouvrières est largement mêlée de miel et de pollen. Tandis que les larves destinées à devenir des reines sont nourries pendant toute la période larvaire par de la gelée royale pure. D'où son nom. »

Au-dessus de lui, dans la chambre, le bruit de pas avait cessé. Tout était calme. Il frotta une allumette et la porta à sa pipe.

« La gelée royale peut être considérée comme un aliment d'un pouvoir nourrissant extraordinaire, car, durant ce régime seulement, la larve augmente de quinze cents fois son poids en cinq jours. »

C'était sans doute à peu près exact, pensa-t-il, bien qu'il ne lui soit encore jamais arrivé jusqu'ici de déterminer la croissance des larves par le poids.

« C'est comme si un bébé de sept livres et demie atteignait cinq tonnes dans le même laps de temps. »

Albert Taylor sursauta et relut la phrase.

Puis il la relut encore.

« C'est comme si un bébé de sept livres et demie... »

« Mabel ! cria-t-il en jaillissant de son fauteuil. Mabel ! viens ici ! »

Il courut jusqu'au pied de l'escalier pour l'appeler encore.

Mais elle ne répondit pas.

Il monta les marches et alluma la lampe sur le

palier. La porte de la chambre était fermée. Il fit quelques pas, ouvrit la porte et demeura sur le seuil de la chambre obscure. « Mabel, dit-il, veux-tu descendre une seconde ? J'ai une idée. Au sujet de la petite. »

Par la porte ouverte, la lumière du palier éclairait faiblement le lit. Elle était allongée à plat ventre, le visage enfoui dans l'oreiller. Elle pleurait encore.

« Mabel, dit-il en s'approchant d'elle pour lui toucher l'épaule. Tu devrais descendre. C'est peut-être important.

— Va-t'en, dit-elle. Laisse-moi tranquille.

— Tu ne veux pas m'écouter ?

— Oh, Albert, je suis si fatiguée, sanglota-t-elle. Je ne sais plus ce que je fais. Je n'en peux plus. »

Il y eut un silence. Albert Taylor s'éloigna d'elle pour marcher doucement vers le berceau où reposait le bébé. Dans l'obscurité, il lui était impossible de voir le visage de l'enfant, mais en se penchant plus près, il pouvait entendre sa respiration, très faible et très rapide. « Son prochain repas, c'est à quelle heure ? demanda-t-il.

— A deux heures, je crois.

— Et le suivant ?

— A six heures du matin.

— Je m'en occuperai, dit-il. Dors tranquille. »

Elle ne répondit pas.

« Tu peux dormir tranquille, tu comprends ? Et cesse de t'inquiéter. Je me charge de tout, pour les douze heures qui viennent. Sinon, pour toi, c'est la dépression nerveuse.

— Oui, dit-elle. Je sais.

— J'emmène l'enfant et le réveil dans la chambre

d'ami. Promets-moi de te détendre et de ne plus penser à tout cela. D'accord ? » Et déjà, il poussait le berceau hors de la chambre.

« Oh, Albert, sanglota-t-elle.

— Ne t'inquiète de rien. Je m'occuperai de tout.

— Albert...

— Oui ?

— Je t'aime, Albert.

— Je t'aime aussi, Mabel. Et maintenant, dors. »

Albert Taylor ne revit sa femme que le lendemain vers onze heures du matin.

« Bon Dieu ! cria-t-elle, dégringolant l'escalier en robe de chambre et en pantoufles. Albert ! Quelle heure est-il ? J'ai dormi au moins douze heures. Qu'y a-t-il ? »

Il était assis dans son fauteuil, tranquillement. Il fumait sa pipe en lisant le journal du matin. A ses pieds, le bébé dormait dans une espèce de petit lit portatif.

« Bonjour, chérie », dit-il en souriant.

Elle courut vers le bébé. « A-t-elle pris quelque chose, Albert ? Combien de fois lui as-tu donné à manger ? Il lui fallait un autre repas à dix heures, le savais-tu ? »

Albert Taylor plia soigneusement son journal et le posa sur la table. « Je lui ai donné à manger à deux heures du matin, dit-il, et elle n'a pas pris plus d'une demi-once. J'ai recommencé à six heures et, cette fois-ci, elle a fait un peu mieux, deux onces...

— DEUX ONCES ! oh, Albert, c'est merveilleux !

— Et nous venons de terminer le dernier repas il y a dix minutes. Le biberon est sur la cheminée. Il ne

reste qu'une once. Elle en a bu trois. Alors ? » Il
sourit fièrement, satisfait de son exploit.

La femme s'agenouilla aussitôt pour se pencher sur
le bébé.

« N'a-t-elle pas l'air d'aller mieux, demanda-t-il
avec ardeur. N'a-t-elle pas le visage plus rond ?

— Eh bien, c'est peut-être idiot, dit la femme,
mais on dirait que oui. Oh, Albert, tu es merveilleux ! Comment as-tu fait ?

— Elle a franchi le cap, dit-il. C'est tout. Elle a
passé le cap comme le docteur l'avait prévu.

— Puisses-tu avoir raison, Albert.

— Bien sûr que j'ai raison. Regarde-la bien, et tu
verras. »

La femme regarda amoureusement le bébé.

« Toi aussi, tu as meilleure mine, Mabel.

— Je me sens merveilleusement bien. Il ne faut
pas m'en vouloir, pour hier soir.

— Conservons cette habitude, dit-il. La nuit, c'est
moi qui lui donnerai à manger. Pendant la journée,
c'est toi. »

Elle le regarda en fronçant les sourcils. « Non, fit-
elle. Je ne permettrai pas cela.

— Je ne veux pas que tu aies une dépression
nerveuse, Mabel.

— Je ne risque plus rien, maintenant que j'ai
dormi un peu.

— Il vaut mieux partager les rôles.

— Non, Albert. C'est à moi de la nourrir. Je ne
recommencerai plus, comme hier soir. »

Albert Taylor contemplait en silence la pipe qu'il
avait retirée de sa bouche. « Très bien, dit-il. Dans
ce cas, je me contenterai de stériliser les biberons, de

préparer les mélanges et ainsi de suite. Cela t'aidera tout de même un peu. »

Elle le regarda attentivement en se demandant ce qui lui arrivait tout à coup.

« Tu sais, Mabel, je me disais...

— Oui, mon chéri ?

— Je me disais que jusqu'à cette dernière nuit je n'ai jamais levé le petit doigt pour t'être utile.

— Ce n'est pas vrai.

— Mais si. C'est pourquoi j'ai décidé de me rendre utile désormais. Je ferai le chimiste. D'accord ?

— C'est très gentil de ta part, mon chéri, mais vraiment, je ne crois pas que ce soit nécessaire...

— Allons, fit-il. Ne gâche pas les choses. Je lui ai donné ses trois derniers biberons, et tu vois le résultat ! A quelle heure est son prochain repas ? A deux heures, n'est-ce pas ?

— Oui.

— Tout est prêt, dit-il. Tout est mélangé. Quand ce sera l'heure tu n'auras qu'à prendre le biberon sur l'étagère du garde-manger et le réchauffer. Ça t'arrange tout de même un peu, non ? »

La femme se dressa sur ses genoux, s'approcha de lui et l'embrassa sur la joue. « Ce que tu es gentil, dit-elle. Je t'aime un peu mieux chaque jour depuis que je te connais. »

Plus tard, vers le milieu de l'après-midi, alors qu'il s'affairait autour de ses ruches, au soleil, Albert entendit la voix de sa femme.

« Albert ! criait-elle depuis la maison. Viens voir ! » Et elle courait vers lui au milieu des boutons-d'or.

Il alla à sa rencontre en se demandant ce qui n'allait pas.

« Oh ! Albert ! Devine !

— Quoi donc ?

— Je viens de lui donner son repas de deux heures et elle a tout bu !

— Non !

— Jusqu'à la dernière goutte ! Je suis si heureuse, Albert ! Tout va s'arranger maintenant ! Elle a passé le cap, comme tu dis ! » Elle était parvenue à sa hauteur pour lui jeter les bras autour du cou. Et il la serra contre lui en riant et lui dit qu'elle était une merveilleuse petite maman.

« Tu viendras assister au repas suivant, Albert ? »

Il lui dit qu'il ne manquerait ce spectacle pour rien au monde. Elle l'embrassa de nouveau, puis retourna à la maison en courant, en dansant et en chantant tout le long du chemin.

Naturellement, tous deux étaient déjà impatients et un peu anxieux à l'approche du repas de six heures. A cinq heures et demie déjà, ils étaient assis dans la salle de séjour en attendant le moment. Le biberon aussi attendait dans sa casserole d'eau chaude, sur la cheminée. Le bébé dormait dans son petit lit portatif posé sur le sofa.

A six heures moins vingt, il s'éveilla et se mit à hurler.

« Tu vois ! dit Mme Taylor. Elle réclame son biberon. Va vite le chercher, Albert ! »

Il lui tendit le biberon, puis plaça le bébé sur les genoux de la femme. Elle posa avec précaution le bout de la tétine entre les lèvres du bébé. Il l'attrapa aussitôt et se mit à sucer avidement, d'un mouvement rapide et vigoureux.

« Oh, Albert, n'est-ce pas magnifique dit-elle en riant.

— C'est formidable. »

Au bout de sept ou huit minutes, tout le contenu du biberon était dans l'estomac de l'enfant.

« Tu as été bien sage, dit Mme Taylor. Encore quatre onces. »

Penché en avant, Albert Taylor scrutait attentivement le visage de l'enfant. « Tu sais, dit-il, elle a vraiment l'air d'avoir grossi un peu, tu ne trouves pas ? »

La mère regarda l'enfant.

« Tu ne la trouves pas plus grande et plus grosse qu'hier, Mabel ?

— Peut-être bien, Albert. Je n'en suis pas sûre. Il est logiquement encore trop tôt pour le dire. L'important, c'est qu'elle mange normalement.

— Elle a franchi le cap, dit Albert. Tu n'auras plus à t'inquiéter maintenant.

— Je ne m'inquiéterai sûrement plus.

— Veux-tu que j'aille chercher le berceau pour le remettre dans notre chambre ?

— Oui, je veux bien », dit-elle.

Albert monta et déplaça le berceau. La femme le suivit, le bébé dans ses bras. Après l'avoir changé, elle le posa doucement dans son lit, sous les draps et les couvertures.

« N'est-elle pas adorable, Albert ? fit-elle à voix basse. N'est-ce pas le plus beau bébé du monde ?

— Laissons-la maintenant, Mabel, dit-il. Descendons et mangeons un peu. Nous le méritons tous les deux. »

Après le dîner, ils s'installèrent dans la salle de séjour. Albert avec sa pipe et sa revue, Mme Taylor avec son tricot. Mais l'atmosphère n'était plus celle de la veille. Toute tension s'était évanouie. Le beau visage ovale de Mme Taylor rayonnait de bonheur. Ses joues étaient roses, ses yeux brillaient et sa bouche souriait rêveusement. A chaque instant, elle levait les yeux pour contempler son mari avec tendresse. Quelquefois elle arrêtait le cliquetis des aiguilles pour rester immobile quelques secondes, les yeux levés au plafond, guettant un cri ou un gémissement venant d'en haut. Mais tout était calme.

« Albert, dit-elle au bout d'un moment.

— Oui, ma chérie.

— Que voulais-tu me dire hier soir quand tu es venu brusquement dans la chambre à coucher ? Tu disais que tu avais une idée pour le bébé ? »

Albert Taylor posa la revue sur ses genoux et lui lança un regard plein de malice.

« J'ai dit cela ? fit-il.

— Oui. » Elle attendit la suite, mais il ne dit rien.

« Quelle est cette plaisanterie ? demanda-t-elle. Pourquoi grimaces-tu ?

— C'est que c'est une bonne plaisanterie, dit-il.

— Raconte-la-moi, mon chéri.

— Je ne sais pas si je peux, dit-il. Tu pourrais me traiter de menteur. »

Elle l'avait rarement vu aussi content de lui qu'il le paraissait à cet instant. Elle lui rendit son sourire, l'encourageant à continuer.

« J'aurais tout juste voulu voir la tête que tu ferais en l'entendant, Mabel, c'est tout.

— Albert, de quoi s'agit-il enfin ? »

Il n'était pas pressé. Puis :

« Tu trouves vraiment que la petite va mieux, n'est-ce pas ? demanda-t-il.

— Naturellement !

— Tu es bien d'accord pour dire qu'elle va incomparablement mieux qu'hier et qu'elle mange merveilleusement bien ?

— Mais bien sûr, pourquoi ?

— Eh bien, dit-il avec un large sourire. C'est moi qui ai fait tout cela.

— Et quoi donc ?

— J'ai guéri le bébé.

— Oui, mon chéri, j'en suis sûre. » Et Mme Taylor se remit à tricoter.

« Tu ne me crois pas, n'est-ce pas ?

— Bien sûr que je te crois, Albert. Je te fais confiance.

— Alors, comment ai-je fait ?

— Eh bien, dit-elle, s'arrêtant une seconde pour réfléchir. C'est que tu as bien préparé son repas. Tu fais de bons mélanges, voilà tout, et par conséquent elle va de mieux en mieux.

— Tu veux dire que j'ai l'art de mélanger les aliments.

— Oui, c'est à peu près cela. » Penchée sur son tricot, elle souriait, en se disant que les hommes étaient vraiment drôles.

« Eh bien, je vais te confier un secret, dit-il. Tu as raison en parlant de mes mélanges. Seulement, ce qui compte, ce n'est pas COMMENT on les fait, ces mélan-

ges. C'est ce qu'on met dedans. Tu me comprends,
Mabel, n'est-ce pas ? »

Mme Taylor cessa de tricoter et lança un dur regard
à son mari. « Albert, fit-elle, tu ne veux pas dire que
tu as mis quelque chose dans le lait de cette
enfant ? »

Il souriait.

« L'as-tu fait, oui ou non ?

— Peut-être bien », dit-il.

Son sourire, toutes dents dehors, avait quelque
chose de diabolique.

« Albert, dit-elle, cesse de te moquer de moi.

— Oui, ma chérie.

— Tu n'as VRAIMENT rien mis dans son lait ?
Réponds-moi franchement, Albert. On ne plaisante
pas avec un bébé si fragile !

— La réponse est oui, Mabel.

— Albert Taylor ! Comment as-tu osé ?

— Ne t'énerve pas surtout, dit-il. Je t'expliquerai
tout si tu veux bien m'écouter, mais, pour l'amour de
Dieu, ne perds pas la tête !

— Tu y as mis de la bière ! cria-t-elle. J'en suis
sûre !

— Ne sois pas sotte, Mabel, je t'en prie.

— Qu'as-tu mis, alors ? »

Albert posa lentement sa pipe sur la table et se
pencha en avant. « Dis-moi, fit-il, as-tu entendu
parler d'une chose appelée gelée royale ?

— Non.

— C'est une chose magique, dit-il. Purement
magique. Et hier soir, j'ai eu tout à coup l'idée d'en
mettre dans le lait du bébé...

— Tu as OSÉ !

— Mais Mabel, tu ne sais même pas encore ce que c'est !

— Ça m'est égal, dit-elle. Tu n'as pas le droit de mettre des corps étrangers dans le lait d'un bébé fragile. Tu dois être fou !

— C'est absolument sans danger, Mabel, sinon je ne l'aurais pas fait. Cela vient des abeilles.

— J'aurais dû m'en douter.

— Et c'est si précieux que c'en devient pratiquement introuvable. Elles n'en font qu'une petite goutte à la fois.

— Et combien en as-tu donné à notre bébé, puis-je le savoir ?

— Ah, fit-il, tout le problème est là. C'est là aussi que réside la différence. Je reconnais que notre bébé, au cours des quatre derniers repas, a déjà englouti environ cinquante fois plus de gelée royale que quiconque au monde n'en a jamais mangé auparavant. Qu'en penses-tu ?

— Albert, cesse de me torturer.

— Je le jure », dit-il fièrement.

Elle le regardait fixement, les sourcils froncés, la bouche entrouverte.

« Sais-tu combien ça coûterait actuellement, Mabel, si tu voulais l'acheter ? En Amérique, ils font de la publicité pour la vendre quelque chose comme cinq cents dollars le pot d'une livre ! CINQ CENTS DOLLARS ! Ça vaut plus cher que l'or, tu sais ! »

Elle ne comprenait rien à ce qu'il disait.

« Je vais te le prouver », dit-il. Et il s'élança pour se diriger vers son coin de bibliothèque où s'entassait toute une littérature concernant les abeilles. Sur le rayon du haut, la collection du *Journal américain de l'abeille* voisinait avec celle du *Journal britannique de l'abeille* et avec *L'Abeille et ses ressources* et d'autres revues. Il descendit le dernier numéro du *Journal américain de l'abeille* et y trouva une page de petites annonces classées à la fin.

« Voilà, dit-il. C'est exactement ce que je t'ai dit. " Vendons gelée royale quatre cent quatre-vingts dollars bocal une livre en gros. " »

Et il lui tendit la revue.

« Tu me crois maintenant ? Il s'agit d'un nouveau magasin de New York.

— Cela ne veut pas dire qu'on a le droit de la verser dans le lait d'un nouveau-né, dit-elle. Je ne te comprends pas, Albert, vraiment, je ne te comprends pas.

— Elle est guérie, oui ou non ?

— Je n'en suis plus sûre, maintenant.

— Ne sois pas si stupide, Mabel. Tu le sais parfaitement.

— Alors pourquoi les autres gens ne font-ils pas de même pour LEUR bébé ?

— Mais je suis en train de te le dire, fit-il. C'est que c'est trop cher. A part peut-être quelques rares millionnaires, personne ne peut se permettre de nourrir son bébé à la gelée royale. Les seuls vrais acheteurs sont les gens qui fabriquent des crèmes de beauté pour les femmes. Pour eux, c'est une affaire. Ils mettent une minuscule pincée de gelée dans un grand pot de crème grasse. Puis ils vendent ça comme des petits pains, à des prix exorbitants. C'est qu'ils prétendent que ça efface les rides.

— Et c'est vrai ?

— Mais comment pourrais-je le savoir, Mabel ?

De toute manière, dit-il en revenant à son fauteuil, là n'est pas la question. L'important, c'est que cela a fait tant de bien à notre bébé en quelques heures seulement que je pense que nous n'avons aucune raison d'arrêter ce traitement. Ne m'interromps pas, Mabel. Laisse-moi terminer. J'ai ici deux cent quarante ruches. Si j'en transformais une centaine pour ne produire que de la gelée royale, nous pourrions lui fournir toute la gelée nécessaire.

— Albert Taylor, dit la femme en écarquillant les yeux. As-tu perdu la raison ?

— Veux-tu m'écouter jusqu'au bout ?

— Eh bien je m'y oppose, dit-elle. Tu ne donneras plus une goutte de cette horrible gelée à mon enfant, compris ?

— Écoute, Mabel...

— Et d'ailleurs, la récolte de miel de l'année dernière a été catastrophique. Ce n'est pas le moment de t'amuser avec tes ruches. Tu sais mieux que moi ce que nous risquons.

— Mes ruches sont en parfait état, Mabel.

— Tu sais parfaitement que nous n'avons eu que la moitié d'une récolte normale, l'année dernière.

— Rends-moi un service, veux-tu ? Laisse-moi un peu t'expliquer le merveilleux pouvoir de ce truc !

— Je ne sais même pas encore ce que c'est.

— Je vais justement te le dire. Si seulement tu me laissais parler ! »

Elle soupira et reprit une fois de plus son tricot.

« Eh bien, vas-y, raconte si tu y tiens tant. »

Il se tut, ne sachant trop par où commencer. Il ne serait pas facile d'expliquer une chose pareille à quelqu'un qui ne comprenait pratiquement rien à l'apiculture.

« Tu sais, n'est-ce pas, dit-il, que chaque tribu d'abeilles n'a qu'une reine ?

— Oui.

— Et que c'est cette reine qui pond tous les œufs ?

— Oui, mon cher. Mais c'est à peu près tout ce que je sais.

— Parfait. Eh bien, cette reine peut en réalité pondre deux sortes d'œufs. Ça, tu ne le savais pas. C'est un des miracles de la ruche. Elle pond des œufs qui produisent les faux bourdons et des œufs qui produisent les ouvrières. C'est bien un miracle, n'est-ce pas, Mabel ?

— Mais oui, Albert, c'en est un.

— Les faux bourdons sont les mâles. Nous n'avons pas à nous en occuper. Les ouvrières, ainsi que la reine, naturellement, sont des femelles. Mais les ouvrières sont des femelles asexuées, si tu vois ce que je veux dire. Leurs organes ne sont pas développés du tout, tandis que la reine est d'une fécondité extraordinaire. Elle peut pondre son poids d'œufs en un seul jour. »

Il hésita, comme pour mettre de l'ordre dans ses idées.

« Maintenant, voici ce qui arrive. La reine fait le tour du rayon pour pondre ses œufs dans ce que nous appelons les alvéoles. Tu sais bien, ces centaines de petits trous que l'on voit dans un rayon de miel ? Eh bien, un rayon à œufs, c'est pareil, sauf que ses alvéoles ne contiennent pas de miel mais des œufs. Elle pond un œuf dans chaque alvéole et, au bout de trois jours, chacun de ces œufs donne naissance à une petite larve.

« Alors, dès que cette larve apparaît, les jeunes ouvrières se rassemblent autour d'elle et se mettent à la nourrir à outrance. Et sais-tu ce qu'elles lui donnent à manger ?

— De la gelée royale, répondit patiemment Mabel.

— Voilà ! s'écria-t-il. C'est exactement ce qu'elles lui donnent. Elles extraient ce truc d'une glande de leur tête et le font pénétrer dans l'alvéole pour nourrir la larve. Et qu'arrive-t-il alors ? »

Il se tut spectaculairement en clignant de ses petits yeux gris aqueux. Puis il se tourna lentement sur son fauteuil et étendit la main vers la revue qu'il lisait la veille au soir.

« Tu veux connaître la suite ? lui demanda-t-il en se mouillant les lèvres.

— Je suis très impatiente, continue.

— La gelée royale, lut-il à haute voix, doit être un aliment d'un pouvoir nourrissant extraordinaire, car, durant son régime seulement, la larve augmente de QUINZE CENTS FOIS son poids en cinq jours !

— Combien ?

— QUINZE CENTS FOIS, Mabel. Et sais-tu ce que cela signifie, à l'échelle humaine ? Cela signifie, dit-il, en baissant la voix, penché en avant pour la fixer de ses petits yeux pâles, cela signifie qu'en cinq jours un bébé pesant sept livres et demie au départ atteindrait un poids de CINQ TONNES ! »

Mme Taylor posa encore son tricot.

« Bien sûr, il ne faut pas prendre cela trop à la lettre, Mabel.

— Et pourquoi pas ?

— Ce n'est qu'une façon de parler purement scientifique.

— Très bien, Albert. Continue.

— Mais ce n'est que la moitié de l'histoire, dit-il. Le plus important va venir. Je ne t'ai même pas encore parlé de ce que la gelée royale a de plus étonnant. Je vais te démontrer comment elle peut transformer une vulgaire petite abeille ouvrière sans grâce et pratiquement sans aucun organe sexuel en une belle reine majestueuse et féconde.

— Veux-tu dire par là que notre bébé est vulgaire et sans grâce ? demanda-t-elle sur un ton aigre.

— Ne prends pas les choses de cette façon, Mabel, je t'en prie. Écoute plutôt. Savais-tu que l'abeille reine et l'abeille ouvrière, bien que complètement différentes en grandissant, sont nées de la même sorte d'œufs ?

— Je n'y crois pas, dit-elle.

— Aussi vrai que je m'appelle Albert ! Chaque fois que les abeilles désirent qu'une reine naisse d'un œuf, elles peuvent l'obtenir.

— Comment ?

— Ah, fit-il en braquant sur elle un énorme index. C'est cela justement. Tout le secret est là. Eh bien, TOI, qu'en penses-tu ? D'où vient ce miracle ?

— De la gelée royale, répondit-elle. Tu me l'as déjà dit.

— De la gelée royale, en effet ! s'écria-t-il en claquant des mains et en bondissant de son siège. Sa grosse figure rayonnait d'animation et deux plaques écarlates étaient apparues sur ses pommettes.

« Voici comment cela se passe. Je serai bref.

Donc, les abeilles désirent une nouvelle reine. Alors elles construisent un alvéole particulièrement grand, on appelle cela un alvéole royal, et elles font en sorte que la vieille reine y ponde un œuf. Quant aux autres mille neuf cent quatre-vingt-dix-neuf œufs, elle les pond dans les alvéoles ouvriers. Bon. Dès que ces œufs se sont mués en larves, les nourrices les entourent pour leur fournir la gelée royale. Toutes y ont droit, les ouvrières comme la reine. Mais voici l'essentiel, écoute-moi bien. Les larves ouvrières ne reçoivent cette merveilleuse nourriture que durant les TROIS PREMIERS JOURS de leur vie de larve. Après quoi c'est le sevrage, mais c'est beaucoup plus brusque qu'un sevrage ordinaire. Au bout de ces trois jours, donc, on leur donne directement la nourriture plus ou moins habituelle des abeilles — un mélange de miel et de pollen — et, quinze jours plus tard, elles sortent de leurs alvéoles comme ouvrières.

« Mais il en est autrement de l'alvéole royal ! Celui-là reçoit la gelée royale pendant tout son état larvaire. Les nourrices la versent simplement dans l'alvéole, abondamment, si bien que la petite larve y flotte littéralement. Et c'est cela qui fait d'elle une reine !

— Tu ne peux pas le prouver, dit-elle.

— Ne dis pas de sottises, Mabel, je t'en prie. Des milliers de gens ne cessent de le prouver, des savants universellement célèbres. Il s'agit simplement d'extraire une larve d'un alvéole ouvrier — c'est ce que nous appelons une greffe — et de la faire alimenter le temps nécessaire en gelée royale, et hop ! — la voilà reine ! Et ce qui rend la chose encore plus miraculeuse, c'est la différence énorme qui existe entre une reine et une ouvrière quand elles ont grandi. L'abdomen a une forme différente. L'aiguillon est différent. Les pattes sont différentes. Le...

— En quoi les pattes sont-elles différentes ? demanda-t-elle pour le mettre à l'épreuve.

— Les pattes ? C'est que les ouvrières ont aux pattes des petites poches pour transporter le pollen. La reine n'en a pas. Mais il y a autre chose. La reine a des organes sexuels parfaitement développés. Les ouvrières n'en ont pas. Et le plus étonnant, Mabel, c'est que la reine vit en moyenne de quatre à six ans. L'ouvrière, elle, dépasse à peine quelques mois. Et toutes ces différences sont dues à la gelée royale !

— Il est difficile d'admettre qu'un aliment ait toutes ces vertus, dit-elle.

— Naturellement que c'est difficile. C'est là un autre miracle de la ruche. C'est même le plus grand de tous. Pendant des centaines d'années, il a déconcerté les plus illustres savants. Attends un peu. Ne bouge pas. »

De nouveau, il courut vers sa bibliothèque et se mit à farfouiller dans les livres et les revues.

« Je vais te montrer des articles. Attends. En voilà un. Écoute un peu. » Il se mit à lire à haute voix un article du *Journal américain de l'abeille* :

« Établi à Toronto où il dirige un laboratoire de recherches dont le peuple canadien lui a fait don en reconnaissance du très grand service rendu à l'humanité par sa découverte de l'insuline, le docteur Frédéric A. Banting fut intéressé par la gelée royale. Il demanda à son équipe d'en faire une analyse fractionnée de base... »

Il s'interrompit.

« Bon, ce n'est pas la peine de tout lire mais voilà ce qui s'est passé. Le docteur Banting et son équipe prélevèrent un peu de gelée royale dans les alvéoles royaux qui contenaient des larves de deux jours pour procéder à l'analyse. Et devine ce qu'ils ont trouvé ?

« Eh bien, ils ont trouvé du phénol, du stérol, du glycéril, de la dextrose — et tiens-toi bien — quatre-vingts à quatre vingt-cinq pour cent d'acides inconnus ! »

Il se tenait près de la bibliothèque, la revue à la main. Il avait un drôle de sourire triomphal. Sa femme le regardait, ahurie.

L'homme n'était pas très grand. Son corps était replet, ses jambes courtes et légèrement arquées. La tête était ronde et énorme, couverte de cheveux soyeux coupés très court et la plus grande partie du visage — maintenant qu'il ne se rasait plus jamais — était cachée sous une broussaille de trois centimètres de long, d'un brun jaunâtre. En somme, il était plutôt grotesque à voir.

« Quatre-vingts à quatre-vingt-cinq pour cent d'acides inconnus, dit-il. N'est-ce pas fantastique ? » Il se retourna vers la bibliothèque, à la recherche d'autres revues.

« Des acides inconnus, qu'est-ce que cela veut dire ?

— Eh bien, la question est là ! Personne ne le sait ! Même Banting n'a pu le trouver. As-tu entendu parler de Banting ?

— Non.

— C'est à peu près le plus célèbre médecin vivant du monde. C'est tout dire. »

En le regardant pendant qu'il fredonnait devant sa

bibliothèque, avec cette tête soyeuse, ce visage velu, ce corps empâté, elle ne put s'empêcher de lui trouver, en quelque sorte, et par une étrange coïncidence, un petit air d'abeille. Elle avait vu souvent des femmes se mettre à ressembler aux chevaux qu'elles montaient. Et puis tous ces gens qui finissent par ressembler aux serins, aux bouledogues ou aux loulous de Poméranie qu'ils élèvent. Mais jusqu'à présent elle ne s'était jamais aperçue que son mari avait quelque chose d'une abeille. Cela lui fit un petit choc.

« Ce Banting, a-t-il essayé d'en manger, de cette fameuse gelée ? demanda-t-elle.

— Bien sûr que non, Mabel. Il n'en avait pas assez pour cela. C'est trop précieux.

— Sais-tu, fit-elle en souriant, sais-tu que tu commences toi-même à ressembler un peu à une abeille ? »

Il se retourna pour lui faire face.

« C'est la barbe qui te donne cet air-là, dit-elle. Tu devrais la couper. Même qu'elle est un peu couleur d'abeille, tu ne trouves pas ?

— De qui te f...-tu, Mabel ?

— Albert, dit-elle. Ton langage.

— Veux-tu que je continue, oui ou non ?

— Oui, mon chéri, excuse-moi. Je plaisantais. Vas-y continue. »

Il prit sur un rayon de sa bibliothèque une autre revue et se mit à la feuilleter. « Écoute un peu, Mabel. En 1939, Heyl fit des expériences sur des rats de vingt et un jours en leur injectant de la gelée royale en quantités variables. Cela eut pour résultat un développement folliculaire précoce en proportion directe à la quantité de gelée royale injectée.

— Voilà ! cria-t-elle. Je le savais bien !

— Tu savais quoi ?

— Je savais que quelque chose de terrible allait arriver !

— Sottises. Il n'y a rien de mal à cela. Mais écoute encore : Still et Burdett injectèrent de la gelée royale à un rat qui jusque-là avait été incapable de se reproduire. Après l'intervention, le rat se montra capable de devenir père plusieurs fois.

— Albert, s'écria-t-elle, on ne peut tout de même pas donner un truc pareil à un bébé ! C'est beaucoup trop fort !

— Quelle idée, Mabel !

— Si c'est inoffensif, pourquoi l'essayent-ils seulement sur des rats ? Pourquoi tes fameux savants n'en prennent-ils pas eux-mêmes ? Ils sont bien trop malins, voilà. Ce n'est pas ton docteur Banting qui va prendre le risque de se voir pousser des ovaires !

— Mais ils en ont donné à des gens, Mabel. Il y a tout un article à ce sujet. Écoute. » Il tourna la page et lut : « A Mexico, en 1953, un groupe de médecins éclairés se mit à prescrire des doses minimes de gelée royale contre des maux tels que la polynévrite, l'arthrite, le diabète, l'auto-intoxication due au tabac, l'impuissance des hommes, l'asthme, le croup, la goutte, etc. Nous possédons des piles de témoignages signés... Un agent de change connu de Mexico était atteint d'un psoriasis particulièrement tenace. A peu près défiguré par cette maladie, il perdit une partie de sa clientèle. Ses affaires s'en ressentirent. Désespéré, il eut recours à la gelée royale — une goutte à chaque repas — et ni vu ni connu ! il était guéri en quinze jours. Un garçon de café, du Café Jena, à Mexico également, raconte que son père, après avoir absorbé quelques petites doses de cette substance miraculeuse, engendra un enfant bien portant et vigoureux alors que lui-même était âgé de quatre-vingt-dix ans. Un organisateur de courses de taureaux à Acapulco se trouvant flanqué d'un taureau qui paraissait plutôt léthargique, lui injecta un gramme de gelée royale juste avant son entrée dans l'arène. La bête devint si déchaînée qu'elle expédia aussitôt deux picadors, trois chevaux, un matador, et finalement...

— Écoute, dit Mme Taylor. On dirait que le bébé pleure. »

Albert leva les yeux et tendit l'oreille. Oui, c'était certain. Des beuglements bien audibles parvenaient de la chambre à coucher.

« Elle doit avoir faim, dit-il.

— Mon Dieu ! cria-t-elle en sursautant après avoir consulté sa montre. L'heure est déjà passée ! Prépare vite le mélange, Albert, je monte la chercher ! Dépêche-toi ! Je ne veux pas la faire attendre ! »

Au bout de quelques secondes, Mme Taylor était de retour, portant dans ses bras le bébé qui hurlait. Elle semblait mal habituée encore au tapage que peut faire un nourrisson bien portant et affamé. « Vite, vite, Albert ! fit-elle en s'installant avec le bébé dans le fauteuil. Viens vite ! »

Albert revint de la cuisine et lui tendit le biberon plein de lait chaud. « Il est à point, dit-il. Pas besoin de le goûter. »

Elle cala la tête du bébé au creux de son bras, puis

elle enfonça la tétine dans la bouche largement ouverte pour hurler. Le bébé se mit à sucer et les hurlements cessèrent. Mme Taylor se détendit.

« N'est-elle pas adorable, Albert ?

— Elle est extraordinaire, Mabel, grâce à la gelée royale.

— Assez, mon chéri, je ne veux plus entendre parler de ce truc affreux. Cela me fait peur.

— Tu as tort », dit-il.

Le bébé continuait à téter le biberon.

« On dirait qu'elle va encore le vider, Albert.

— J'en suis sûr », dit-il.

Au bout de quelques minutes, le biberon était vide.

« Oh, comme tu es sage ! » s'écria Mme Taylor en essayant de retirer doucement la tétine. Alors, le bébé suçait plus fort pour la retenir. La femme fut alors obligée de lui donner un petit coup pour pouvoir la dégager.

« Ouaa ! Ouaa ! Ouaa ! Ouaa ! fit le bébé.

— Méchante fille », dit Mme Taylor. Elle souleva le bébé et lui tapota le dos.

Il rota deux fois de suite.

« Voilà, mon petit ange, tout va bien maintenant. »

Les cris cessèrent. Mais au bout de quelques secondes, ils reprirent de plus belle.

« Fais-la roter encore, dit Albert. Elle a bu trop vite. »

La femme mit le bébé sur un côté pour lui frotter le dos. Puis sur l'autre côté. Puis sur le ventre. Elle le mit à cheval sur ses genoux. Mais il ne rotait plus et les hurlements devenaient de plus en plus forts.

« Elle se fait des poumons, dit en souriant Albert. C'est ainsi que cela se passe toujours, le savais-tu, Mabel ?

— Là, là, là, fit la femme en couvrant de baisers le visage de l'enfant. Là, là, là. »

Ils attendirent cinq minutes de plus et les hurlements ne semblaient pas vouloir cesser.

« Elle a besoin qu'on lui change ses couches », dit Albert. Il alla en chercher une propre à la cuisine et Mme Taylor la changea.

La situation demeurait la même.

« Ouaa ! Ouaa ! Ouaa ! Ouaa ! faisait le bébé.

— Tu ne l'as pas piquée avec l'épingle à nourrice ?

— Bien sûr que non », répondit-elle en tâtant la couche pour en être certaine.

Ils étaient assis dans leurs fauteuils, face à face, en attendant que le bébé se lassât de crier.

« Sais-tu, Mabel ? dit enfin Albert Taylor.

— Quoi donc ?

— Je suis sûr qu'elle a encore faim. Elle réclame son biberon, voilà tout. Si je lui préparais un supplément ?

— Nous ne devrions plutôt pas, Albert...

— Ça lui fera du bien, dit-il en se levant. Je vais lui chauffer un autre biberon. »

Il s'absenta quelques minutes, puis revint en portant un biberon plein jusqu'au bord.

« J'ai fait le double, annonça-t-il. Huit onces. On ne sait jamais.

— Tu es fou, Albert ! Tu ne sais donc pas que la suralimentation est aussi dangereuse que le contraire ?

— Tu n'es pas obligée de tout lui donner, Mabel.

Tu peux t'arrêter quand tu veux. Vas-y, dit-il, debout près d'elle, donne-lui à boire. »

Mme Taylor taquina la lèvre du bébé du bout de la tétine. La petite bouche se referma comme une trappe sur le caoutchouc et ce fut le silence. Le corps de l'enfant se détendit et une expression de béatitude se répandit sur son petit visage.

« Tu vois bien, Mabel ? Qu'est-ce que je te disais ?

La femme ne répondit pas.

« Elle est vorace, voilà ce qu'elle est. Regarde-la donc. »

Mme Taylor surveillait le niveau du lait dans le biberon. Il s'écoulait rapidement, et en peu de temps, trois ou quatre onces sur les huit avaient disparu.

« Voilà, dit-elle. Ça ira.

— Tu ne peux pas l'enlever maintenant, Mabel.

— Si, mon cher, il le faut.

— Laisse-la boire tout, et pas d'histoires.

— Mais, Albert.

— Elle est affamée, tu ne le vois pas ? Mange, ma beauté, dit-il, vas-y, finis ta bouteille !

— Cela m'ennuie, Albert », dit la femme. Mais elle ne retira pas le biberon.

« C'est simple, Mabel. Elle rattrape le temps perdu. »

Au bout de cinq minutes, la bouteille était vide. Doucement, Mme Taylor retira la tétine et, cette fois-ci, le bébé se laissa faire et n'émit aucun bruit de protestation. Il était allongé sur les genoux de sa mère, les yeux noyés de contentement, la bouche entrouverte, les lèvres barbouillées de lait.

« Douze onces, Mabel! dit Albert Taylor. Trois fois la quantité normale! N'est-ce pas stupéfiant? »

La femme contemplait le bébé. Mais son visage était redevenu anxieux et ses lèvres se crispaient comme la veille.

« Qu'as-tu encore? demanda Albert. Tu ne vas tout de même pas me dire que tu es inquiète? Comment veux-tu qu'elle récupère normalement avec quatre malheureuses petites onces? Ne sois pas ridicule.

— Viens ici, Albert, dit-elle.

— Qu'y a-t-il?

— Je te dis de venir. »

Il s'approcha.

« Regarde et dis-moi si tu ne remarques rien. »

Il scruta le bébé de plus près. « Elle a l'air d'avoir grandi, si c'est cela que tu veux dire. Grandi et engraissé.

— Prends-la, ordonna-t-elle. Vas-y, soulève-la. »

Il prit le bébé sur les genoux de sa mère pour le soulever. « Bon Dieu! s'écria-t-il. Elle pèse une tonne!

— Exactement.

— Mais c'est merveilleux! fit-il, rayonnant. Elle est tout près d'atteindre son poids normal!

— Cela me fait peur, Albert. C'est trop rapide.

— Tu te fais des idées.

— C'est cette dégoûtante gelée royale qui a fait ça, dit-elle. Je déteste ce truc.

— La gelée royale n'a rien de dégoûtant, répondit-il avec indignation.

— Ne perds pas la tête, Albert! Tu trouves normal qu'un bébé reprenne du poids à cette vitesse?

« — Tu n'es jamais contente, cria-t-il. Tu as peur quand elle maigrit et tu es complètement terrifiée parce qu'elle grossit. Qu'as-tu, Mabel ? »

La femme quitta son fauteuil et, le bébé dans les bras, se dirigea vers la porte. « Tout ce que je peux dire, fit-elle, c'est que c'est une chance que je sois là pour t'empêcher de lui en donner davantage. C'est tout. » Elle sortit et, par la porte ouverte, Albert la vit qui traversait le vestibule. Elle arriva au pied de l'escalier et se mit à monter. Mais au bout de trois ou quatre marches, elle s'arrêta soudain comme si elle venait de se rappeler quelque chose. Puis elle se retourna pour redescendre rapidement et regagner la chambre.

« Albert, dit-elle.

— Oui ?

— Je suppose que tu n'as pas mis de gelée royale dans son dernier repas ?

— Pourquoi le supposer ?

— Albert !

— Mais quel mal y a-t-il à cela ? demanda-t-il d'une voix douce et innocente.

— Tu as osé ! » cria-t-elle.

La grosse figure barbue d'Albert Taylor prit une expression perplexe. « Je ne te comprends pas. Tu devrais être heureuse qu'elle ait pris une belle dose, dit-il. Car je suis honnête. Je lui ai donné une belle dose, tu peux me croire. »

La femme se tenait dans l'encadrement de la porte, le bébé endormi dans les bras. Elle était droite et immobile, comme figée par la colère, le visage blême, les lèvres plus serrées que jamais.

« Écoute-moi bien, dit Albert. Tu as une enfant

qui gagnera bientôt tous les concours du pays. Au
fait, pourquoi ne la pèses-tu pas maintenant ? Veux-
tu que j'aille chercher la balance ? »

Elle se dirigea droit vers la grande table qui se
trouvait au centre de la pièce, y posa le bébé et se mit
à le déshabiller avec hâte. « Oui ! siffla-t-elle.
Apporte la balance ! » Elle retira la petite chemise,
puis les sous-vêtements.

Elle défit les langes et les jeta. Le bébé apparut nu
sur la table.

« Mais, Mabel, s'écria Albert, c'est un miracle !
Elle est ronde comme une boule ! »

Et, en effet, l'enfant avait pris une masse de chair
étonnante depuis la veille. On ne lui voyait plus les
côtes. Avec sa poitrine potelée et son ventre bombé,
elle avait l'air d'un tonneau. Les bras et les jambes,
par contre, ne semblaient pas avoir subi le même
changement. Toujours petits et grêles, ils faisaient
penser à des bâtonnets piqués dans un ballon de
graisse.

« Regarde ! dit Albert. Elle se met même à avoir
un peu de poil sur le ventre pour lui tenir chaud ! »

Et il étendit la main pour promener le bout de ses
doigts sur le duvet soyeux, brun et jaune, apparu
soudain sur l'estomac du bébé.

« Ne la touche pas ! hurla la femme. Ses yeux
flamboyaient. Elle ressemblait soudain à un petit
oiseau rapace, le cou tendu vers lui comme si elle
était sur le point de lui sauter au visage pour lui
arracher les yeux.

— Écoute-moi un instant, fit-il en reculant.

— Tu dois être fou ! cria-t-elle.

— Écoute-moi une seconde, Mabel, je t'en supplie ! Je vois que tu crois toujours que ce produit est dangereux... c'est bien ce que tu penses ? Eh bien, écoute-moi, je vais maintenant te PROUVER une fois pour toutes que la gelée royale est absolument sans danger pour l'organisme humain, même si l'on force la dose. Par exemple, qu'en penses-tu, pourquoi n'avons-nous eu que la moitié de la récolte de miel habituelle l'été dernier ? Peux-tu me le dire ?

Il avait pris quelques mètres de recul en parlant et là, il avait l'air de se sentir plus à l'aise.

« La raison pour laquelle nous n'avons eu que la moitié de la récolte habituelle, dit-il lentement en baissant la voix, c'est que j'ai transformé cent de mes ruches à miel en ruches à gelée royale.

— QUOI ?

— Cela te surprend, n'est-ce pas ? Pourtant je l'ai fait sous ton nez !«

Ses petits yeux étincelaient victorieusement et un sourire inquiétant rôdait aux coins de sa bouche.

« Tu n'en devineras jamais la raison, dit-il. Jusqu'à présent, j'ai eu peur de t'en parler. Je me disais que cela pourrait... comment dirais-je... te choquer en quelque sorte. »

Il y eut un petit silence que ne troublait qu'un léger bruit de râpe produit par les deux paumes de l'homme frottées l'une contre l'autre.

« Te souviens-tu de l'article que je t'ai lu dans la revue ? L'histoire du rat, comment était-ce déjà ? Still et Burdett trouvèrent qu'un rat mâle, jusque-là incapable de se reproduire... » Il hésita, son sourire se fit plus large et découvrit les dents.

« Tu saisis, Mabel ? »

Elle demeura immobile.

« La première fois que j'ai lu cet article, Mabel, j'ai sursauté et je me suis dit, si ça marche avec un malheureux petit rat, il n'y a pas de raison pour que ça ne marche pas avec Albert Taylor. »

Il se tut une nouvelle fois, prêt à entendre la réponse. Mais sa femme ne disait toujours rien.

« Mais il y a autre chose, reprit-il. Cela m'a fait tant de bien, Mabel, et j'ai commencé à me sentir si différent de ce que j'étais avant que j'ai continué à en prendre, même après que tu m'as annoncé la joyeuse nouvelle. Je dois en avoir avalé des SEAUX durant les derniers douze mois. »

Le regard lourd et tourmenté de la jeune femme se promena attentivement le long du visage et du cou de son mari. Toute la peau du cou, même derrière les oreilles, jusqu'à l'endroit où elle disparaissait dans le col de la chemise, était recouverte d'un soyeux duvet, noir et jaune...

« Tu te rends compte », dit-il en détournant la tête pour contempler amoureusement l'enfant, « sur un fragile bébé, l'effet sera encore meilleur que sur un adulte entièrement développé comme moi. Tu n'as qu'à regarder la petite pour me dire que j'ai raison ! »

Lentement, le regard de la femme se posa sur le bébé. Il gisait sur la table, vêtu de sa seule blancheur grasse et comateuse, comme une espèce de larve géante qui va vers la fin de son état larvaire pour aborder bientôt le monde, munie de tout son attirail d'ailes et de mandibules.

« Pourquoi ne la couvres-tu pas, Mabel ? dit-il alors. Il ne faut pas que notre petite reine attrape un rhume ! »

Pauvre George

Sans vouloir en aucune manière faire mon propre éloge, je crois pouvoir me considérer comme un individu qui ne manque pas de qualités. J'ai pas mal voyagé. J'ai des lettres. Je parle grec et latin. Je m'intéresse à tout ce qui est science. En politique, je tolère toute manifestation d'un libéralisme modéré. J'ai rassemblé tout un volume de notes sur l'évolution du madrigal au xve siècle. J'ai vu mourir dans leur lit un grand nombre de gens. En plus, j'ai encouragé, c'est du moins ce que j'espère, beaucoup de vivants, en leur parlant du haut de ma chaire.

Mais en dépit de tout cela, je dois avouer que — comment dirais-je ? — je n'ai jamais eu réellement affaire à des femmes.

Pour être tout à fait sincère, jusque il y a trois semaines environ, je n'en avais jamais touché une du bout du doigt, à moins d'être obligé, par exemple, de l'aider à passer une porte. Et même à ces occasions-là, je m'arrangeais pour ne toucher que son épaule ou sa taille ou tout autre endroit où la peau était couverte, car s'il est une chose que je n'ai jamais pu supporter, c'est le contact entre leur peau et la mienne. Une peau qui effleure une autre peau, c'est-à-dire, mon épiderme qui effleure celui d'une femelle, que ce soit la jambe, le cou, le visage, la main ou seulement le bout du doigt, cela me répugnait tant que j'ai pris l'habitude de saluer les dames les mains cachées fermement derrière le dos.

Je pourrais aller plus loin encore pour dire que tout contact physique avec elles, même quand leur peau n'était pas nue, me gênait considérablement. Le voisinage trop proche d'une femme, dans une queue ou dans un autobus, flanc contre flanc, cuisse contre cuisse, me mettait le feu aux joues et la sueur au front.

Tout cela me paraît normal chez un écolier à peine pubère. Là, c'est Dame Nature qui serre les freins pour les lâcher, le moment venu, afin de permettre au jeune homme de se conduire comme tel. Là, je suis d'accord.

Mais moi, dans la maturité de mes trente et un ans, pourquoi devais-je souffrir d'un tel embarras ? Moi qui étais bien endurci pour résister à toute tentation ? Moi qui n'étais certainement pas sujet à des passions vulgaires ?

Si j'avais été le moins du monde honteux de mon physique, la chose se serait expliquée toute seule. Mais ce n'était justement pas le cas. Bien au contraire, et bien que je sois au regret d'avoir à le dire moi-même, je suis plutôt gâté par la nature. Tout chaussé, je mesure exactement cinq pieds et demi. Mes épaules, bien qu'un peu tombantes, sont en harmonie avec ma petite taille. (Personnellement, je trouve que les épaules un peu tombantes cela donne une allure distinguée à un homme qui n'est pas très grand, n'est-ce pas votre avis ?) Mes traits sont réguliers, mes dents en excellent état, à peine bousculées. Mes cheveux, d'un roux extrêmement brillant, sont drus et bien plantés. Dieu sait que j'ai vu des hommes qui, à côté de moi, étaient de vrais gringalets, faire preuve d'un aplomb étonnant dans leurs relations avec le beau sexe. Et, mon Dieu, comme je les enviais ! Comme je rêvais de faire comme eux, de jouer à ces mêmes jeux que je voyais se nouer rituellement entre hommes et femmes, main dans la main, joue contre joue, bras dessus bras dessous, genou contre genou, pied contre pied sous la table, et surtout, oh surtout, leurs étreintes fougueuses lorsqu'ils se réunissaient sur la piste, pour danser.

Mais ces choses-là n'étaient pas pour moi. Hélas ! il me fallait au contraire passer mon temps à les éviter. Et cela, mes amis, était plus facile à dire qu'à faire, même pour un humble vicaire de campagne, loin des orgies de la capitale.

Parmi mes ouailles, vous comprenez, il y avait un très grand nombre de femmes. La paroisse en fourmillait et, par malheur, soixante pour cent de ces dames étaient célibataires, c'est-à-dire nullement apprivoisées par le bienfait des liens sacrés du mariage.

J'étais nerveux comme un écureuil, c'est tout dire.

Pourtant, vu l'éducation soigneuse que m'avait donnée ma mère, tout laissait croire que je deviendrais capable de bien mener ma barque. Et sans aucun doute, je l'aurais été si elle avait vécu assez longtemps pour parachever ma formation. Mais,

hélas! elle fut tuée alors que j'étais encore tout
jeune.

C'était une femme merveilleuse. Elle portait de
lourds bracelets aux poignets, cinq ou six à la fois,
chargés de breloques qui tintaient à chacun de ses
mouvements. On n'avait pas besoin de savoir où elle
était, on la retrouvait toujours en suivant le cliquetis
de ses bracelets. C'était mieux qu'une sonnette de
vache. Et tous les soirs, elle s'asseyait sur le sofa,
dans son pantalon noir, les jambes en croix, pour
fumer d'innombrables cigarettes avec un long fume-
cigarette noir. Et moi j'étais accroupi par terre et je
la regardais.

« Veux-tu goûter mon Martini, George? me
demandait-elle souvent.

— Arrête, Clare, disait alors mon père. Tu ne
veux tout de même pas empêcher cet enfant de
grandir!

— Vas-y, disait-elle, n'aie pas peur. Bois! »

Je faisais toujours tout ce que me disait ma mère.

« Assez! disait mon père. Il suffit qu'il en
connaisse le goût.

— Je t'en prie, Boris, n'interviens pas. C'est TRÈS
important. »

Selon les principes de ma mère, on ne devait rien
cacher à un enfant. Il fallait tout lui montrer. Lui
faire faire l'EXPÉRIENCE.

« Je ne veux pas avoir un fils qui échange à mi-voix
des secrets malpropres avec d'autres enfants et qui se
fait des idées fausses parce que personne ne lui a rien
expliqué. »

Tout lui dire. Éveiller son intérêt.

« Viens, George, je vais t'expliquer ce que c'est que Dieu. »

Elle ne me faisait jamais la lecture le soir, au coucher. Elle se contentait de me « raconter » les choses. Et c'était chaque soir un nouveau sujet.

« Viens, George, je vais te parler de Mahomet. »

Elle était assise à la turque sur le sofa, dans son pantalon noir. Sa main, qui tenait le long fume-cigarette noir, gesticulait étrangement, langoureusement, et les bracelets cliquetaient tout le long de son bras.

« Puisqu'il faut avoir une religion, je suppose que celle de Mahomet en vaut bien une autre. Elle est entièrement fondée sur la bonne santé. On a des tas de femmes et on ne doit jamais ni fumer ni boire.

— Pourquoi on ne doit ni fumer ni boire, maman ?

— Parce que si on a des tas de femmes, il faut rester bien portant et viril.

— Qu'est-ce que ça veut dire, viril ?

— Nous parlerons de cela demain, mon chou. Ne sautons pas d'un sujet à l'autre. Pour revenir à nos mahométans, il faut noter qu'ils ne sont jamais constipés.

— Clare, disait mon père en levant les yeux de son livre. Qu'est-ce que tu racontes là ?

— Mon cher Boris, tu n'y connais rien. Si seulement tu voulais essayer de toucher le sol de ton front, trois fois par jour, le matin, à midi et le soir, face à la Mecque, tu aurais toi-même moins d'ennuis de ce côté. »

J'adorais l'écouter, même quand je ne comprenais que la moitié de ce qu'elle disait. Elle me confiait de vrais secrets et il n'y avait rien de plus passionnant.

« Viens, George, je vais te dire comment ton père gagne son argent.

— Assez, Clare, je t'en prie.

— Pourquoi, mon chéri ? Pourquoi le cacher à cet enfant ? Si on ne le lui dit pas, il se fera des idées bien pires. »

J'avais dix ans exactement lorsqu'elle commença à me parler des questions sexuelles. C'était le plus important de tous ses secrets, donc le plus captivant.

« Viens, George, je vais te dire comment tu es venu au monde, je te dirai tout, dès le début. »

Je vis alors mon père lever les yeux et ouvrir la bouche comme pour dire quelque chose de capital, mais aussitôt ma mère le fixa de ses grands yeux brillants et il retourna à son livre sans avoir prononcé un mot.

« Ton pauvre père est embarrassé », dit-elle en m'envoyant ce sourire complice qu'elle ne destinait jamais qu'à moi, ce sourire oblique qui finissait toujours par se prolonger en une sorte de clin d'œil.

« L'embarras, mon chou, voilà une chose que je te souhaite de ne jamais connaître. Et ne crois pas une seconde que ton père ne soit embarrassé qu'à cause de TOI. »

Mon père se mit à s'agiter dans son fauteuil.

« Eh oui, il est même gêné par ces choses quand il est seul avec moi qui suis sa femme pourtant.

— Quelles choses ? » demandai-je.

A ce moment mon père se leva et quitta tranquillement la pièce.

Et huit jours plus tard, ma mère mourut. Peut-être dix jours plus tard, ou quinze jours plus tard, je n'en suis pas sûr. Tout ce que je sais, c'est que nous approchions de la fin de cette série de « conversations » si particulières lorsque la chose arriva. Et comme j'ai été personnellement mêlé à la brève chaîne d'événements qui allaient mener à sa mort, je revois encore tous les détails de cette étrange nuit comme si c'était hier. C'est comme un film que je me projette aussi souvent que je le désire. Alors, invariablement, les images défilent devant mes yeux pour s'arrêter toujours au même endroit. Et cela débute toujours de la même façon. L'écran est noir et, dans l'obscurité, quelque part au-dessus de moi, j'entends la voix de ma mère :

« George, réveille-toi ! George, réveille-toi ! »

Puis c'est la lumière électrique qui s'allume et qui m'éblouit. Et au milieu de cette lumière, mais bien plus loin, il y a cette voix qui m'appelle toujours :

« Réveille-toi, George, sors du lit et mets ta robe de chambre ! Vite ! Descends ! Je vais te montrer quelque chose. Viens, mon petit, viens ! Dépêche-toi ! Et mets tes pantoufles. Nous allons sortir.

— Sortir ?

— Ne pose pas de questions, George. Fais ce que je te dis. »

Je suis si mal réveillé que je vois à peine où je pose les pieds, mais ma mère me prend fermement par la main et nous descendons l'escalier pour sortir tout droit dans la nuit. L'air froid me saute à la figure comme une éponge imbibée d'eau glacée. Mes yeux s'ouvrent grands sur le sentier étincelant de givre, sur le cèdre aux bras de géant qui se découpe en noir contre le pâle clair de lune. Et par-dessus tout cela, une fine pluie d'étoiles tournoie dans le ciel.

Nous traversons rapidement la pelouse, ma mère

et moi. Ses bracelets émettent des tintements ahuris et elle marche si vite que j'ai du mal à la suivre. A chacun de mes pas, je sens l'herbe givrée qui craque sous mes pieds.

« Joséphine va avoir ses petits dans un instant, dit ma mère. C'est une occasion unique. Tu pourras suivre tout le processus. »

Le garage est éclairé. Mais mon père n'est pas là, la voiture non plus, l'endroit paraît vaste et nu, le carrelage est glacial à travers les semelles de mes pantoufles. Joséphine est couchée sur une botte de paille dans sa cage trapue. C'est une grosse lapine bleue dont les petits yeux roses nous guettent avec méfiance lorsque nous approchons. Son mari dont le nom est Napoléon se trouve provisoirement dans une autre cage, dans le coin opposé, et je le vois qui se tient sur ses pattes arrière en grattant impatiemment la grille.

« Regarde ! s'écrie ma mère. Elle est en train de faire le premier ! Il est presque sorti ! »

Nous nous approchons un peu plus de Joséphine et je m'accroupis devant la cage, le nez contre la grille. Cela me fascine, ce lapin qui sort d'un autre lapin. C'est miraculeux et c'est même grandiose. Et comme cela va vite !

« Regarde comme il sort, bien enveloppé dans sa pochette de cellophane ! dit ma mère.

« Et maintenant, regarde comme elle le soigne bien ! La pauvre chérie n'a pas de gant de toilette, et même si elle en avait un, elle ne pourrait pas le tenir dans ses pattes. C'est pourquoi elle se sert de sa langue pour le débarbouiller. »

La maman lapine nous envoie un regard anxieux

de ses petits yeux roses et puis la voilà qui change de
position sur sa paille, si bien que son corps se trouve
à présent entre nous et le petit lapereau.

« Viens de ce côté-là, dit ma mère. Cette idiote
s'est déplacée. On dirait qu'elle a peur de nous, peur
pour son bébé. »

Nous contournons la cage. La lapine, elle, nous
suit du regard. A deux mètres de nous, le lapin
trépigne follement, les pattes de devant accrochées
à la grille.

— Pourquoi Napoléon est-il si nerveux ? fais-je.

— Je ne sais pas, mon chéri. Ne t'occupe pas de
lui. Regarde Joséphine. Elle va sûrement avoir
bientôt un autre petit. Regarde comme elle le nettoie
bien, son bébé ! Elle fait exactement ce qu'une
maman humaine fait avec son bébé à elle. N'est-il pas
drôle d'imaginer que j'ai fait presque la même chose
pour toi quand tu étais tout petit ? »

La grosse lapine bleue nous épie toujours et, une
fois de plus, elle pousse le petit du bout du nez et se
met entre nous et lui. Puis elle se remet à le lécher.

« N'est-ce pas un merveilleux spectacle, cette
maman qui sait d'instinct ce qu'il faut faire ? dit ma
mère. Imagine un peu, mon chou, que ce bébé lapin,
c'est toi, et que Joséphine, c'est moi. Attends,
passons de l'autre côté, là tu verras mieux. »

Et nous refaisons le tour de la cage.

« Regarde comme elle le chouchoute et comme
elle l'embrasse partout ! Là, tu vois ? Elle l'embrasse
VRAIMENT ! Exactement comme je t'embrasse ! »

Je les scrute de plus près. Cette façon d'embrasser
le petit me paraît plutôt bizarre.

« Regarde ! fais-je alors. Elle le mange ! »

Et, en effet, voilà la tête du petit qui disparaît dans la gueule maternelle.

« Maman ! Vite ! »

Mais avant même que j'aie fini de pousser mon cri, tout le minuscule corps rose a été englouti.

Je me retourne pour regarder ma mère droit dans les yeux. Elle est à moins de six pouces de moi et, sans doute, elle tente de me dire quelque chose, mais peut-être est-elle trop stupéfaite pour prononcer la moindre parole. Je ne vois que sa bouche, sa grande bouche rouge qui s'ouvre plus grande encore, plus encore, plus encore, pour former finalement un immense trou rond et béant et noir, noir ! Je pousse un nouveau cri aigu et, cette fois-ci, je ne peux plus m'arrêter de crier. Et soudain, les mains de ma mère sont là, je sens sa peau qui touche la mienne, ses longs doigts glacés qui enferment mes poings. Je bondis en arrière pour me libérer et pour me sauver en courant, droit devant moi, à l'aveuglette, dans la nuit. Je descends l'allée, toujours en courant, et je passe la porte du jardin sans cesser de hurler. Et puis, à travers le bruit que fait ma propre voix, j'entends les cliquetis des bracelets qui me suivent dans le noir et qui deviennent de plus en plus audibles à mesure qu'ils approchent, en descendant la colline jusqu'au fond du chemin, en passant le pont jusqu'à la route où les voitures filent à soixante milles à l'heure, tous phares allumés.

Puis c'est le bruit strident d'un véhicule qui dérape, et puis c'est le silence. Et soudain, je m'aperçois que les bracelets ont cessé de tinter derrière moi.

Pauvre maman.

Si seulement elle avait pu vivre un peu plus longtemps.

Il est vrai qu'elle m'a fait une sale peur avec son histoire de lapins, mais ce n'était pas sa faute. Son système d'éducation avait toujours été un peu bizarre. Je suis arrivé à le considérer comme une sorte de cure de durcissement qui m'avait fait plus de bien que de mal. Mais si elle avait vécu assez longtemps pour compléter mon entraînement, je n'aurais certainement jamais connu tous ces ennuis dont je vous ai parlé plus haut.

Il faut que j'y revienne, à présent. Je n'avais pas l'intention de vous parler de ma mère qui n'a rien à voir avec ce qui nous occupe ici. Je n'en ferai plus mention.

Revenons donc aux demoiselles de ma paroisse. Demoiselle. Quel vilain mot ! Cela fait penser à une vieille volaille filandreuse, ou bien à une virago impudique, à la voix stridente, en culotte de cheval. Mais ces demoiselles-là ne correspondaient en rien à ces images. C'étaient des personnes saines, propres et bien bâties, de riche famille pour la plupart. Je suis certain qu'un célibataire comme les autres eût été ravi, à ma place, d'être si bien entouré.

Au départ, c'est-à-dire au moment où je venais d'accéder au presbytère, je ne me trouvais pas trop mal. Naturellement, vu mon titre et ma tenue, je jouissais de l'estime de tout le monde. En plus, j'avais adopté une attitude froide et pleine de dignité, étudiée pour décourager toute tentative de familiarité. Cela me permit, pendant quelques mois, de circuler librement parmi mes fidèles sans que l'une d'elles eût l'occasion, lors d'un bazar de charité, de

m'attraper par le bras ou de toucher ma main du bout
des doigts en me passant la salière, à l'heure du
dîner. J'étais très heureux. Je me sentais bien mieux
qu'avant. Même mon tic qui consistait à me tripoter
le lobe de l'oreille du bout de l'index lorsque je
parlais commençait à disparaître.

Ce fut en somme ce que j'appelle la première
époque. Elle s'étend sur six mois environ. Les ennuis
vinrent ensuite.

Évidemment, j'aurais dû m'en douter, un homme
normalement constitué ne peut guère espérer
d'échapper à certaines complications en mettant de la
distance entre lui et ces dames. Cette méthode ne
peut être qu'inefficace, elle peut même provoquer
l'effet contraire.

Et je les voyais qui m'épiaient du coin de l'œil, de
l'autre bout de la pièce, au cours d'un tournoi de
whist, et qui échangeaient des mots à mi-voix, et qui
hochaient la tête, et qui se léchaient les babines, et
qui tiraient sur leurs cigarettes, et qui complotaient,
mais toujours à voix basse. Et quelquefois, des bribes
de leur conversation me parvenaient : « ... Comme il
est sauvage... et nerveux... beaucoup trop tendu...
aurait besoin de compagnie... de distractions... nous
lui apprendrons ce que c'est... » Et puis, tout doucement, à mesure que passaient les semaines, elles se
mettaient à me traquer. Oui, j'en étais sûr. Je les
voyais venir, encore qu'il n'y eût rien d'absolument
précis dans leur comportement.

Là commence la seconde époque. Elle allait durer
près d'une année, une année bien pénible. Mais en
comparaison avec la troisième et dernière phase,
c'était encore le paradis.

A présent, au lieu de me canarder sporadique-
ment, de loin, l'ennemi sortit soudain de sa cachette,
l'arme braquée sur moi. C'était effrayant. Rien n'est
mieux fait pour exaspérer un homme que ce genre
d'assaut. Je ne suis pas un poltron. Je sais me
défendre en toutes circonstances. Mais ces attaques-
là, j'en suis encore persuadé maintenant, étaient
conduites avec une habileté déconcertante.

La première à m'attaquer fut Miss Elphinstone,
une forte fille avec des grains de beauté. Je m'étais
adressé à elle un après-midi, pour solliciter sa contri-
bution à une collecte destinée à l'achat d'un nouveau
soufflet pour notre orgue. Après une petite conversation fort agréable à la bibliothèque, elle m'avait
remis un chèque de deux guinées. Je pris alors congé
et sortis pour aller chercher mon chapeau. J'étais sur
le point de le mettre lorsque, tout à coup — elle avait
dû me rejoindre sur la pointe des pieds — lorsque
tout à coup je sentis un bras nu se glisser sous le
mien, et, au bout d'une seconde, ses doigts péné-
traient les miens et elle pressait fort ma main, à petits
coups, un, deux, un, deux, comme si elle maniait une
poire de vaporisateur.

« Êtes-vous vraiment aussi respectable que vous le
prétendez ? » chuchota-t-elle.

Eh bien !

Tout ce que je puis vous dire, c'est que, lorsque ce
bras s'était glissé sous le mien, ce fut exactement
comme si un cobra venait de s'enrouler autour de
mon poignet. Je reculai, et je poussai la porte du
vestibule pour m'engager à pas rapides dans l'allée,
sans me retourner.

Le lendemain même, il y eut une vente de charité à

la mairie, toujours au profit du nouveau soufflet.
Vers la fin de cette vente, je buvais tranquillement
ma tasse de thé dans un coin, tout en surveillant les
villageois qui se pressaient autour des stands lorsque,
soudain, une voix retentit près de moi : « Oh mon
pauvre ami, comme vos yeux ont l'air d'avoir faim ! »
Et en une fraction de seconde, un long corps sinueux
frôlait le mien, une main aux ongles rouges s'apprê-
tait à m'introduire un gros morceau de gâteau à la
noix de coco dans la bouche.

« Miss Prattley, m'écriai-je. Je vous en prie ! »

Mais elle était là, contre moi et, adossé au mur, ma
tasse de thé dans une main et la soucoupe de l'autre,
j'étais sans défense. La sueur envahit tout mon corps
et, si ma bouche n'avait pas été pleine du gâteau
qu'elle venait d'y fourrer, je crois en toute sincérité
que je me serais mis à hurler.

Ce fut un très vilain moment. Mais le pire allait
venir encore.

Le lendemain, ce fut le tour de Miss Unwin. Notez
que Miss Unwin se trouvait être une amie intime de
Miss Elphinstone et de Miss Prattley, ce qui aurait pu
suffire pour me rendre très prudent. Mais comment
aurais-je pu imaginer que Miss Unwin, cette gentille
petite souris qui, voilà quelques semaines seulement,
m'avait offert un agenouilloir brodé de ses propres
mains, comment aurais-je pu imaginer que cette
même Miss Unwin pût jamais prendre de telles
libertés avec qui que ce soit ? Ainsi, lorsqu'elle me
pria de l'accompagner à la crypte pour lui faire
admirer les fresques saxonnes, je ne la soupçonnais
pas une seconde d'avoir des intentions diaboliques.
Eh bien, j'avais eu tort de ne pas la soupçonner.

Je ne tiens pas à relater cet épisode. Il était trop pénible. Et ceux qui allaient suivre ne l'étaient pas moins. Presque chaque jour, désormais, allait apporter un nouvel incident outrageux. Mes nerfs devaient s'en ressentir et je devins une épave. Quelquefois je savais à peine ce que je faisais. Ainsi je me mis à lire le service funèbre au mariage de la jeune Gladys Pitcher. Je laissai tomber dans les fonts baptismaux le bébé de Mrs. Harris. La déplaisante éruption cutanée que je n'avais pas eue depuis plus de deux ans reparut sur mon cou, et ce fâcheux tic, celui de l'oreille, revint, plus tenace que jamais. Même mes cheveux se mirent à tomber. Et plus je me rétractais, plus elles me couraient après. Car les femmes sont ainsi. Rien pour elles n'est plus encourageant qu'une manifestation de modestie ou de timidité chez un homme. Et elles deviennent doublement agressives, s'il leur arrive de détecter, — et là j'ai un aveu assez scabreux à vous faire — s'il leur arrive de détecter, comme ce fut mon cas, une petite lueur nostalgique au fond des yeux de leur victime.

Car, voyez-vous, en réalité, j'adorais les femmes.

Oui, je sais. Vous allez trouver cela peu croyable après tout ce que je viens de dire, mais c'était absolument vrai. Il faut que vous compreniez que seul le contact de leurs doigts ou de leur corps me remplissait d'effroi. Quand la distance était assez grande pour m'offrir la sécurité nécessaire, je pouvais les regarder à longueur d'heures, avec toujours cette même fascination si étrange, tenez, cela doit vous arriver aussi, j'en suis certain, quand vous admirez de loin une créature inaccessible, intouchable — une pieuvre, par exemple, ou un serpent

venimeux. J'aimais la blancheur veloutée d'un bras
émergeant d'une manche, étrangement nu comme
une banane pelée. J'éprouvais une ineffable émotion
à la vue d'une jeune fille qui, vêtue d'une robe
collante, traverse une pièce. Et je prenais un plaisir
tout particulier à regarder, par-derrière, une paire de
jambes, sur talons hauts de préférence. Ah, les plis
des jarrets, et ces mollets fermes et souples comme
de l'élastique extra-dur que l'on peut tendre à l'infini.
Quelquefois, au salon de Lady Birdwell, en été, je
jetais un regard par-dessus ma tasse de thé, par la
fenêtre, vers la piscine. Et alors, je m'excitais hors
mesure lorsque j'apercevais un petit bout d'estomac
bronzé entre le haut et le bas d'un maillot deux
pièces.

Il n'y a pas de mal à tout cela. Tout homme cache,
de temps à autre, des pensées de cette sorte. Mais
moi, cela me donnait un terrible sentiment de
culpabilité. Est-ce moi, m'obstinais-je à m'interro-
ger, est-ce moi qui suis, sans le savoir, responsable du
comportement impudique de ces dames ? Est-ce cette
lueur dans mes yeux — que je ne puis contrôler —
qui ne cesse d'éveiller leurs passions ? Est-ce que je
leur donne inconsciemment une sorte de signal qui
les pousse à passer à l'action, chaque fois que leur
regard croise le mien ? Serait-ce cela ?

Ou bien, la bestialité de leur comportement est-
elle inséparable de la vraie nature féminine ?

J'avais bien mes idées là-dessus, mais cela ne me
suffisait pas. Car je possède une conscience qui ne se
contente pas de demi-réponses. Elle a besoin de
preuves. Il me fallait trouver qui était coupable —
elles ou moi. C'est pourquoi je décidai de mettre au

point une simple expérience, issue de ma propre imagination, en me servant des rats de Snelling.

Voilà à peu près un an, j'avais eu quelques ennuis avec un enfant de chœur au caractère difficile nommé Billy Snelling. Trois dimanches de suite, ce garçon avait apporté à l'église un couple de rats blancs pour les laisser courir sur le plancher pendant la messe. Je finis par m'emparer des bêtes pour les emmener chez moi. Là, je les plaçai dans une boîte, dans un hangar, au fond du jardin du presbytère. Pour des raisons purement humanitaires, je me mis à les nourrir et cela eut pour résultat, sans aucun encouragement de ma part, une prolifération extrêmement rapide de ces créatures. De deux, elles devinrent cinq, et de cinq, douze.

C'est à ce moment même que je pris la décision de procéder, avec leur concours, à des recherches scientifiques. Comme il y avait un nombre égal de mâles et de femelles, six de chaque sexe, les conditions étaient idéales.

Je commençai par isoler les sexes en les enfermant dans deux cages séparées. Je les laissai ainsi pendant trois semaines entières. Et pour un rat qui est un animal extrêmement lascif, tout zoologiste vous le dira, c'est une période de privation très longue. Je vous dirais au hasard que, pour un rat, une semaine de célibat forcé correspond approximativement à un an du même régime pour une Miss Elphinstone ou une Miss Prattley. Comme vous pouvez le voir, je me donnai tout le mal possible pour ne pas trop m'écarter de la réalité.

Au bout de ces trois semaines, je pris une grande boîte divisée en deux parties égales par une petite cloison et je plaçai d'un côté les femelles, de l'autre les mâles. La cloison ne comportait que trois fils de fer nus, posés à un pouce de distance entre eux, mais ils étaient chargés d'un puissant courant électrique.

Pour rendre mes expériences plus proches de la réalité, je donnai un nom à chaque rate. La plus grande, la plus moustachue, je la surnommai Miss Elphinstone. Celle qui avait une petite queue épaisse était Miss Prattley. La plus petite, c'était Miss Unwin, etc. Quant aux mâles, tous les six étaient MOI.

Je m'installai sur une chaise, devant la boîte, pour suivre de près les événements.

Le rat étant très soupçonneux par nature, il n'y eut de mouvement ni à gauche ni à droite à la minute où les deux sexes se retrouvaient, face à face, séparés par la seule barrière de fil électrique. Ils se contentèrent d'abord de se regarder fixement. Puis des signes d'excitation se manifestèrent de chaque côté. Des bouts de moustache frémirent, des naseaux se crispèrent, des queues heurtèrent la paroi de la boîte.

Puis le premier rat mâle se détacha de son groupe pour ramper avec précaution vers la barrière. Il toucha un fil et fut électrocuté sur-le-champ. Aussitôt, les onze survivants se figèrent.

Il y eut alors neuf minutes d'immobilité absolue, de chaque côté de la cloison. Mais je constatai que, durant tout ce temps, les mâles regardaient tous fixement le cadavre de leur compagnon tandis que les femelles, elles, n'avaient d'yeux que pour les mâles vivants.

Puis, soudain, Miss Prattley, la rate à la petite

queue épaisse, perdit patience. Elle s'avança en
bondissant, heurta le fil et tomba inanimée.

Les mâles s'aplatirent et leurs regards soucieux ne
quittaient pas les deux cadavres étendus près de la
cloison. Les femelles, de leur côté, paraissaient
également un peu ébranlées et il y eut une autre
période d'attente et d'immobilité.

Après quoi ce fut le tour de Miss Unwin de
manifester des signes d'impatience. Elle eut un
reniflement sonore, le bout de son nez rose frémit,
elle remua, de gauche à droite, de droite à gauche,
comme pour distribuer des coups de poing. Elle jeta
un regard circulaire sur ses compagnes et leva la
queue en l'air, comme si elle voulait dire : « Eh bien,
les filles, moi, j'y vais ! » Et elle fonça sur le fil de fer,
le heurta de la tête et fut tuée sur le coup.

Seize minutes plus tard, Miss Foster tenta sa
chance. Miss Foster était une villageoise qui élevait
des chats. Tout récemment encore, elle avait eu le
toupet de mettre sur sa maison une grande pancarte
portant l'inscription : « LES CHATS FOSTER. » A force
de vivre continuellement avec ses bêtes, elle en
prenait peu à peu l'apparence et chaque fois qu'elle
s'approchait de moi, je détectais, à travers la fumée
de sa cigarette russe, une faible mais irritante odeur
de chat. Elle ne m'avait jamais paru capable de
dominer ses instincts les plus bas et ce ne fut pas sans
quelque satisfaction que mes regards suivirent son
saut mortel vers le sexe opposé.

C'est Miss Montgomery-Smith qui allait lui succé-
der. Une petite personne décidée qui, une fois, avait
tenté de me faire croire qu'elle avait été fiancée à un
évêque. Elle mourut en essayant de se glisser par en

dessous du plus bas des trois fils. Je dois dire que cette mort fut un reflet on ne peut plus fidèle de ce qu'avait été sa vie.

Pendant tout ce temps, les cinq mâles survivants attendaient, toujours immobiles.

La cinquième à s'élancer fut Miss Plumley. C'était une vicieuse qui s'obstinait à glisser dans le tronc les messages écrits qu'elle m'adressait. Tenez, dimanche dernier, alors que j'étais à la sacristie pour compter l'argent qu'avait rapporté la messe du matin, j'en trouvai un, dissimulé dans un billet de dix shillings plié en deux : « Comme vous devez souffrir de la gorge, mon pauvre, vous étiez tout enroué pendant votre sermon. Permettez-moi de vous apporter de la liqueur de cerise de ma cave. Cela vous soulagera. Bien affectueusement, Eunice Plumley. »

Miss Plumley se dirigea vers le fil d'un pas tranquille, le huma du bout du nez, s'approcha un peu trop près et reçut deux cent quarante volts de courant alternatif en plein corps.

Les cinq mâles assistaient, toujours immobiles, à ce massacre.

Côté femelles, il n'y avait plus que Miss Elphinstone.

Une demi-heure s'écoula dans une immobilité complète. Enfin, l'un des mâles se décida à faire un pas en avant. Puis il hésita, changea d'avis, recula et s'accroupit au sol.

Ce qui semblait contrarier Miss Elphinstone hors mesure car soudain, voyant rouge, elle s'élança pour effectuer un bond spectaculaire. Elle faillit réussir à franchir la cloison, mais une de ses pattes rasa le fil du haut. Elle périt donc comme tout le reste de ses compagnes.

Je ne puis vous décrire le plaisir que me procura cette simple, mais, admettons-le bien que ce soit moi qui le dise, ingénieuse expérience. D'un seul coup, j'avais mis à nu l'incroyable lascivité de la femelle, cette lascivité qui ne recule devant rien. Mon sexe était vengé. Ma conscience était tranquille. En un clin d'œil, toute trace de ce sentiment de culpabilité qui m'avait tant fait souffrir s'était envolée. Sûr de mon innocence, je me sentis tout à coup très fort et plein de sérénité.

Pendant quelques minutes, je caressais l'idée absurde d'électrifier les barreaux de fer noir qui entouraient le jardin du presbytère. Ou peut-être la porte seulement, cela suffirait. Puis je retournerais m'asseoir dans un fauteuil de la bibliothèque pour surveiller par la fenêtre l'arrivée successive des vraies demoiselles Elphinstone, Prattley et Unwin et pour assister à leur châtiment car on n'importune pas impunément un innocent représentant du sexe masculin.

Idées folles, bien sûr !

Ce que je devais faire en réalité, c'était m'entourer d'une sorte de réseau invisible de fils électriques qui seraient faits de ma seule fibre morale. Ainsi cuirassé, je serais en sécurité contre l'assaut de mes ennemies.

Je cultiverais les manières brusques, le parler sec, et je m'abstiendrais de sourire aux femmes. Plus aucune d'elles ne me ferait reculer. Je resterais ferme, je soutiendrais son regard et, à tout propos suggestif de sa part, je répondrais de façon tranchante.

C'est dans cet état d'esprit que j'abordai le lendemain, jour de la partie de tennis chez Lady Birdwell.

Bien que je ne fusse pas joueur, j'avais été prié de me mêler aux invités après le jeu, c'est-à-dire vers six heures du soir. Je pense que, en invitant un ecclésiastique, Lady Birdwell voulait donner un certain style à sa soirée. Elle espérait probablement que je me laisserais pousser à refaire mon numéro de l'autre jour en me mettant au piano pour fournir à l'assistance des détails sur l'évolution du madrigal à travers les siècles.

J'arrivai à bicyclette, sur le coup de six heures, pour grimper, toujours en pédalant, la longue allée qui menait vers la maison. Nous étions aux premiers jours de juin et les rhododendrons éclataient de chaque côté du chemin en grosses touffes pourpres et violettes. Je me sentais inhabituellement joyeux et intrépide. Mon expérience de la veille rendait impossible que quiconque me prît au dépourvu. Je savais exactement ce qui pouvait m'arriver et j'étais en état de me défendre. Ma cuirasse imaginaire tenait bon.

« Ah, bonsoir monsieur le Vicaire », cria Lady Birdwell en venant à ma rencontre, les bras tendus vers moi.

Je demeurai ferme et la regardai droit dans les yeux. « Comment va ce cher Birdwell ? fis-je. Toujours à Londres ? »

Sans doute n'avait-elle jamais entendu évoquer Lord Birdwell sur ce ton par quelqu'un qui ne l'avait jamais rencontré. Visiblement choquée, elle me regarda, l'air de ne savoir que répondre.

« Je vais m'asseoir si vous le permettez », dis-je. Et je la quittai pour me diriger vers la terrasse où neuf ou dix invités étaient installés dans des fauteuils de rotin en sirotant des boissons. Ce groupe comportait surtout des femmes, comme d'habitude. Elles n'avaient pas quitté leur blanche tenue de tennis et lorsque je fis irruption parmi elles, ma stricte robe noire semblait me prêter cette autorité dont justement je désirais faire preuve.

Les dames me firent un accueil souriant. Je me contentai de les saluer d'un mouvement de tête et m'assis sur une chaise sans leur rendre leur sourire.

« Je crois qu'il vaudra mieux que je termine mon histoire un autre jour, dit Miss Elphinstone. Elle choquerait certainement monsieur le Vicaire. » Elle eut un petit rire pointu et m'envoya un regard plein de malice. Je savais bien qu'elle s'attendait à ce que j'y aille de mon ricanement embarrassé avant de me lancer dans mon petit discours habituel sur la tolérance. Mais je ne fis rien de tout cela, me contentant de soulever un coin de ma lèvre supérieure, histoire de paraître dédaigneux. (J'avais répété cette grimace le matin même, longuement, devant ma glace.) Puis je dis sèchement : « *Mens sana in corpore sano.* »

« Comment ? fit-elle. Répétez un peu, pour voir, monsieur le Vicaire.

— Un esprit sain dans un corps sain, répondis-je. C'est un dicton très connu. »

Il y eut un assez long silence. Je vis les dames qui échangeaient des regards entre elles et qui secouaient la tête.

« Notre vicaire broie du noir, déclara enfin Miss

Foster, la femme aux chats. Il devrait boire un peu,
cela lui ferait du bien.

— Merci, dis-je, mais je ne m'imbibe jamais, vous
le savez bien.

— Vous prendrez bien une coupe de fruits glacée ? » Cette phrase vint de façon inattendue et la
voix, derrière moi, était douce et remplie d'une
sollicitude si personnelle que je tournai la tête.

Je vis une femme, d'une singulière beauté, que
jusque-là je n'avais rencontrée qu'une fois, voilà un
mois. Son nom était Miss Roach et, la première fois,
déjà, j'avais cru voir en elle quelqu'un de peu
ordinaire. J'avais été particulièrement impressionné
par sa gentillesse et sa réserve. Et le fait de m'être
trouvé bien en sa compagnie me disait avec certitude
qu'elle ne chercherait en aucune manière à m'ennuyer.

« Vous devez être fatigué pour avoir fait tout ce
chemin à bicyclette », dit-elle encore.

Je pivotai sur ma chaise pour la regarder avec plus
d'attention. Tout en elle me frappait. D'une muscu-
lature inhabituelle chez une femme, elle avait les
épaules larges, les bras puissants, les mollets ronds.
En souvenir du tennis de l'après-midi, ses joues
resplendissaient d'une saine rougeur.

« Merci beaucoup, mademoiselle, dis-je, mais je
ne bois jamais d'alcool, sous aucune forme. Peut-être
un petit citron pressé...

— La coupe de fruits ne contient que des fruits,
Padre. »

Comme j'aimais m'entendre appeler « Padre » !
Ce mot, pour moi, évoquait des galons et des étoiles.

« La coupe de fruits ? dit Miss Elphinstone. C'est anodin.

— Et c'est plein de vitamine C, mon cher, ajouta Miss Foster.

— C'est bien meilleur que toutes ces limonades gazeuzes, dit Lady Birdwell. L'anhydride carbonique dilate l'estomac.

— Je vais vous en chercher une », dit Miss Roach. Elle avait un bon sourire, un franc sourire, absolument dépourvu de ruse ou d'artifice.

Elle se leva pour aller vers le bar. Je la vis découper une orange, puis une pomme, puis un concombre, puis du raisin. Elle jeta les morceaux dans une coupe, puis elle y versa une importante quantité de liquide, d'une bouteille dont je ne pus bien lire l'étiquette sans mes lunettes, mais ce devait être quelque chose comme JIM, ou TIM, ou PIM, enfin quelque chose en trois lettres.

« J'espère qu'il en reste assez pour mes gosses, s'écria Lady Birdwell. Ils adorent ça !

— Il y en a plein », répondit Miss Roach. Elle m'apporta mon verre et le posa sur la table.

Avant même d'y goûter, je compris sans peine pourquoi les enfants adoraient cela. Le liquide était couleur d'ambre rouge et de gros morceaux de fruits y flottaient au milieu des cubes de glace. A la surface, Miss Roach avait posé un brin de menthe. Elle avait dû l'ajouter tout spécialement à mon intention pour atténuer un peu le goût sucré de ce breuvage fait manifestement pour les enfants et pour lui donner un genre « adulte ».

« Pas trop fade, Padre ?

— C'est délicieux, dis-je en sirotant. C'est parfait. »

Je regrettais un peu de devoir ingurgiter si vite cette boisson après tout le mal que s'était donné Miss Roach à la préparer, mais elle était si rafraîchissante que je ne pus y résister.

« Voulez-vous que je vous en fasse une autre ? »

J'aimais bien sa façon d'attendre que j'aie posé mon verre sur la table au lieu de me le prendre des mains.

« A votre place, je n'avalerais pas la menthe, dit Miss Elphinstone.

— Je vais chercher une autre bouteille, cria Lady Birdwell.

— C'est cela, répondit Miss Roach. Je bois moi-même des litres et des litres de cette chose, poursuivit-elle en s'adressant à moi. Et, comme vous pouvez voir, je suis loin d'avoir mauvaise mine.

— En effet », répondis-je avec ferveur. Je me mis à l'observer de nouveau lorsqu'elle me préparait ma seconde coupe et je remarquai comment les muscles roulaient sous la peau de son bras, au moment où elle soulevait la bouteille. Son cou aussi était d'une beauté peu commune. Pas maigre et fibreux comme chez ce qu'on appelle aujourd'hui les jolies filles, mais épais et vigoureux, avec une sorte de tendon de chaque côté. Il était difficile de lui donner un âge, mais, de toute façon, elle ne pouvait avoir plus de quarante-huit ou quarante-neuf ans.

Je venais de vider mon second verre lorsque je commençai à éprouver une sensation très particulière. J'avais le sentiment de quitter doucement ma chaise en flottant, soulevé de plus en plus haut par des centaines de petites vagues chaudes. Bercé par les flots, j'étais léger comme une bulle. C'était très agréable et une irrésistible envie de chanter à tue-tête prit possession de moi.

« Êtes-vous content ? » La voix de Miss Roach venait de loin, elle était à des milliers de kilomètres et lorsque je tournai la tête, je fus étonné de la voir si près de moi. Elle aussi avait l'air de basculer à gauche et à droite.

« Merveilleusement, répondis-je. Je me sens merveilleusement bien. »

Son visage était large et rose et il était si proche que je pus voir le duvet blond qui couvrait ses joues et qui brillait au soleil comme de l'or. J'eus soudain envie d'étendre une main pour passer mes doigts sur ses joues. A vrai dire, je ne me serais pas opposé à ce qu'elle en fît de même avec moi.

« Écoutez, dit-elle doucement. Que diriez-vous d'une petite promenade au jardin ? Nous irions voir les lupins.

— Avec plaisir », répondis-je.

A côté de la piste de croquet, il y a une petite cabane de style géorgien. Au bout de quelques secondes, je me trouvais à l'intérieur de cette cabane, sur une espèce de chaise longue, et Miss Roach était près de moi. J'étais toujours bercé par les vagues, elle aussi semblait l'être, ainsi que toute la cabane, mais je me sentais toujours magnifiquement bien. Je demandai à Miss Roach la permission de lui chanter quelque chose.

« Plus tard, dit-elle, en m'entourant de ses bras pour me serrer contre elle si violemment que cela me fit mal.

— Non, fis-je, attendri.

— C'est mieux, fit-elle. C'est beaucoup mieux, n'est-ce pas ? »

Si Miss Roach ou n'importe quelle autre femme avait tenté de me faire cela une heure plus tôt, je ne sais trop comment j'aurais réagi. Très probablement, je me serais évanoui. Peut-être même en serais-je mort. Mais à présent, j'étais là, c'était bien moi et j'étais enchanté au contact de ces énormes bras nus. En plus — et c'était le plus étonnant — je commençais à éprouver le désir de passer moi-même à l'action.

Je pris le lobe de son oreille gauche entre mon pouce et mon index pour le malaxer.

« Vilain garçon », dit-elle.

Je pressai plus fort. Cela l'excita tant qu'elle se mit à grogner comme un chien. Sa respiration devint bruyante comme un râle.

« Embrassez-moi ! ordonna-t-elle.

— Quoi ?

— Allez-y, embrassez-moi. »

A ce moment, je vis sa bouche. Je vis sa grande bouche qui se penchait lentement sur moi et qui s'ouvrait, et qui venait plus près encore, et qui s'ouvrait plus grande encore. Soudain, mon estomac se mit à remuer et une terreur sourde m'envahit.

« Non ! m'écriai-je. Ne faites pas cela ! »

Tout ce que je puis vous dire, c'est que je n'ai jamais rien vu d'aussi effrayant que cette bouche. Sa vue m'était simplement INTOLÉRABLE. J'aurais été moins terrifié, je vous le jure, si on avait approché de mon visage un fer rouge. Les bras énormes m'emprisonnaient, me clouaient à ma chaise longue, m'immobilisaient, tandis que la bouche ne cessait de devenir de plus en plus grande. Puis elle était juste au-dessus de moi, vaste, mouillée et caverneuse, et au bout d'une seconde — j'étais dedans.

J'étais là, à l'intérieur de cette bouche immonde, couché à plat ventre le long de la langue, les pieds quelque part au fond du gosier. Et je savais d'instinct que, avant de pouvoir sortir de là, je serais avalé vivant — exactement comme le petit lapin ! Je sentis mes pieds descendre dans la gorge, comme aspirés par une sorte de ventouse, et aussitôt, je jetai mes bras en l'air pour empoigner les dents inférieures du devant, pour m'y accrocher comme à une poutre. Ma tête était proche de l'ouverture de la bouche et, par cette ouverture, j'apercevais un petit bout du monde extérieur, — le soleil sur le plancher ciré de la cabane et, à même le plancher, un pied gigantesque, chaussé de blanc.

Mes doigts s'accrochaient de toutes leurs forces au rebord des dents et, malgré la ventouse, je parvins à me hausser vers la lumière du jour lorsque soudain, les dents du haut allaient retomber sur mes phalanges, s'apprêtant à les sectionner avec une férocité telle que je dus lâcher prise. Les pieds les premiers, je glissai au fond de la gorge, en tentant de m'accrocher à tout ce que je rencontrais au passage, mais tout cela était si visqueux et si glissant que je ne pus m'y agripper. J'entrevis, à gauche, un brillant éclair d'or en passant devant les dernières molaires, et puis, à trois pouces de là, j'aperçus au-dessus de moi, ce qui devait être la luette. Elle pendillait du plafond comme une énorme stalactite rouge. Je l'empoignai de mes deux mains, mais elle me glissa entre les doigts et je coulai.

Je me souviens d'avoir appelé au secours, mais il m'était difficile d'entendre ma propre voix dans le bruit du vent que produisait la respiration de la propriétaire du gosier. C'était comme une brise marine, une drôle de brise marine, tantôt glaciale (quand l'air entrait), tantôt brûlante (quand il sortait).

Je réussis à m'accouder à un pic aigu de chair — l'épiglotte sans doute —, et, pour un bref instant, j'y demeurai suspendu, résistant à la ventouse et cherchant où poser les pieds sur la paroi du larynx. Mais une violente gorgée vint alors me projeter au loin et je descendis.

A présent, je ne trouvais plus rien à quoi m'accrocher. Je glissai de plus en plus bas, les jambes ballantes et qui rasaient la partie supérieure de l'estomac. Je sentis les lentes et puissantes pulsations de l'onde péristaltique contre mes chevilles, et cela me fit descendre plus bas encore, toujours plus bas...

Puis, au loin, au-dessus de moi, en plein air, j'entendis une bouillie de voix féminines :

« Ce n'est pas possible...

— Mais, ma pauvre Mildred, quelle horreur...

— Il doit être fou...

— Votre pauvre bouche, regardez-la un peu...

— C'est un obsédé sexuel...

— Un sadique...

— Il faudrait écrire à l'évêque... »

Et puis ce fut la voix de Miss Roach qui criait plus fort que les autres et qui grinçait comme celle d'un perroquet :

« Il a de la chance de s'en être tiré, j'ai failli le tuer, cette petite crapule... je lui ai dit que, si j'avais besoin de me faire arracher les dents, je m'adresserais à mon dentiste, pas à un sale petit vicaire, voilà ce que je lui ai dit... vraiment, vous pouvez dire que je ne l'ai pas encouragé...

— Où l'avez-vous laissé, Mildred ?

— Je n'en sais rien. Peut-être dans cette maudite cabane...

— Allons-y, les filles, extirpons-le ! »

Oh, mon Dieu, mon Dieu, cela fait trois semaines maintenant, et quand j'y pense, je me demande comment j'ai pu vivre le cauchemar de cet horrible après-midi sans avoir perdu la raison.

Une telle bande de sorcières, c'est dangereux, et si elles avaient réussi à m'attraper dans la cabane, juste au moment où le sang leur bouillait dans les veines, je suis sûr qu'elles m'auraient mis en morceaux sur place.

Et puis, elles m'auraient traîné au poste de police, Lady Birdwell et Miss Roach en tête de la procession, par la Grand-Rue du village.

Mais, naturellement, elles ne m'ont pas eu.

Elles n'ont pas eu ma peau, elles ne m'ont toujours pas retrouvé et si cela continue, je crois que j'aurai eu la chance inouïe de leur échapper, pour toujours, ou bien pour quelques mois seulement, le temps qu'elles oublient cette affaire.

Comme vous l'imaginerez aisément, je vis retiré, loin de toute vie sociale ou publique. Je me suis donc mis à écrire et je trouve que c'est là un passe-temps bien salutaire. Je passe une grande partie de ma

journée à jouer avec les phrases. Chaque phrase,
pour moi, est une petite roue, et ma dernière
ambition est d'en réunir des centaines, de les ajuster
afin de former des engrenages, chaque roue étant
d'une taille différente et tournant à une vitesse
différente. De temps à autre, j'essayerai d'ajuster
une très grande roue qui tourne très lentement à une
toute petite qui, elle, tourne aussi vite que le son.
C'est très compliqué, cette histoire.

Je chante aussi des madrigaux, le soir, mais mon
clavecin me manque terriblement.

Pourtant, l'endroit n'est pas mal du tout et je
m'adapte comme je peux. C'est une petite chambre
située sur ce qui est sans aucun doute la première
section de la boucle duodénale, juste avant la des-
cente verticale sur le rein droit. Le sol est bien nivelé,
en effet, c'est le premier endroit bien nivelé depuis
mon horrible dégringolade par l'œsophage de Miss
Roach, et c'est d'ailleurs la seule raison pour laquelle
j'ai réussi à m'y arrêter. Au-dessus de ma tête,
j'aperçois une sorte d'ouverture pulpeuse, et je
suppose que c'est le pylore, là où l'estomac est relié à
l'intestin grêle (je me souviens encore de ces dia-
grammes que ma mère me montrait souvent). A mes
pieds, il y a un drôle de petit trou dans le mur. C'est
là que le canal pancréatique rejoint la deuxième
section du duodénum.

Évidemment, tout cela est un peu bizarre pour un
homme aux goûts conservateurs, comme moi. Personnellement, je préfère les meubles de chêne et les
parquets bien cirés. Mais ce qui me plaît beaucoup
ici, ce sont les murs. Ils sont très doux, très agréables

au toucher, comme capitonnés, et je peux m'y jeter
de toutes mes forces sans me faire mal.

Ce qui est plutôt surprenant, c'est qu'il y a ici
d'autres gens, mais, Dieu merci, rien que des mâles.
Pour des raisons que j'ignore, ils portent tous des
blouses blanches. Et ils courent à gauche et à droite
comme s'ils étaient très occupés et très importants.
Mais en réalité, ces garçons sont d'une ignorance peu
commune. Ils n'ont même pas l'air de comprendre où
ils sont. Je tente vainement de le leur expliquer.
Quelquefois, leur refus de m'écouter m'ennuie tant
que je me mets à hurler. Et alors, ils prennent un
petit air méfiant et ils reculent doucement en répétant : « Voyons, calmez-vous, cher vicaire, calmez-
vous, soyez gentil. »

Quel est ce langage ?

Mais il y a parmi eux un homme d'un certain âge. Il
vient me voir tous les matins après le petit déjeuner
et il a l'air plus près de la réalité que les autres. Il est
en civil, l'air sérieux, et il se sent très seul sans aucun
doute puisqu'il n'aime rien autant que s'asseoir
tranquillement dans ma chambre pour m'écouter
parler. Le seul ennui, c'est que chaque fois que je lui
parle de l'endroit où nous nous trouvons, il me dit
qu'il est là pour m'aider à m'évader. Il me l'a encore
dit ce matin et cela a donné lieu à une discussion.

« Mais ne comprenez-vous pas, lui dis-je patiemment, que je ne VEUX pas m'évader ?

— Et pourquoi donc, mon cher vicaire ?

— Je ne cesse de vous le dire. Parce que dehors,
on me traque.

— Qui ça ?

— Miss Elphinstone, et Miss Roach, et Miss Prattley, et toutes les autres.

— Cela n'a pas de sens.

— Mais si, elles me traquent ! Et je suppose qu'elles vous traquent aussi, mais vous ne voulez pas l'admettre !

— Non, mon ami, elles ne me traquent pas.

— Dans ce cas, puis-je savoir ce que vous venez faire ici ? »

Ma question semblait l'embarrasser. Il avait visiblement du mal à y répondre.

« Je gage que, vous aussi, vous avez batifolé avec Miss Roach et qu'elle vous a avalé, comme elle m'a avalé, moi. Je suis sûr que c'est ce qui vous est arrivé, mais vous avez honte de l'avouer. »

En entendant ces mots, il parut soudain si blafard et si défait que je me mis à le plaindre.

« Voulez-vous que je vous chante quelque chose ? » lui demandai-je.

Mais il se leva sans me répondre et sortit.

« Courage, criai-je après lui. Ne soyez pas déprimé. Il faut toujours espérer. »

Une histoire vraie

« Tout s'est bien passé, dit le docteur. Ne vous agitez pas, détendez-vous. » Sa voix venait de loin, de très loin. Puis elle s'éleva pour dire : « C'est un garçon.

— Quoi ?

— C'est un garçon, un beau petit garçon ! Vous m'entendez ? Un beau petit garçon. Il pleure, l'entendez-vous ?

— Et... est-il en bonne santé, docteur ?

— Bien sûr qu'il est en bonne santé.

— Je voudrais le voir !

— Vous le verrez dans un instant.

— Êtes-vous sûr qu'il est en bonne santé ?

— J'en suis absolument sûr.

— Et... il pleure toujours ?

— Calmez-vous, voyons. Vous n'avez aucune raison de vous inquiéter.

— Pourquoi ne pleure-t-il plus, docteur ? Qu'y a-t-il ?

— Ne vous tourmentez pas, tout va très bien.

— Je veux le voir. Montrez-le-moi, s'il vous plaît.

— Chère madame, dit le docteur en lui tapotant la

main. Vous avez un superbe enfant, vigoureux et bien portant. Pourquoi ne me croyez-vous pas ?

— Et la femme, là-bas, qu'est-ce qu'elle en fait ?

— Elle est en train de lui faire un peu de toilette, de lui faire une beauté. Il faut bien que vous nous accordiez quelques minutes pour cela.

— Jurez-moi qu'il va bien !

— Je vous le jure. Calmez-vous, ne bougez pas. Fermez les yeux. Allez, fermez les yeux. Voilà, ça ira mieux...

— J'ai tant prié, docteur, j'ai tant prié pour qu'il vive.

— Mais bien sûr qu'il vivra, qu'est-ce que vous racontez là ?

— Les autres n'ont pas vécu.

— Comment ?

— Aucun d'eux n'a vécu, docteur. »

Le médecin, debout à son chevet, regardait le visage pâle et épuisé de la jeune femme. Elle et son mari étaient des nouveaux venus dans cette ville. La femme de l'aubergiste, qui était venue l'assister, lui avait dit que le mari était douanier à la frontière et que tous deux étaient descendus à l'auberge voilà trois mois, avec une malle et une valise pour tout bagage. L'homme était une brute et un ivrogne, avait précisé la femme de l'aubergiste, mais la jeune femme était pieuse et douce. Elle avait l'air triste et ne souriait jamais. Depuis qu'elle était là, on ne l'avait jamais vue sourire. D'ailleurs, le bruit courait que c'était le troisième mariage de cet homme, que sa première femme était morte et que la seconde avait demandé et obtenu le divorce, pour incompatibilité d'humeur. Mais ce n'étaient peut-être que des racontars.

Le docteur se pencha pour ajuster le drap sur la poitrine de l'accouchée. « Vous n'avez pas à vous inquiéter, dit-il amicalement. C'est un bébé parfaitement normal.

— C'est exactement ce qu'on m'a dit quand les autres sont nés. Mais je les ai tous perdus, docteur. En dix-huit mois, j'ai perdu trois enfants, alors, il ne faut pas me blâmer si j'ai peur.

— Trois ?

— C'est mon quatrième... en quatre ans. »

Mal à l'aise, le docteur remuait les pieds.

« Je ne sais pas si vous avez une idée de ce que c'est, docteur, que de les perdre tous, tous les trois, lentement, un à un. Et je les vois toujours. Je vois mon petit Gustave, comme s'il était ici, à côté de moi. Gustave était un adorable petit garçon, docteur. Mais il était toujours malade. C'est terrible quand ils sont toujours malades et qu'on ne peut rien pour eux.

— Je sais. »

La femme ouvrit les yeux, les leva sur le docteur pour les refermer au bout de quelques secondes.

« Ma petite fille s'appelait Ida. Elle est morte quelques jours avant Noël. Ça ne fait que quatre mois. Si seulement vous aviez pu voir Ida, docteur.

— Vous en avez un autre maintenant.

— Mais Ida était si jolie.

— Oui, dit le docteur, je sais.

— Vous ne pouvez pas savoir, fit-elle en pleurant.

— Je suis sûr qu'elle était très jolie. Mais celui-ci est très beau aussi. » Le médecin quitta le chevet de la jeune femme pour aller vers la fenêtre. L'après-midi d'avril était maussade. La pluie mouillait à grosses gouttes les toits rouges d'en face.

« Ida avait deux ans, docteur... et elle était si belle que je la couvais des yeux, depuis le matin, quand je l'habillais, jusqu'au soir quand je la bordais dans son lit. Je ne cessais de trembler pour cette enfant, d'avoir peur qu'il ne lui arrive un malheur. Gustave m'avait quittée, mon petit Otto m'avait quittée aussi et elle était tout ce qui me restait. Il m'arrivait de me lever en pleine nuit et d'aller à son berceau. J'approchais mon oreille de sa bouche pour l'entendre respirer.

— Calmez-vous, dit le docteur en revenant vers le lit. Calmez-vous, je vous en prie. » Le visage de la femme était exsangue, ses narines et ses lèvres viraient au bleu-gris. Quelques mèches de ses cheveux humides lui collaient au front.

« Quand elle est morte... j'étais de nouveau enceinte, docteur. Cela faisait déjà quatre mois que je l'attendais, ce petit, quand Ida est morte. Après l'enterrement, j'ai hurlé, j'ai dit que je n'en voulais pas, que j'avais déjà enterré assez d'enfants. Et mon mari... il était avec les invités, son verre de bière à la main... eh bien, il est venu vite vers moi et il m'a dit : « J'ai une bonne nouvelle pour toi, Klara. » Imaginez un peu, docteur ! Nous venions d'enterrer notre troisième enfant et il était là, avec son verre de bière, pour m'annoncer une bonne nouvelle. « Je suis affecté à Braunau à partir d'aujourd'hui, m'a-t-il dit. Tu peux te mettre à faire nos bagages. C'est une chance pour toi, Klara. C'est un endroit nouveau et tu auras un autre docteur... »

— Ne parlez pas tant, s'il vous plaît.

— C'est bien vous, le nouveau docteur ?

— C'est exact.

— Et nous sommes bien à Braunau ?

— Oui.

— J'ai peur, docteur.

— Ne craignez rien.

— A-t-il des chances de survivre, ce quatrième ?

— Cessez d'avoir de telles idées !

— Ce n'est pas ma faute. Il y a là sûrement quelque chose... quelque chose d'héréditaire qui fait que mes enfants meurent comme ça. Ce doit être ça...

— Ne dites pas de sottises.

— Savez-vous, docteur, ce que mon mari m'a dit quand Otto est né ? Il est entré dans la chambre, il a regardé Otto dans son berceau comme on examine un petit insecte et il a dit : " Tout ce que je peux dire, c'est que je préférerais voir ici de meilleurs spécimens. " Et trois jours plus tard, Otto était mort. Nous l'avions baptisé en vitesse le troisième jour et, le soir même, il est mort. Et puis c'était le tour de Gustave. Et puis celui de ma petite Ida. Ils sont tous morts, docteur... et tout à coup, la maison était vide...

— N'y pensez plus maintenant.

— Est-il très petit, celui-ci ?

— C'est un bébé normal.

— Mais est-il petit ?

— Il est peut-être un peu petit. Mais les petits sont souvent beaucoup plus résistants que les grands. Pensez, Frau Hitler, d'ici un an, il commencera à marcher. N'est-ce pas une jolie idée ? »

Elle ne répondit pas.

« Et, dans deux ans, il babillera du matin au soir. Avez-vous pensé à lui donner un nom ?

— Un nom ?

— Oui.

— Je ne sais pas. Il me semble que mon mari avait l'intention de l'appeler Adolfus si c'est un garçon.

— Donc, vous allez l'appeler Adolf.

— Oui. Mon mari aime bien ce nom parce qu'il ressemble au sien. Lui-même s'appelle Aloys.

— C'est parfait.

— Oh non ! s'écria-t-elle en s'agitant sur son oreiller. On m'a posé la même question quand Otto est né. Cela signifie qu'il va mourir ! Vous voulez sûrement le faire baptiser tout de suite !

— Voyons, voyons, dit le docteur en la prenant doucement par les épaules. Vous vous trompez ! Je vous certifie que vous vous trompez. Je suis tout simplement un vieux monsieur très curieux, c'est tout. Je m'intéresse aux prénoms. Adolfus est, je crois, un très joli nom. C'est un de mes préférés. Regardez — le voici ! »

La femme de l'aubergiste fit son entrée en portant le bébé perché sur son énorme poitrine. « Voici notre petite beauté ! cria-t-elle, rayonnante. Voulez-vous le prendre, ma chère ? Voulez-vous que je le mette dans votre lit ?

— Est-il bien couvert ? demanda le docteur. Il fait très froid ici.

— Naturellement, qu'il est bien couvert. » Le bébé était emmitouflé dans un châle de laine blanche, on n'en apercevait que la tête, une minuscule tête rose. La femme de l'aubergiste le posa doucement sur le lit, près de sa mère. « Le voici, dit-elle.

Maintenant vous pouvez l'admirer tant que vous voudrez.

— Je crois que vous serez contente, dit le docteur en souriant. C'est un très beau bébé.

— Il a des mains ravissantes ! s'exclama la femme de l'aubergiste. Ses doigts sont longs et délicats ! »

La mère ne bougea pas. Elle ne tourna même pas la tête pour le voir.

« Regardez, voyons, cria la femme de l'aubergiste. Il ne vous mordra pas !

— J'ai peur de le regarder. Je n'arrive pas à croire que j'ai un nouveau bébé et qu'il est en bonne santé.

— Ne soyez pas stupide. »

Lentement, la mère tourna alors la tête pour voir le petit visage rose et paisible sur l'oreiller.

« Est-ce bien mon bébé ?

— Naturellement.

— Oh !... oh !... qu'il est beau ! »

Le médecin se détourna et alla vers la table pour remettre ses instruments dans la trousse. La mère, dans son lit, dorlotait son bébé en souriant et en exprimant sa joie par toutes sortes de petits cris. « Bonjour, Adolfus, dit-elle. Bonjour, mon petit Adolf...

— Pssst ! fit la femme de l'aubergiste. Écoutez. On dirait que c'est votre mari qui rentre. »

Le docteur se dirigea vers la porte et l'ouvrit.

« Herr Hitler ?

— Oui.

— Entrez, s'il vous plaît. »

Un petit homme vêtu d'un uniforme vert foncé entra doucement et regarda autour de lui.

« Félicitations, dit le docteur. Vous avez un fils. »

L'homme avait une impressionnante paire de moustaches soigneusement cirées, à la manière de l'empereur François-Joseph. Il sentait très fort la bière. « Un fils ?

— Oui.

— Comment est-il ?

— Il va bien. Votre femme aussi.

— Bon. »

Le père, de sa ridicule démarche de douanier, alla vers le lit de son épouse. « Eh bien, Klara, dit-il en souriant sous ses moustaches. Comment ça va ? » Il se pencha pour mieux voir le bébé. A petits coups rapides et saccadés, il se pencha de plus en plus près. enfin, lorsque son visage ne se trouvait plus qu'à douze pouces de la tête du bébé, sa femme, sur son oreiller, lui jeta un long regard suppliant.

« Il a les plus splendides poumons du monde, déclara la femme de l'aubergiste. Si seulement vous l'aviez entendu crier tout à l'heure !

— Mais... mon Dieu, Klara...

— Qu'y a-t-il, mon chéri ?

— Celui-ci est encore plus petit que n'était Otto ! »

Le médecin s'approcha à pas rapides.

« Il n'y a rien à craindre pour cet enfant », dit-il.

Lentement, l'époux se redressa et se détourna du lit pour faire face au docteur. Il paraissait ulcéré. « Ça s'annonce mal, docteur, dit-il. Je sais ce que cela veut dire. Ce sera encore la même chose.

— Écoutez-moi, dit le docteur.

— Mais, savez-vous ce qui est arrivé aux autres, docteur ?

— Il faut oublier les autres, Herr Hitler. Celui-ci vivra.

— Mais il est si petit et si frêle !

— C'est un nouveau-né, cher monsieur !

— Tout de même...

— Comment allez-vous faire pour lui fourrer ça dans la tête ? cria la femme de l'aubergiste.

— Cela suffit ! » dit fermement le docteur.

La jeune mère pleurait à chaudes larmes. Tout son corps était secoué par de violents sanglots.

Le médecin fit quelques pas vers le mari et lui mit une main sur l'épaule. « Soyez gentil pour elle, fit-il à voix basse. S'il vous plaît. C'est très important. » Puis il le poussa subrepticement vers le chevet de sa femme. Le mari hésita. Le docteur poussa alors plus fort en lui faisant signe de la main d'avancer. Enfin, bien que sans trop de conviction, l'homme se pencha pour embrasser sa femme sur la joue.

« Ça va, Klara, dit-il. Cesse de pleurer.

— J'ai tant prié pour qu'il vive, Aloys.

— Oui.

— Tous les jours, pendant des mois, je suis allée à l'église. Et j'ai prié, à genoux, pour que Dieu nous le garde.

— Oui, Klara, je sais.

— Perdre trois enfants, c'est trop, tu comprends ?

— Oui, bien sûr.

— Il faut qu'il vive, Aloys. Il le faut, il le faut... Oh, mon Dieu, soyez miséricordieux pour lui... »

Edward le conquérant

Louisa, un torchon à la main, sortit par la porte de
sa cuisine dans le froid soleil d'octobre.

« Edward ! appela-t-elle. Ed-ward ! Viens déjeuner ! »

Elle s'arrêta quelques secondes pour tendre
l'oreille. Puis elle se mit à traverser la pelouse, suivie
de sa petite ombre. Elle passa devant les rosiers, puis
effleura d'un doigt le cadran solaire. Bien qu'elle fût
petite et épaisse, ses mouvements ne manquaient pas
de grâce. Sa démarche était bien rythmée et elle
balançait légèrement les bras et les épaules. Elle
passa devant le mûrier pour atteindre le sentier de
briques. Elle s'y engagea pour arriver enfin à l'endroit d'où elle put voir jusqu'au fond du jardin.

« Edward ! Déjeuner ! »

A présent, elle le voyait, à quatre-vingts mètres
environ de là, tout au fond, en bordure du bois. Son
long corps maigre dans sa salopette kaki et son
chandail vert foncé. Il s'affairait autour d'un grand
feu de bois, une fourche à la main, en y jetant des
ronces. Le feu flamboyait sauvagement, jaune et
orange. Il envoyait au ciel les nuages d'une fumée

laiteuse et répandait sur tout le jardin une bonne
odeur d'automne.

Pour rejoindre son mari, Louisa descendit le
chemin en pente. Si elle avait voulu, elle aurait pu
l'appeler une fois de plus et se faire entendre sans
mal, mais quelque chose semblait la pousser vers ce
feu superbe, assez près pour en sentir la chaleur et
entendre le crépitement.

« Viens déjeuner, dit-elle en s'approchant de lui.

— Tiens, te voilà. Bien. J'y vais.

— Quel bon feu !

— J'ai décidé de déblayer à fond ce coin, dit le
mari. Ces ronces m'énervaient. » Son long visage
luisait de sueur. De fines gouttelettes perlaient sur sa
moustache comme de la rosée et deux petits ruisseaux descendaient le long de son cou, sur le col
roulé de son chandail.

« Tu devrais faire attention. Je trouve que tu
travailles trop.

— Louisa, cesse de me traiter comme si j'avais
quatre-vingts ans. Un peu d'exercice n'a jamais fait
de mal à personne.

— Oui, chéri. Je sais. Oh, Edward ! Regarde !
Regarde ! »

L'homme se retourna pour voir Louisa montrer du
doigt un coin, près du feu.

« Regarde, Edward ! Le chat ! »

Près du feu, si près que les flammes semblaient
quelquefois le toucher réellement, un gros chat d'une
couleur insolite était accroupi par terre. Calme, la
tête penchée d'un côté, il scrutait l'homme et la
femme de son froid regard jaune.

« Il va se brûler ! » s'écria Louise. Elle laissa

tomber son torchon et courut vers le chat. Elle l'attrapa de ses deux mains, l'emporta et le posa sur l'herbe, un peu plus loin, à l'abri des flammes.

« Petit sot, dit-elle en s'époussetant les mains. Qu'est-ce qui t'arrive ?

— Un chat sait toujours ce qu'il fait, dit le mari. Tu ne feras jamais faire à un chat ce qu'il n'a pas envie de faire. Jamais.

— A qui est-il ? L'as-tu déjà vu auparavant ?

— Non, jamais. Il a une drôle de couleur. »

Le chat s'était assis sur l'herbe et les regardait de biais. Ses yeux avaient une étrange expression, pensive et omnisciente à la fois. Près du nez, il avait une sorte de petit pli dédaigneux, comme si la vue de ce couple entre deux âges — elle, petite, épaisse et rose, lui, long, maigre et couvert de sueur — ne représentait pour lui qu'une légère surprise, rien qu'une petite surprise sans trop d'importance. Sa couleur — un pur gris argent sans le moindre reflet bleu — était rare pour un chat, et son poil était long et soyeux.

Louisa se pencha pour lui caresser la tête. « Il faut que tu rentres chez toi, dit-elle. Sois un gentil minet et rentre. »

L'homme et la femme se mirent à remonter vers la maison. Le chat se leva et les suivit, à distance d'abord, puis de plus en plus près. Bientôt il se trouvait à leur côté, puis il les précédait comme pour leur montrer le chemin. Il se déplaçait avec dignité, comme si tout l'endroit lui appartenait, la queue verticale comme un mât.

« Va, retourne chez tes maîtres, dit l'homme. Va, nous ne voulons pas de toi. »

Mais, alors qu'ils venaient d'atteindre la maison, il entra avec eux et Louisa lui donna un peu de lait, à la cuisine. Au moment du déjeuner, il se hissa sur une chaise vide, entre les deux époux et y demeura jusqu'à la fin du repas, sans cesser de suivre les événements de ses yeux jaune foncé qu'il promenait entre la femme et l'homme.

« Je n'aime pas ce chat, dit Edward.

— Oh, moi, je l'aime bien, il est si beau ! J'espère qu'il restera avec nous un moment.

— Voyons, Louisa. Cet animal ne peut pas rester ici. Il a un maître. Et il s'est perdu. Si nous n'arrivons pas à nous en débarrasser cet après-midi, il va falloir que tu l'emmènes au poste de police. Là, ils se débrouilleront. »

Après le déjeuner, Edward retourna à son jardinage tandis que Louisa, comme d'habitude, alla à son piano. C'était une pianiste de premier ordre et une authentique musicienne. Presque tous les jours, elle passait plus d'une heure à jouer pour son plaisir. Le chat s'était couché sur le sofa et Louisa s'arrêta devant lui pour le caresser. Il ouvrit sur elle ses yeux jaunes, puis il les referma et se rendormit.

« Tu es un gentil, gentil minet, dit-elle. Et ta robe a une couleur magnifique. J'aimerais bien te garder. » Puis ses doigts, en se promenant sur la fourrure, rencontrèrent une petite excroissance, juste au-dessus de l'œil droit.

« Pauvre chat, dit-elle. Tu as des bosses sur ta jolie tête. C'est que tu deviens vieux. »

Et elle le quitta pour aller s'asseoir sur le long tabouret de piano, mais elle ne se mit pas encore à jouer. Une de ses joies particulières, c'était de s'offrir tous les jours un petit récital, avec un beau programme composé à l'avance. Elle n'aimait pas rompre le charme pour se demander ce qu'elle jouerait ensuite. Elle ne s'accordait qu'un très bref arrêt après chaque morceau, arrêt réservé aux applaudissements et aux acclamations de son public imaginaire. Souvent, tout en jouant — les jours où elle se sentait en bonne forme — la chambre se noyait peu à peu dans l'obscurité et elle ne voyait plus que les interminables rangs de spectateurs, tous ces visages blancs tournés vers elle pour l'écouter, transportés.

Souvent, elle jouait de mémoire. Elle jouerait de mémoire aujourd'hui, elle en avait envie. Voyons, quel programme choisirait-elle ? Elle était assise devant son piano, les mains jointes sur ses genoux, une petite personne replète et rose avec un visage rond et encore assez joli sous le chignon de ses cheveux. En tournant légèrement la tête à droite, elle pouvait voir le chat endormi, enroulé en turban sur le sofa. Sa robe gris argent paraissait très belle sur la pourpre du coussin. Si elle commençait par Bach ? Ou mieux, par Vivaldi. Le Concerto Grosso en *ré* mineur, dans la transcription pour orgue de Bach. Oui. Et ensuite, un peu de Schumann peut-être ? *Carnaval ?* Oui, ce serait amusant. Et après — eh bien, pourquoi pas un peu de Liszt, pour changer ? Un des Sonnets de Pétrarque. Le deuxième, en *mi* majeur, c'était le plus beau. Puis un autre Schumann, quelque chose de gai, les *Scènes d'Enfants,* par exemple ! Et pour finir, en *bis,* une valse de Brahms, ou même deux valses de Brahms, pourquoi pas ?

Vivaldi, Schumann, Liszt, Schumann, Brahms. Un

très joli programme et qu'elle connaissait entièrement par cœur. Elle s'approcha un peu plus de son
piano et attendit — oui, elle était dans un de ses bons
jours — pour permettre à un de ses auditeurs
imaginaires de tousser. Puis, avec cette grâce mesu-
rée qui accompagnait presque tous ses gestes, elle
posa les mains sur le clavier et se mit à jouer.

En ce moment même, elle ne regardait pas du tout
le chat — en effet, elle en avait à peu près oublié la
présence — mais lorsque retentirent les premières
notes graves du Concerto Grosso, elle enregistra, du
coin de l'œil, un petit remue-ménage sur le sofa. Elle
s'arrêta aussitôt de jouer. « Qu'est-ce que c'est, fit-
elle en s'adressant au chat. Qu'est-ce qui t'arrive ? »

L'animal qui, voilà quelques secondes encore,
dormait paisiblement, était à présent assis bien droit
sur le sofa, attentif, le corps tendu, les oreilles
dressées. Ses yeux largement ouverts regardaient
fixement le piano.

« T'ai-je fait peur ? demanda-t-elle doucement.
C'est peut-être la première fois que tu entends de la
musique ? »

Non, se dit-elle aussitôt. Je ne crois pas que ce soit
cela. Car, après l'avoir mieux regardé, elle constata
que l'attitude du chat n'exprimait pas la peur. Bien
au contraire, sa façon de se pencher en avant avec
une sorte d'ardeur faisait plutôt penser à l'étonne-
ment, à la surprise. Bien sûr, la tête d'un chat, c'est
une toute petite chose à peine expressive si l'on veut,
mais en prêtant une attention particulière au jeu du
regard et des oreilles, et surtout à cette petite surface
de peau mobile, entre l'oreille et la mâchoire, on finit
par y découvrir les effets d'une émotion violente. A

présent, Louisa épiait de toutes ses forces le petit mufle et, comme elle était curieuse de ce qui se passerait par la suite, elle posa de nouveau les mains sur le clavier pour continuer à jouer son Vivaldi.

Cette fois, le chat parut moins surpris et ne manifesta qu'une légère tension musculaire. Mais à mesure que la musique s'amplifiait tout en s'accélérant entre l'introduction et la fugue, le comportement du chat devenait de plus en plus extatique. Les oreilles, dressées voilà quelques secondes encore, étaient aplaties à présent, les yeux mi-clos, la tête penchée de côté. Alors, Louisa aurait juré que l'animal APPRÉCIAIT réellement son jeu.

Ce qu'elle vit (ou ce qu'elle crut voir), il lui était arrivé souvent de le lire sur le visage de quelqu'un qui écoute une pièce de musique en connaisseur. Quelqu'un dont la physionomie porte tous les signes caractéristiques d'une sorte d'extase, de ferveur, de concentration. C'est une expression aussi facile à reconnaître qu'un sourire. Il n'y avait pas d'erreur. Le chat, en ce moment, avait cette expression-là.

Louisa termina la fugue, puis joua la sicilienne sans cesser de surveiller le chat. Elle eut la dernière preuve de l'attention de la bête à la fin du morceau, lorsque la musique se tut. Le chat cligna alors des yeux, s'agita un peu, étira une patte et se mit dans une position plus confortable. Après un bref regard circulaire, il posa sur elle ses yeux remplis d'impatience. C'est ainsi, exactement, que réagit un mélomane au moment où la musique lui laisse le temps de souffler, entre deux mouvements d'une symphonie. Cette attitude était si typiquement humaine que

Louisa en ressentit comme un petit pincement au cœur.

« Tu aimes ça ? demanda-t-elle. Tu aimes Vivaldi ? »

A peine eut-elle parlé qu'elle se sentit ridicule, mais — et cela lui parut un peu inquiétant — pas aussi ridicule qu'elle eût dû se sentir logiquement.

Eh bien, il ne lui restait qu'à attaquer le morceau suivant. C'était *Carnaval*. Dès le début, le chat se redressa. Puis, comme saturé de musique, il semblait fondre dans une sorte de transe, proche de la noyade et du rêve. C'était vraiment un spectacle peu ordinaire — un peu comique, même, — ce chat au poil argenté qui s'extasie. Et ce qui rendait la chose encore plus farfelue, c'était que cette musique qui avait l'air de tant charmer l'animal était de toute évidence trop « difficile », trop « classique » pour être accessible à la majorité des vivants.

Peut-être, pensa-t-elle, n'était-ce pas du vrai plaisir. Peut-être s'agissait-il d'une sorte de réaction hypnotique, comme chez les serpents. Après tout, si l'on peut charmer un serpent en lui jouant de la musique, pourquoi pas un chat ? Vrai, il y a des millions de chats qui entendent tous les jours la radio et les disques sans jamais se conduire de cette façon. Celui-ci, par contre, avait l'air de suivre chaque note. C'était sans aucun doute une chose fantastique.

Mais n'était-ce pas aussi une chose merveilleuse ? Oui, certainement. En effet, à moins qu'elle ne se trompe, c'était une espèce de miracle, une de ces incroyables histoires d'animaux qui n'arrivent que tous les cent ans.

« Tu as beaucoup aimé cela, je le vois, dit-elle

après avoir fini le morceau. Je regrette de ne l'avoir pas mieux joué aujourd'hui. Lequel préfères-tu, Vivaldi ou Schumann ? »

Comme le chat ne répondait pas, Louisa, craignant d'avoir perdu l'attention de son auditeur, passa directement au prochain morceau inscrit à son programme. Le deuxième *Sonnet de Pétrarque,* de Liszt.

Il se produisit alors une chose extraordinaire. Au bout de trois ou quatre mesures à peine, les moustaches de l'animal se mirent à palpiter à vue d'œil. Lentement, il se hissa plus haut sur son coussin, remua la tête, puis regarda fixement devant lui, l'air de froncer les sourcils, de se concentrer très fort, de se demander : « Voyons, où ai-je bien pu entendre ça ? Ne me le dites pas, je trouverai bien, mais, pour l'instant, je ne parviens pas à le situer. » Louisa était fascinée. Un demi-sourire sur ses lèvres entrouvertes, elle poursuivit son jeu, tout en attendant la suite des événements.

Le chat se leva. Il marcha vers l'autre bout du sofa et se rassit pour mieux écouter. Puis tout à coup, il sauta sur le plancher pour venir se jucher sur le tabouret, à côté d'elle. Il demeura là, en écoutant de toutes ses oreilles le charmant sonnet, non pas rêveusement cette fois, mais bien réveillé, ses grands yeux jaunes fixés sur les doigts de Louisa.

« Eh bien ! dit-elle en plaquant le dernier accord. Tu es venu près de moi ? C'est parfait, tu peux rester ici, mais il faudra que tu te tiennes bien tranquille. » Elle étendit une main pour la passer doucement sur le dos du chat, de la tête à la queue. « C'était du Liszt, expliqua-t-elle. Tu sais, certaines de ses com-

positions sont horriblement vulgaires, mais des choses comme celle-ci sont ravissantes. »

Elle commençait à prendre un réel plaisir à cette
étrange pantomime féline. C'est pourquoi elle attaqua sans attendre son prochain morceau, les *Scènes
d'Enfants* de Schumann.

Alors qu'elle jouait depuis une minute à peine, elle
constata que le chat s'était encore déplacé pour
regagner le sofa. Occupée à regarder ses mains, elle
ne l'avait même pas vu quitter le tabouret. De toute
façon, cela avait dû se passer en silence, et très
rapidement. Certes, le chat semblait toujours suivre
très attentivement la musique, mais Louisa crut voir
que son regard ne reflétait plus le même enthousiasme, le même ravissement. D'autant que le fait
qu'il eût quitté le tabouret pour le sofa était déjà en
soi un signe de déception.

« Qu'y a-t-il? demanda-t-elle lorsqu'elle eut fini.
Qu'as-tu contre Schumann? Que trouves-tu de si
remarquable à Liszt? » Le chat la regardait fixement
de ses yeux jaunes barrés verticalement de noir.

Voilà qui devient vraiment intéressant, se dit
Louisa — et même je dirais qu'il y a du surnaturel
dans l'air. Mais un seul regard sur le chat la rassura
vite. Il était toujours là, dans son coin de sofa,
visiblement impatient d'entendre encore de la
musique.

« Bien, dit-elle. Voilà ce que je vais faire. Je vais
modifier mon programme pour te faire plaisir. Puisque tu as l'air d'aimer tout particulièrement Liszt, je
t'en jouerai un peu plus. » Elle hésita, cherchant
dans sa mémoire. Puis, doucement, elle se mit à
jouer une des douze petites pièces de *L'Arbre de*

Noël. Sans trop surveiller le chat, elle ne put pas ne pas remarquer un nouveau frémissement de ses moustaches. Puis il sauta sur le tapis, inclina la tête, tressaillit d'émotion et puis, sur ses pattes de velours, il s'approcha du piano et se hissa sur le tabouret pour prendre place à côté de Louisa.

C'est au beau milieu de cette scène que, venant du jardin, Edward fit son entrée.

« Edward ! s'écria Louisa en se levant. Oh, Edward chéri ! Écoute ! Écoute un peu ce qui m'arrive !

— Qu'est-ce qui se passe encore ? fit-il. J'aimerais bien une tasse de thé. » Son long visage au nez coupant était cramoisi et la sueur le faisait briller comme une grappe de raisin mouillée.

« C'est à propos du chat ! cria Louisa en montrant du doigt l'animal assis sur le tabouret. Laisse-moi te raconter ce qui est arrivé !

— Je crois que je t'ai dit de le porter à la police.

— Mais, Edward, écoute-moi ! C'est passionnant, tu vas voir ! C'est un chat musicien.

— Ah, oui ?

— Ce chat est capable d'apprécier, et même de comprendre la musique.

— Voyons, Louisa, cesse de divaguer et, pour l'amour du ciel, fais-nous du thé. J'ai chaud et je suis fatigué. J'ai coupé trop de ronces et je me suis trop occupé de mon feu. » Il s'assit dans un fauteuil, prit une cigarette dans une boîte et l'alluma à l'aide d'un énorme briquet qu'il avait pris sur la table.

« Tu ne peux pas comprendre, dit Louisa. Il est arrivé quelque chose de passionnant ici, dans notre maison, en ton absence. Quelque chose qui... qui pourrait être mémorable.

— Je n'en doute pas.

— Edward, je t'en prie ! »

Louisa était debout à côté du piano. Son petit visage rose était plus rose que jamais. Sur les pommettes, il était même écarlate. « Si tu veux le savoir, dit-elle, je te dirai ce que j'en pense.

— Je t'écoute, ma chère.

— Je pense que nous nous trouvons en ce moment en présence de... » Elle s'interrompit comme si soudain elle se rendait compte de l'absurdité de son idée.

« Oui ?

— Tu trouveras cela idiot, Edward, mais je le pense en toute sincérité.

— En présence de qui, pour l'amour de Dieu ?

— De Franz Liszt en personne ! »

Le mari tira longuement sur sa cigarette, puis souffla la fumée au plafond. Il avait les joues creuses d'un homme qui a porté longtemps un râtelier complet et, plus il tirait sur sa cigarette, plus les joues rentraient tandis que les os saillaient comme ceux d'un squelette. « Je ne marche pas, dit-il.

— Edward, écoute-moi. Ce que je viens de voir de mes propres yeux, je n'y peux rien, mais cela a vraiment l'air d'une réincarnation.

— Tu veux dire, ce chat miteux ?...

— Ne parle pas comme ça, chéri, je t'en prie.

— Tu n'es pas malade, Louisa ?

— Je suis parfaitement lucide, merci. Je ne suis qu'un peu confuse, je veux bien l'admettre, mais qui ne le serait à ma place ? Edward, je te jure...

— Puis-je savoir ce qui est arrivé ? »

Louisa lui raconta tout. Pendant qu'elle parlait, son époux était vautré sur son fauteuil, les jambes écartées. Il fumait sa cigarette et laissait monter la fumée au plafond. Il souriait cyniquement.

« Je ne vois rien de si insolite dans cette histoire, dit-il lorsqu'elle eut fini son récit. C'est tout simplement un chat cabot. On lui a appris à faire son numéro, voilà tout.

— Ne sois pas si bête, Edward. Chaque fois que je joue Liszt, il s'extasie et vient s'asseoir sur le tabouret à côté de moi. Mais il ne fait cela que pour Liszt et personne ne peut apprendre à un chat la différence entre Liszt et Schumann. Même toi tu ne la connais pas. Mais ce chat ne s'y trompe jamais.

— Deux fois, rectifia l'époux. Ce n'est arrivé que deux fois.

— Deux fois suffisent.

— C'est à voir. Vas-y, prouve-le.

— Non, dit Louisa. Je ne recommencerai pas. Car si c'est bien Liszt, comme je continue à le croire, ou son âme, ou n'importe quoi de lui qui est revenu sur terre, ce serait certainement indélicat de le soumettre à toutes sortes d'examens stupides et indignes de lui.

— Ma chère femme ! Ce n'est qu'un chat, rien qu'un chat gris plutôt stupide qui a failli se faire griller le poil ce matin. Et puis, que sais-tu de la réincarnation ?

— Si son âme est là, ça me suffit, dit fermement Louisa. C'est cela qui compte.

— Eh bien, vas-y. Fais-lui faire son numéro. Qu'il nous montre la différence entre sa musique et celle des autres.

— Non, Edward. Je te l'ai déjà dit, je refuse de lui faire faire des numéros de cirque. Il en a fait assez pour une journée. Mais je te dirai ce que je vais faire. Je vais lui jouer encore un peu de sa propre musique.

— Un long morceau, pour voir.

— Tu verras. Une chose est certaine — dès qu'il aura reconnu sa musique, il ne bougera plus du tabouret. »

Sur une étagère, Louisa prit un album de Liszt, le parcourut rapidement et choisit une de ses plus belles pages, la sonate en *si* bémol mineur. Elle pensa d'abord n'en donner que la première partie, mais lorsqu'elle vit le chat trembler littéralement de plaisir et regarder ses mains avec cette étrange fascination, elle n'eut pas le cœur de s'arrêter.

Elle joua donc la sonate jusqu'au bout. Lorsqu'elle eut fini, elle regarda son mari en souriant. « Voilà, dit-elle. Tu ne vas pas me dire qu'il n'a pas ADORÉ ce morceau !

— Il aime le bruit, voilà tout.

— Il l'a adoré. N'est-ce pas, chéri ? fit-elle en prenant le chat dans ses bras. Oh, mon Dieu, si seulement il pouvait parler ! Pense un peu — il a rencontré Beethoven dans sa jeunesse ! Il a connu Schubert et Mendelssohn et Schumann et Berlioz et Grieg et Delacroix et Heine et Balzac ! Et, voyons un peu... ciel, il a été le beau-père de Wagner ! C'est le beau-père de Wagner que je tiens dans mes bras !

— Louisa ! fit sèchement le mari en se redressant sur son fauteuil. Reprends tes esprits ! » Sa voix était devenue très dure et il parlait plus fort.

Louisa leva les yeux. « Edward, on dirait que tu es jaloux !

— Jaloux, c'est ça — de ce sale chat gris !

— Alors, ne sois pas si grincheux et si cynique. Si tu ne sais pas te conduire autrement, il vaudra mieux que tu retournes à ton jardinage pour nous laisser en paix tous les deux. Cela vaudra mieux pour nous, n'est-ce pas, chéri ? dit-elle au chat en lui caressant la tête. Et ce soir, plus tard, nous jouerons encore de la musique ensemble, ta musique à toi. Oh, oui, fit-elle en embrassant l'animal dans le cou, à plusieurs reprises, et nous jouerons aussi du Chopin. Tu n'as pas besoin de me le dire, je sais que tu adores Chopin. Tu étais son grand ami, n'est-ce pas, mon chéri ? Au fait, si mes souvenirs sont exacts, n'est-ce pas chez lui que tu as rencontré le grand amour de ta vie, Madame de Quelquechose, à qui tu devais faire trois bâtards, vrai ? Oh, oui, sale bête, ne te défends pas ! Je te jouerai du Chopin ce soir ! » Et elle l'embrassa de nouveau. « Cela te rappellera des tas de choses, n'est-ce pas ?

— Arrête, Louisa !

— Ne sois pas si borné, Edward.

— Tu te conduis comme une parfaite idiote. Et, de toute façon, tu oublies la canasta de ce soir, chez Billy et Betty.

— Pas question ! »

Edward se leva lentement et éteignit sa cigarette dans le cendrier. « Dis-moi, fit-il calmement. Tu ne crois pas vraiment à ces... à ces balivernes, n'est-ce pas ?

— Mais certainement que j'y crois. Il n'y a plus de doute. Et, en plus, c'est pour nous une immense responsabilité, Edward, pour nous deux !

— Tout ce que je peux te dire, fit-il, c'est que tu

devrais voir un médecin. Le plus vite possible. » Sur
ce, il quitta la pièce par une porte-fenêtre pour
regagner le jardin.

Louisa le regarda traverser la pelouse pour retrouver ses ronces et son feu de bois. Elle attendit qu'il
fût hors de vue, puis sortit par l'autre côté, le chat
dans les bras.

Peu après, elle était dans sa voiture, en route vers
la ville.

Elle s'arrêta devant une bibliothèque, enferma le
chat dans la voiture, monta l'escalier en courant et
entra dans la salle. Elle se mit à la recherche des
fiches suivantes : RÉINCARNATION et LISZT.

Sous RÉINCARNATION, elle trouva un volume
appelé « Retour à la Vie terrestre. Pourquoi et
comment. » par un monsieur nommé F. Milton
Willis, publié en 1921. Sous LISZT, elle trouva deux
biographies. Elle emporta les trois livres, reprit la
voiture et rentra à la maison.

Arrivée chez elle, elle posa le chat sur le sofa,
s'assit à côté de lui avec ses trois livres dans l'intention de les étudier à fond. Elle décida de commencer
par l'œuvre de M. F. Milton Willis. Le volume était
mince et légèrement maculé, mais il était solide au
toucher et le nom de l'auteur ne manquait pas
d'autorité.

« La doctrine de la réincarnation, lut-elle,
confirme le passage d'une espèce d'être vivant à une
autre. Mais un homme ne peut renaître animal, pas
plus qu'un adulte ne peut redevenir enfant. »

Elle relut la phrase. Mais qu'en savait-il, ce
monsieur ? Et comment pouvait-il en être sûr ?
C'était impossible. On ne pouvait pas affirmer avec

certitude une chose pareille. Elle se sentit un peu déçue.

« Dans l'espace de notre conscience, nous avons tous, en dehors de notre corps visible, quatre autres corps, invisibles pour les yeux terrestres, mais parfaitement visibles pour ceux dont les facultés métaphysiques ont subi le développement nécessaire... »

Elle n'y comprit rien, mais poursuivit courageusement sa lecture pour arriver enfin à un passage intéressant qui exposait combien de temps une âme restait obligatoirement éloignée de la terre avant d'y retourner, cachée dans un autre corps. Le nombre des années variait selon la qualité sociale du défunt, et M. Willis donnait le tableau suivant :

	années
Ivrognes et désœuvrés	40/50
Travailleurs non qualifiés	60/100
Ouvriers qualifiés	100/200
Petits bourgeois	200/300
Haute bourgeoisie	500
Propriétaires issus des plus hautes classes	600/1000
Initiés	1500/2000

Elle consulta aussitôt un des deux autres livres pour apprendre que Liszt était mort à Bayreuth en 1886. Cela faisait donc soixante-sept ans. A croire M. Willis, il avait dû être un travailleur non qualifié pour avoir pu revenir si vite. Cela n'avait pas l'air de coller. D'un autre côté, il lui était impossible d'attacher trop d'importance à la méthode de classement adoptée par l'auteur. Selon lui, « les plus hautes classes des grands propriétaires » étaient ce qu'il y avait de plus noble au monde. L'habit rouge, les coups d'étrier, le sanglant et sadique meurtre du renard. Non, cela n'était pas juste. Elle commença à éprouver un plaisir certain à douter de M. Willis.

En poursuivant sa lecture, elle tomba sur une liste de quelques réincarnations célèbres. Épictète, paraît-il, retourna à la terre sous les traits de Ralph Waldo Emerson. Cicéron revint comme Gladstone, Alfred le Grand comme la reine Victoria, Guillaume le Conquérant comme lord Kitchener. Ashoka Vardana, roi des Indes en 272 avant J.-C., revint sous les traits du colonel Henry Steel Olcott, un avocat américain très connu. Pythagore devint le maître Koot Hoomi, fondateur de la Société théosophique avec Mme Blavatsky et le déjà nommé Colonel H. S. Olcott (l'avocat américain, alias Ashoka Vardana, roi des Indes). Il ne disait pas qui était Mme Blavatsky. Par contre, Théodore Roosevelt avait joué un rôle important dans l'histoire de la réincarnation. Toute la dynastie des Chaldéens descendait de lui car il fut, vers l'an 30 000 avant J.-C., souverain de Chaldée, connu plus tard sous le nom de César et qui fut également empereur de Perse... Roosevelt et César furent tous deux tour à tour des chefs d'armée et des chefs d'administration. Une fois même, il y a des milliers d'années, ils furent mari et femme... »

Cela suffisait. Ce M. F. Milton Willis n'était de toute évidence qu'un charlatan. Louisa ne se sentit pas impressionnée par ses affirmations dogmatiques. Il était peut-être sur le bon chemin, le pauvre type, mais ses théories étaient extravagantes, surtout celle où il était question d'animaux. Elle eut envie de parvenir à confondre toute la Société Théosophique en prouvant qu'un homme pouvait parfaitement revenir sur terre sous la forme d'un animal inférieur. Et qu'il n'était pas nécessaire d'avoir été un travailleur non qualifié pour revenir en moins de cent ans.

Elle se tourna maintenant vers une des biographies de Liszt pour la parcourir lorsque son mari revint une nouvelle fois du jardin.

« Qu'est-ce que tu fabriques encore ? demanda-t-il.

— Oh, je me renseigne un peu, voilà tout. Écoute, mon chéri, sais-tu que Théodore Roosevelt a été, il y a très longtemps, la femme de César ?

— Voyons, Louise, dit-il. Arrête ce jeu stupide. Je n'aime pas te voir faire l'idiote. Donne-moi ce maudit chat et je le porterai moi-même au poste. »

Louisa semblait ne pas l'entendre. Elle regardait bouche bée un portrait de Liszt, en première page du livre qu'elle tenait sur ses genoux. « Mon Dieu ! criat-elle. Edward, regarde !

— Quoi ?

— Regarde ! Ses verrues ! Je les avais oubliées ! Elles étaient célèbres pourtant, ses verrues ! Au point que ses élèves s'en collaient de fausses pour lui ressembler.

— Et après ?

— Rien, ce ne sont pas les élèves qui m'intéressent, mais les verrues !

— Oh, seigneur ! fit l'homme.

— Ces verrues, le chat les a aussi ! Tiens, je te les montrerai ! »

Elle prit la bête sur ses genoux et se mit à examiner sa tête. « Là. En voilà une ! Et voilà une autre !

Attends une seconde. Je crois qu'elles sont à la même place. Où est le portrait ? »

Ce fameux portrait représentait le musicien déjà vieux, son noble visage encadré par une masse de longs cheveux gris qui lui cachaient les oreilles et lui tombaient sur les épaules. Chacune des verrues avait été fidèlement reproduite. Il y en avait cinq.

« Voyons, sur le portrait, il y en a une au-dessus du sourcil droit. » Elle palpa le sourcil droit du chat. « Oui ! Elle y est ! Exactement au même endroit ! Et en voici une autre, à gauche, au-dessus du nez ! Et puis en voici une, en bas, sur la joue. Et ces deux-là, sous le menton, à droite. Edward ! Edward ! Viens ici ! Il les a toutes, au même endroit !

— Ça ne prouve rien. »

Elle leva les yeux sur son mari qui se tenait debout au milieu de la pièce, dans son chandail vert et sa salopette kaki, le visage toujours couvert de transpiration. « Tu as peur, n'est-ce pas, Edward ? Tu as peur de perdre ta précieuse dignité, peur de passer pour un fou ?

— Je refuse de devenir hystérique, voilà tout. »

Louisa reprit son livre. « Voilà qui est intéressant, dit-elle. Il paraît que Liszt adorait toute la musique de Chopin, à l'exception du scherzo en *si* bémol mineur. Celui-là, il le haïssait. Il l'avait surnommé « Le scherzo de l'Institutrice » car, disait-il, ce morceau devrait être réservé aux personnes de cette profession.

— Et après ?

— Edward, écoute. Si tu persistes à être si horrifié par tout cela, voilà ce que je vais faire. Je vais lui jouer ce scherzo et tu resteras ici pour voir ce qu'il va faire.

— Et ensuite, peut-être daigneras-tu préparer le dîner ? »

Louisa se leva et prit sur l'étagère un gros album vert contenant les œuvres complètes de Chopin. « Le voici. Oh oui, je m'en souviens. Il est plutôt affreux, c'est vrai. Et maintenant, écoute, ou plutôt, regarde. Regarde ce qu'il va faire. »

Elle plaça la musique sur le piano et s'assit. Son mari resta debout, les mains dans les poches, une cigarette aux lèvres. Malgré lui, il surveillait le chat qui, à présent, sommeillait sur le sofa. Lorsque Louisa commença à jouer, sa première réaction fut dramatique. L'animal sursauta comme piqué par une guêpe et demeura immobile, debout, pendant une minute au moins, les oreilles dressées, le poil hérissé. Puis il se mit à marcher de long en large sur le sofa. Enfin, il atterrit sur le plancher et, le nez et la queue en l'air, il quitta majestueusement la pièce.

« Voilà ! » s'écria Louisa. Elle sauta sur ses pieds et courut après le chat. « Voilà ! Voilà la preuve ! » Elle revint en portant le chat dans ses bras, puis elle le posa sur le sofa. Toute sa figure brillait d'émotion, ses poings serrés avaient blanchi et son chignon était de travers. « Eh bien, Edward ? Qu'en dis-tu ? » Elle eut un rire nerveux.

« Cela a été très amusant, je dois l'admettre.

— Amusant ! Mon cher Edward, c'est le plus grand miracle de tous les temps ! Oh, mon Dieu ! » Elle souleva le chat pour le serrer contre sa poitrine. « N'est-ce pas merveilleux de penser que nous avons Franz Liszt ici, chez nous ?

— Voyons, Louisa, ne deviens pas hystérique !

— Je n'y peux rien, vraiment. Imagine seulement qu'il va rester avec nous pour toujours !

— Pardon ?

— Oh, Edward ! Je suis si émue que je peux à peine parler. Sais-tu ce que je vais faire maintenant ? Tous les musiciens du monde voudront le rencontrer, c'est certain, et lui poser des questions sur les gens qu'il a connus, Beethoven, Chopin, Schubert...

— Il ne sait pas parler, dit le mari.

— Oui, c'est vrai. Mais de toute façon, ils voudront le voir, le toucher et lui jouer leur musique, de la musique moderne comme il n'en a jamais entendu.

— Il n'était pas si grand que ça. Si c'était Bach ou Beethoven...

— Ne m'interromps pas, Edward, je t'en prie. Il faut que je prévienne tous les grands compositeurs du monde. C'est mon devoir. Je leur dirai que Liszt est chez moi et je les inviterai à venir le voir. Et ils viendront tous, par avion, de tous les coins de la terre !

— Pour voir un chat gris ?

— Pourquoi pas ? C'est bien lui. Qu'importe son aspect physique ? Oh, Edward, comme ce sera passionnant !

— Ils te croiront folle.

— Eh bien, tu verras. » Elle serrait le chat dans ses bras et le pelotait tendrement, sans quitter des yeux son mari qui se dirigeait vers la fenêtre. Là il s'arrêta pour regarder le jardin. La nuit tombait, faisant virer au noir le vert de la pelouse. Au loin, il apercevait la colonne de fumée blanche qui surmontait son feu de bois.

« Non, fit-il sans se retourner. Pas ici. Pas dans cette maison. Veux-tu vraiment qu'on nous prenne pour des fous ?

— Edward, que veux-tu dire ?

— C'est simple. Je te défends de faire de la publicité à une absurdité pareille. Tu as trouvé un chat maniéré. D'accord. Garde-le si cela t'amuse. Mais je ne veux pas que tu ailles plus loin. Compris ?

— Plus loin ? Que veux-tu dire ?

— Je ne veux plus entendre parler de cette histoire insensée. Tu te conduis comme une somnambule. »

Louisa posa lentement le chat sur le sofa. Puis, toujours lentement, elle se redressa dans toute sa petitesse et fit un pas en avant. « Zut, Edward ! cria-t-elle en tapant du pied. C'est la première fois de la vie qu'il nous arrive quelque chose de vraiment passionnant et tu es fâché à mort d'y être mêlé, par peur de te rendre ridicule ! C'est bien cela, n'est-ce pas ? Tu ne me diras pas le contraire ?

— Louisa, dit le mari. Cela suffit. Sois raisonnable et arrête ce jeu. » Il alla vers la table, prit une nouvelle cigarette dans la boîte et l'alluma à l'aide de l'énorme briquet. Sa femme le regardait toujours et, en même temps, des larmes se mirent à couler du coin de ses yeux pour tracer deux petits ruisseaux sur la poudre qui couvrait ses joues.

« Nous avons eu trop de ces scènes, ces derniers temps, Louisa, dit-il. Non, ne m'interromps pas. Écoute-moi. Tu as dû t'ennuyer souvent, je l'admets, et...

— Oh, mon Dieu ! Quel idiot tu es ! Quel somptueux idiot ! Ne vois-tu pas que c'est différent ? Qu'il

s'agit ici d'une chose miraculeuse ? Ne le vois-tu
pas ? »

Alors il vint vers elle et la prit fermement par les
épaules. Il avait sa cigarette à la bouche et Louisa put
voir sur sa peau les taches qu'y avait laissées la sueur.
« Écoute, dit-il. J'ai faim. J'ai renoncé à jouer au golf
et j'ai travaillé au jardin toute la journée. Je suis
fatigué, j'ai faim et j'aimerais bien dîner. Et toi aussi,
j'en suis sûr. Va, prépare-nous quelque chose de
bon. »

Louisa recula et porta ses deux mains à sa bouche.
« Ciel ! s'écria-t-elle. J'ai complètement oublié. Il
doit mourir de faim. Je ne lui ai donné qu'un peu de
lait depuis qu'il est là !

— Qui ?

— Lui, quoi. Il faut que je lui prépare quelque
chose de spécial. Si seulement je savais quel est son
plat préféré ! Qu'en penses-tu, Edward ?

— Je m'en moque !

— Voyons, Edward. Laisse-moi faire, pour une
fois. Attends un instant » ; elle se pencha pour
caresser le chat du bout des doigts, « attends. Ce ne
sera pas long. »

Et Louisa disparut dans sa cuisine. Elle passa un
moment à se demander quel plat spécial elle pourrait
bien préparer. Un soufflé ? Un beau soufflé au
fromage ? Oui, ce serait assez spécial. Bien sûr,
Edward n'aimerait pas beaucoup cela. Tant pis pour
lui.

Louisa n'était pas une grande cuisinière et il lui
arrivait de rater ses soufflés. Mais cette fois-ci, elle
prit soin de contrôler la température et le temps de
cuisson. Et tandis que le soufflé était au four, elle

chercha quelque chose pour l'accompagner. Elle
pensa à des avocats et des pamplemousses. Liszt n'en
avait probablement jamais mangé. Elle décida donc
de lui servir les deux, en salade. Il serait amusant de
voir sa réaction.

Lorsque tout fut prêt, elle le mit sur un plateau et
le porta à la salle de séjour. Au moment même où
elle entrait, elle vit son mari qui revenait du jardin
par la porte-fenêtre.

« Le dîner est prêt », dit-elle en posant le plateau
sur la table. Puis elle jeta un regard vers le sofa. « Où
est-il ? »

Son mari referma la porte, puis traversa la pièce
pour se chercher une cigarette.

« Edward, où est-il ?

— Qui ?

— Tu sais bien.

— Ah, oui, c'est vrai. Eh bien, je vais te le dire. »
Il se pencha en avant pour allumer sa cigarette, les
mains en coquille sur l'énorme briquet. Lorsqu'il leva
les yeux, il vit que Louisa regardait ses chaussures et
le bas de son pantalon qui étaient humides de rosée.

« Je suis sorti pour voir le feu », dit-il.

Les yeux de Louisa se posèrent alors sur ses mains.

« Il tient bon, poursuivit Edward. Je pense qu'il va
brûler toute la nuit. »

Mais sa façon de le regarder le rendit mal à l'aise.

« Qu'est-ce que c'est ? » fit-il en reposant le briquet. Puis il baissa les yeux et découvrit la longue
égratignure qui lui barrait diagonalement le revers de
la main.

« Edward !

— Oui, dit-il, je sais. Ces ronces sont terribles. Ça

vous met en morceaux. Voyons, Louisa ! Qu'est-ce
que tu as ?

— Edward !

— Oh, pour l'amour de Dieu, assieds-toi et reste
tranquille. A quoi bon te tourmenter ? Assieds-toi,
Louisa, assieds-toi, va ! »

Cochon

I

Un jour naquit dans la cité de New York un beau petit garçon et les parents, fous de joie, l'appelèrent Lexington.

A peine rentrée de la clinique avec le petit Lexington, la jeune mère dit à son mari : « Chéri, il faut que nous sortions ensemble ce soir, emmène-moi dans un restaurant chic pour fêter la venue au monde de notre héritier. »

Son mari l'embrassa tendrement et lui dit qu'il ne refuserait rien au monde à une femme capable de produire un aussi beau bébé que Lexington. Mais, s'enquit-il, se sentait-elle assez forte pour passer toute la soirée dehors ?

« Non, répondit-elle. Mais cela ne fait rien. »

Ainsi, le soir venu, ils se mirent sur leur trente et un et, laissant le petit Lexington aux soins d'une nurse chevronnée qu'ils payaient vingt dollars par jour et qui était écossaise par-dessus le marché, ils se rendirent au restaurant le plus élégant et le plus cher de la ville. Ils mangèrent chacun une langouste géante et vidèrent ensemble une bouteille de champagne. Après quoi, ils allèrent dans une boîte de nuit où ils burent une autre bouteille de champagne. Puis ils restèrent longtemps assis, la main dans la main, en commentant avec une tendre admiration chaque trait de leur nouveau-né.

C'est vers deux heures du matin qu'ils se retrouvèrent devant leur maison, à Manhattan. Le mari paya le chauffeur de taxi, puis chercha dans toutes ses poches la clef de la porte d'entrée. Au bout de quelques secondes de vaines recherches, il déclara qu'il avait dû la laisser dans la poche de son autre costume et il proposa à sa femme de sonner à la porte pour que la nurse vînt leur ouvrir. « Une nurse payée vingt dollars par jour doit bien s'attendre à être tirée de son lit en pleine nuit, de temps à autre », dit le mari.

Donc, il sonna. Ils attendirent. Mais personne n'arriva. Il sonna de nouveau, longuement et plus fort. Ils attendirent une minute de plus. Puis tous les deux reculèrent de quelques pas et crièrent le nom de la nurse (McPottle) sous les fenêtres de la nursery qui se trouvait au troisième, mais il n'y eut toujours pas de réponse. La maison était noire et silencieuse. L'épouse commença alors à s'inquiéter. Son bébé était emprisonné là-haut. Seul avec McPottle. Et qui était cette McPottle ? Ils ne la connaissaient que depuis deux jours. Elle avait des lèvres pincées, de petits yeux désapprobateurs, une poitrine empesée et, de toute évidence, elle avait le sommeil beaucoup trop dur pour bien faire son métier. Si elle n'entendait pas la sonnerie, comment entendrait-elle pleurer

le bébé ? Et si le pauvre petit allait s'étrangler en
dormant, ou étouffer dans ses oreillers ?

« Il n'a pas d'oreiller, dit le mari. Ne t'inquiète
pas. Mais je te ferai entrer, tu vas voir. » Après tout
ce champagne, il se sentait très sûr de lui. Il se baissa
pour défaire les lacets de l'une de ses chaussures
noires. Puis il l'enleva et, en l'attrapant par le bout,
la lança sur une fenêtre du rez-de-chaussée, celle de
leur salle à manger.

« Voilà, dit-il. Nous allons retenir le carreau cassé
sur le salaire de McPottle. »

Il avança de quelques pas, passa avec précaution
une main par le trou qu'il avait fait dans la vitre et
desserra la poignée. Puis il ouvrit la fenêtre.

« Je te ferai entrer la première, petite maman »,
dit-il. Et il prit sa femme par la taille pour la
soulever. Ce qui mit la grande bouche rouge de cette
dernière au niveau de la sienne, tout près, et c'est
pourquoi il se mit à l'embrasser. Il savait d'expérience que les femmes aimaient beaucoup être
embrassées dans cette position, le corps soutenu par
deux bras, les jambes en l'air, il continua donc tandis
qu'elle remuait les pieds et ronronnait comme un
chat. Enfin, le mari la tourna de l'autre côté et se mit
à la pousser vers l'intérieur de la maison par la
fenêtre ouverte de la salle à manger. C'est alors
qu'un car de police passa en silence. Il s'arrêta à
trente mètres d'eux. Trois brigadiers irlandais en
descendirent promptement pour courir en direction
du couple en brandissant des revolvers. « Haut les
mains ! crièrent les brigadiers. Haut les mains ! »
Mais le mari se trouvait dans l'impossibilité d'obéir
car il lui eût fallu pour cela lâcher son épouse, ou

bien la laisser suspendue sur le rebord de la fenêtre, chose peu confortable, surtout pour une femme qui vient d'accoucher. Il continua donc à la pousser galamment vers l'intérieur. Les brigadiers qui étaient tous couverts de décorations pour avoir tué des cambrioleurs ouvrirent immédiatement le feu, tout en courant. Et bien que la jeune femme ne leur offrît qu'un minimum de cible, les coups tirés sur les deux époux furent tous mortels.

Et c'est ainsi que, alors qu'il n'avait pas plus de douze jours, le petit Lexington devint orphelin.

II

La nouvelle de cette tuerie pour laquelle les trois policiers allaient être décorés une fois de plus ne tarda pas à parvenir aux familiers du couple disparu, et le matin suivant, les plus proches parents, ainsi que deux entrepreneurs de pompes funèbres, trois avocats et un prêtre prirent des taxis pour la maison à la vitre cassée. Ils se rassemblèrent tous dans la salle de séjour et s'assirent en cercle sur les fauteuils et les sofas pour fumer des cigarettes et boire du sherry tout en s'interrogeant sur le sort du pauvre petit orphelin Lexington.

Il en résulta bientôt qu'aucun des parents n'était particulièrement désireux de prendre l'enfant en charge, et les discussions allaient se prolonger pour durer toute la journée. Tous déclarèrent qu'ils éprouvaient une immense, quasi irrésistible envie d'adop-

ter le bambin et qu'ils l'auraient fait avec le plus
grand plaisir, mais voilà, ils ne disposaient que d'un
tout petit appartement, ou bien, ils avaient déjà un
bébé et leurs moyens ne leur permettaient pas de s'en
offrir un autre, ou bien ils passaient toujours l'été à
l'étranger, ou bien ils étaient trop âgés ce qui
compliquerait l'existence du petit garçon, plus tard,
quand il aurait grandi, et ainsi de suite. Bien sûr, ils
savaient tous que le père avait laissé des dettes
considérables, que la maison était hypothéquée et
que, dans ces conditions, ils ne toucheraient pas un
sou en acceptant de prendre soin du bébé.

Vers six heures du soir, ils discutaient toujours
avec ardeur lorsque soudain, au beau milieu de tout
ce monde, une vieille tante du défunt (et dont le nom
était Glosspan) débarqua de sa lointaine Virginie.
Sans ôter son chapeau ni son manteau, sans même
prendre la peine de s'asseoir, refusant les martinis,
les whiskies et les sherries que l'on lui offrait, elle
déclara fermement qu'elle avait décidé de s'occuper
désormais du petit garçon. Elle ajouta qu'elle en
assumerait toute responsabilité financière et morale,
sans oublier l'éducation, et que toutes les personnes
présentes pouvaient rentrer chez elles pour se remettre de cette rude journée. Ceci dit, elle monta
l'escalier qui menait à la nursery, sortit le petit
Lexington de son berceau et quitta la maison en
serrant le bébé dans ses bras. La famille restait là, les
yeux écarquillés, contente de s'en être si bien tirée,
tandis que McPottle, la nurse, demeura plantée sur le
palier, l'air maussade, les lèvres pincées, les bras
croisés sur sa poitrine amidonnée.

Et c'est ainsi que le petit Lexington, âgé de treize

jours à peine, quitta la cité de New York pour
accompagner sa grand-tante Glosspan en Virginie.

III

Au moment de devenir la tutrice de Lexington,
tante Glosspan avait près de soixante-dix ans, mais
personne ne lui aurait jamais donné son âge. Elle
était sémillante et pleine de jeunesse, avec son petit
visage, ridé certes, mais encore fort joli, ses beaux
yeux bruns qui étincelaient, pleins de charme. Bien
que célibataire, elle n'avait rien d'une vieille fille.
Elle n'était jamais amère ni acariâtre ni irritable. Elle
n'avait pas de moustache et elle n'était jamais jalouse
de personne, ce qui est plutôt rare chez une vieille
demoiselle. D'ailleurs, personne ne savait au juste si
tante Glosspan était une vraie ou une fausse vieille
fille.

Son excentricité, par contre, ne faisait aucun
doute. Depuis trente ans, elle menait une vie étrangement isolée dans une petite ferme, tout en haut des
Montagnes Bleues, à quelques kilomètres du village
le plus proche. Elle possédait cinq acres de pâtura-
ges, un jardin potager, un jardin d'agrément, trois
vaches, une douzaine de poules et un coq.

Et maintenant, elle avait le petit Lexington.

Étant rigoureusement végétarienne, elle considé-
rait la consommation de la viande non seulement
comme une chose malsaine et répugnante, mais aussi
comme ce qu'il y a de plus cruel au monde. Elle-

même se nourrissait strictement de lait, de beurre, d'œufs, de fromage, de légumes, de noix, d'herbes et de fruits, fermement décidée à ne jamais contribuer, même indirectement, au massacre d'un être vivant, fût-ce une crevette. Une fois, alors qu'une de ses poules brunes venait de périr en pleine jeunesse pour avoir trop pondu, tante Glosspan s'en trouva si affectée qu'elle faillit également renoncer à manger des œufs.

Elle ne connaissait rien à la puériculture, mais cela ne l'inquiétait pas le moins du monde. A la gare de New York, en attendant le train qui devait les ramener en Virginie, elle fit provision de six bibe-rons, deux douzaines de couches, une boîte d'épin-gles à nourrice, un carton de lait pour le voyage et une brochure intitulée *Comment soigner mon bébé*. Que pouvait-on demander de plus ? Et lorsque le train démarra, elle donna à Lexington un peu de lait, le changea convenablement et le coucha sur la banquette. Puis elle lut la brochure d'un bout à l'autre.

« Il n'y a pas de problème », conclut-elle en jetant le petit livre par la fenêtre.

Et, aussi incroyable que cela puisse paraître, il n'y avait vraiment pas de problème. A la ferme, tout allait se passer normalement. Le petit Lexington buvait son lait, éructait, beuglait et dormait comme n'importe quel autre bébé, et tante Glosspan rayon-nait de bonheur et ne cessait de le couvrir de baisers.

IV

A six ans, Lexington était un adorable petit garçon
aux longs cheveux dorés et aux yeux d'un bleu
profond, comme des bleuets. Rieur et joyeux, il
aidait déjà sa tante dans ses menus travaux. Il
ramassait les œufs frais, maniait la baratte, arrachait
les pommes de terre et cueillait les herbes sauvages
sur les coteaux. Et tante Glosspan se dit qu'il faudrait
bientôt songer à son éducation scolaire.

Mais l'idée de l'envoyer à l'école lui était insupportable. Elle s'était tant attachée à lui qu'elle croyait
mourir à l'idée de s'en séparer. Il y avait, bien
entendu, l'école du village, au fond de la vallée, mais
c'était un endroit épouvantable où on le forcerait,
dès le premier jour, à manger de la viande, elle le
savait bien.

« Sais-tu, mon chéri, lui dit-elle un jour alors qu'il
était assis sur un tabouret de la cuisine en la
regardant faire du fromage. Je ne vois vraiment pas
pourquoi je ne te donnerais pas moi-même des
leçons. »

Le petit garçon leva sur elle ses grands yeux bleus
et dit avec un sourire confiant : « Ça va être
amusant !

— Et pour commencer, je t'apprendrai à faire la
cuisine.

— Oh, oui, ma tante, je veux bien !

— Que tu le veuilles ou non, il faudra que tu
apprennes à cuisiner un jour ou l'autre, dit-elle. Nous
autres végétariens disposons d'un choix de plats

beaucoup moins grand que les gens ordinaires et c'est pourquoi il nous faut cuisiner deux fois mieux.

— Tante Glosspan, dit l'enfant, que mangent-ils donc, les gens ordinaires ?

— Des animaux, répondit-elle avec une grimace de dégoût.

— Vous voulez dire des animaux vivants ?

— Non, dit-elle. Des animaux morts. »

Le petit garçon réfléchit quelques secondes.

« Vous voulez dire, quand les animaux meurent, ils les mangent au lieu de les enterrer ?

— Ils n'attendent pas qu'ils soient morts, mon chou. Ils les tuent.

— Ils les tuent comment, tante Glosspan ?

— Ils leur tranchent la gorge avec un couteau.

— Mais... quelles sortes d'animaux ?

— Des vaches et des cochons surtout. Et puis des moutons.

— Des vaches ! s'écria l'enfant. Des vaches comme Daisy, Blanche-Neige et Lily ?

— Exactement, mon chéri.

— Mais COMMENT les mangent-ils, tante Glosspan ?

— Ils les découpent, et ils font cuire les morceaux. Ils les aiment rouges et saignants et collés à l'os. Ils avalent des lambeaux de chair de vache, tout en sang.

— Et les cochons ?

— Ils adorent les cochons.

— Manger du cochon, dit le petit garçon. Quelle idée. Que mangent-ils encore, tante Glosspan ?

— Des poulets.

— Des poulets ?

— Des millions de poulets.

— Avec les plumes ?

— Non, chéri. Sans plumes. Et maintenant, va chercher à tante Glosspan un peu de civette ! »

Un peu plus tard, ce furent les premières leçons. Elles comprenaient cinq matières : la lecture, l'écriture, la géographie, l'arithmétique et la cuisine, cette dernière étant de loin ce que préféraient le professeur et l'élève. En effet, le jeune Lexington allait faire preuve d'un remarquable talent en ce domaine. C'était un cuisinier-né. Rapide et adroit, il maniait ses casseroles comme un jongleur. Il mettait moins de temps à couper une pomme de terre en vingt tranches aussi fines que du papier que ne mettait tante Glosspan à l'éplucher. Son palais était d'une exquise sensibilité et, en goûtant du bout du doigt une soupe à l'oignon, il y détectait immédiatement la présence d'une seule feuille de sauge. Tout cela, chez un si jeune garçon, parut bien étonnant à tante Glosspan et, à vrai dire, elle ne savait trop qu'en faire. Mais cela ne l'empêchait point d'être extrêmement fière de cet enfant et de lui prédire un brillant avenir.

« Quelle chance pour moi, disait-elle, d'avoir ici un si merveilleux petit bonhomme pour ensoleiller mes vieux jours. » Et quelques années plus tard, elle se retira de sa cuisine pour laisser à Lexington le soin de préparer tous leurs repas. Le garçon avait alors dix ans. Tante Glosspan en avait près de quatre-vingts.

V

Appelé à régner sur la cuisine, Lexington ne tarda pas à inventer toutes sortes de plats nouveaux. Les anciens n'avaient plus d'intérêt pour lui. Son besoin de créer se fit de plus en plus violent et sa tête débordait d'idées originales. « Je commencerai, dit-il, par mettre au point un soufflé aux marrons. » Il le fit aussitôt et, le soir même, il le servit à sa tante. Ce fut un gros succès. « Tu es un génie ! » s'écria tante Glosspan. Elle se leva pour l'embrasser sur les deux joues. « Tu feras parler de toi ! »

Désormais, il y eut presque tous les jours une nouvelle création sur la table. Ce fut la soupe à la noix du Brésil, les côtelettes de maïs, le ragoût de légumes, l'omelette au pissenlit, la friture de fromage blanc, les choux surprise, les pommes brouillard, les échalotes à la bonne femme, la betterave mousse piquante, les prunes Stroganoff, la fondue hollandaise, les navets en robe de chambre, la tarte flambée aux aiguilles de sapin et beaucoup d'autres belles compositions. Et tante Glosspan déclara que jamais de sa vie elle n'avait rien mangé d'aussi bon. Le matin, longtemps avant l'heure du déjeuner, elle allait s'asseoir sur la véranda, dans son fauteuil à bascule, pour attendre le moment du repas en se léchant les lèvres et en ouvrant ses narines aux odeurs prometteuses qui filtraient par la fenêtre de la cuisine.

« Qu'est-ce que tu me prépares de bon aujourd'hui, petit ? demanda-t-elle.

— Cherchez un peu, ma tante !

— Ça sent un peu les salsifis », fit-elle en reniflant vigoureusement.

Puis il sortit de la cuisine, ce gamin de dix ans, un sourire triomphal sur le visage et, dans les mains, un plat fumant contenant une divine friture faite entièrement de panais et de livèche.

« Sais-tu ce que tu devrais faire, lui dit sa tante, la bouche pleine. Tu devrais prendre un crayon et du papier pour écrire un livre de cuisine. »

Il la regarda par-dessus la table en mastiquant lentement sa friture.

« Pourquoi pas ? s'écria-t-elle. Je t'ai appris à écrire et je t'ai appris à cuisiner. Tu n'auras qu'à associer les deux choses. Écris ton livre de cuisine et tu seras célèbre dans le monde entier.

— Bien », dit-il.

Et sans attendre le lendemain, Lexington écrivit la première page de cette œuvre monumentale qui allait l'occuper pour le reste de ses jours. Il l'intitula : « La santé sur votre table. »

VI

Sept ans plus tard, âgé de dix-sept printemps, il avait réuni plus de neuf mille recettes, plus originales et plus délicieuses les unes que les autres.

Mais soudain, la mort tragique de tante Glosspan vint interrompre son travail. Elle fut emportée, en pleine nuit, par une attaque d'apoplexie, et Lexington, qui s'était précipité dans sa chambre après avoir entendu du bruit, la trouva dans son lit en train de gémir, de jurer et de s'agiter follement. Ce fut un spectacle effrayant et l'adolescent, dans son pyjama, tourna autour d'elle en se tordant les mains et en se demandant ce qu'il fallait faire. Enfin, croyant qu'un peu de fraîcheur la soulagerait, il alla chercher une cruche d'eau de l'étang du pré aux vaches et la vida sur la tête de sa pauvre tante, mais cela ne fit qu'accélérer sa fin et, au bout d'une heure, la pauvre vieille dame expira.

« C'est vraiment trop affreux, dit le pauvre garçon, tout en pinçant sa tante plusieurs fois pour s'assurer qu'elle était réellement morte. Et si vite ! Il y a quelques heures à peine, elle était gaie comme un pinson. Elle a repris trois fois de mes croquettes de champignons au poivre, ma dernière création, et elle les a trouvées succulentes ! »

Après avoir pleuré à chaudes larmes sa tante chérie pendant plusieurs minutes, il eut la force de la transporter au jardin et de l'enterrer derrière l'étable.

Le lendemain, en rangeant les affaires de la pauvre vieille dame, il trouva une enveloppe qui portait l'écriture de tante Glosspan. Il la décacheta pour en tirer deux billets de cinquante dollars et une lettre qui disait : « Mon petit garçon chéri, je sais que tu n'as jamais quitté cette montagne où tu es venu à l'âge de treize jours. Mais dès que je serai morte, tu devras mettre une paire de chaussures et une chemise propre pour aller trouver le docteur du village. Demande-lui un certificat de décès qui te servira à prouver que je suis morte. Puis tu porteras ce certificat à mon avocat, Me Samuel Zuckermann, qui demeure à New York, et chez qui j'ai déposé mon testament. Mᵉ Zuckermann va tout arranger. Cet argent te servira à payer le certificat et le voyage. Mᵉ Zuckermann te donnera une somme plus importante quand tu iras le voir. Je souhaite de tout mon cœur qu'il t'aide à aller plus avant dans tes recherches au service de l'art culinaire et du végétarisme. Continue à écrire ton gros livre jusqu'à ce que tu le trouves assez complet pour songer à sa publication. Je t'embrasse bien tendrement, ta tante Glosspan. »

Lexington, qui n'avait jamais désobéi à sa tante, empocha l'argent, mit une paire de chaussures et une chemise propre et descendit au village pour trouver le docteur.

« La mère Glosspan ? dit le docteur. Mon Dieu, est-elle bien morte ?

— Bien sûr qu'elle est morte, répondit l'adolescent. Si vous voulez remonter avec moi, je peux la déterrer et vous la faire voir.

— A quelle profondeur l'avez-vous enterrée ? demanda le docteur.

— A six ou sept pieds, je crois.

— Combien de temps y a-t-il de cela ?

— Oh, ça doit faire huit heures.

— Alors, elle est morte, déclara le docteur. Voici votre certificat. »

VII

Et notre héros se mit en route pour la cité de New York où il devait trouver Mᵉ Samuel Zuckermann. Il fit tout le voyage à pied. Il dormit sous des haies, se nourrit de baies et d'herbes sauvages. Il mit seize jours à atteindre la métropole.

« Quel endroit fabuleux ! s'écria-t-il au coin de la 57e Rue et de la Cinquième Avenue, en regardant autour de lui. Il n'y a ni vaches ni poulets et les femmes ne ressemblent pas du tout à tante Glosspan. »

Quant à Me Samuel Zuckermann, il n'était comparable à rien de ce que connaissait Lexington.

C'était un petit homme spongieux avec des bajoues livides et un gros nez cramoisi. Quand il souriait, cela faisait des tas de petits éclairs d'or qui venaient de tous les coins de sa bouche. Dans son luxueux cabinet, il serra chaleureusement la main de Lexington et le félicita de la mort de sa tante.

« Je suppose que vous savez que votre chère tutrice laisse une fortune considérable ? dit-il.

— Vous voulez dire les vaches et les poulets ?

— Je veux dire un demi-million de billets, dit Me Zuckermann.

— Combien ?

— Un demi-million de dollars, mon garçon. Et vous êtes son seul héritier. » Me Zuckermann se renversa sur son fauteuil et joignit les mains sur son ventre spongieux. En même temps, il introduisit discrètement son index sous son gilet, puis sous sa chemise, afin de se gratter les alentours du nombril. C'était son exercice préféré. Il lui procurait un plaisir indescriptible. « Bien sûr, je retiendrai cinquante pour cent de cette somme pour mes honoraires, dit-

il, mais cela vous fait toujours deux cent cinquante
mille.

— Je suis riche ! s'écria Lexington. C'est merveilleux ! Quand pourrai-je avoir l'argent ?

— Eh bien, dit Mᵉ Zuckermann, heureusement
pour vous, je suis plutôt en bons termes avec les
autorités. Ce qui me permet d'obtenir que vous soyez
dispensé de toutes sortes d'impôts et de taxes funé-
raires.

— Comme vous êtes gentil, murmura Lexington.

— Il faudra naturellement que je fasse un petit
cadeau à quelqu'un.

— Tout ce que vous voudrez, Mᵉ Zuckermann.

— Je pense que cent mille dollars vont être
suffisants.

— Mon Dieu, n'est-ce pas un peu excessif ?

— Il ne faut jamais sous-estimer un inspecteur ou
un policier, ne l'oubliez pas, dit Mᵉ Zuckermann.

— Mais combien me restera-t-il ? demanda hum-
blement l'adolescent.

— Cent cinquante mille. Mais il vous reste encore
les frais d'enterrement à payer.

— Les frais d'enterrement ?

— Vous devez payer les pompes funèbres. Vous le
savez certainement !

— Mais j'ai enterré ma tante moi-même, derrière
l'étable.

— Bien sûr, dit l'avocat, mais ensuite ?

— Je n'ai pas eu besoin des pompes funèbres.

— Écoutez, dit patiemment Mᵉ Zuckermann. Je
ne sais pas si vous êtes au courant, mais il y a une loi
selon laquelle aucun bénéficiaire testamentaire n'a le

droit de toucher un penny de son héritage avant d'avoir réglé les pompes funèbres.

— Vous voulez dire que c'est une loi ?

— Bien sûr que c'est une loi, et même une très bonne loi. Les pompes funèbres sont une de nos grandes institutions nationales. Il faut les faire vivre à tout prix. »

Me Zuckermann lui-même, en compagnie d'un groupe de médecins dévoués au public, contrôlait une corporation propriétaire de neuf somptueux établissements de pompes funèbres de la Cité, sans parler de la manufacture de cercueils de Brooklyn ni de l'école supérieure d'embaumeurs de Washington. C'est pourquoi, aux yeux de Me Zuckermann, les choses de la mort avaient un caractère profondément religieux.

« Vous n'aviez pas le droit d'enterrer votre tante comme ça, dit-il.

— Je regrette, Me Zuckermann.

— C'est absolument inadmissible.

— Je ferai tout ce que vous me direz, Me Zuckermann. J'aimerais seulement savoir combien il me restera quand tout sera réglé. »

Il y eut un silence. Me Zuckermann poussa un soupir, puis fronça les sourcils, sans cesser de faire le tour de son nombril, du bout de l'index.

« Mettons quinze mille, suggéra-t-il avec un petit sourire tout doré. C'est une jolie somme bien ronde.

— Puis-je les avoir aujourd'hui ?

— Pourquoi pas ? »

Et Me Zuckermann appela son caissier et lui dit de payer quinze mille dollars à Lexington et de lui faire signer un reçu. L'adolescent, ravi de toucher quelque

chose, accepta tout, plein de reconnaissance, puis
fourra l'argent dans son havresac. Il serra cordiale-
ment la main de Me Zuckermann, le remercia de tout
ce qu'il avait fait pour lui et quitta le cabinet.

« Le monde est à moi ! s'écria notre héros lorsqu'il
se retrouva dans la rue. J'ai de quoi vivre, je peux
tranquillement terminer mon livre de cuisine. Et
ensuite, naturellement, je serai encore beaucoup plus
riche. » Il était là, sur le trottoir, ne sachant de quel
côté aller. Il finit par tourner à gauche et descendit
lentement la rue en regardant de tous ses yeux le
spectacle qu'elle lui offrait.

« Quelle odeur révoltante, fit-il en reniflant. C'est
insupportable ! » Ses délicats nerfs olfactifs, habitués
à d'autres arômes, étaient mis à une rude épreuve
devant les bouffées d'essence qu'exhalaient les
autobus.

« Il faut que je quitte cet endroit avant de perdre
complètement l'odorat, dit-il. Mais d'abord, il faut
que je mange. Je meurs de faim. » Car le pauvre
garçon n'avait pris que des baies et des herbes
sauvages pendant plus de deux semaines et son
estomac réclamait une nourriture solide. « Je mange-
rais volontiers une côtelette de maïs », se dit-il. Ou
bien une friture de salsifis.

Il traversa la rue et entra dans un petit restaurant.
Il faisait très chaud à l'intérieur. L'endroit, qui était
noir et calme, sentait fort la graisse et les choux cuits
à l'eau. Il n'y avait qu'un seul client, un homme coiffé
d'un chapeau marron et qui était penché sur sa
nourriture, l'air sournois. Il ne leva même pas la tête
lorsque Lexington arriva.

Notre héros s'assit à une table angulaire et accrocha son havresac au dos de sa chaise. « Cela promet d'être intéressant, se dit-il. Depuis les dix-sept ans que j'existe, je n'ai jamais connu que des repas préparés par deux personnes, tante Glosspan et moi-même, à moins que la nurse, McPottle, ne m'ait chauffé quelques biberons quand j'avais quelques jours. Et voilà que je vais pouvoir apprécier l'art d'un autre cuisinier et, peut-être, si j'ai de la chance, m'enrichir de quelques idées pour mon livre. »

Le garçon sortit de l'ombre et vint se planter devant la table.

« Bonjour, dit Lexington. J'aimerais bien une belle côtelette de maïs. Faites-la griller vingt-cinq minutes chaque côté, puis passez-la au bouillon très chaud. Ajoutez de la crème aigre et une pincée de livèche avant de servir — à moins que votre chef cuisinier ne l'accommode d'une façon plus originale que je serais ravi de connaître. »

Le garçon, la tête basculée d'un côté, jeta à son client un regard soupçonneux. « Voulez-vous un rôti de porc aux choux ? demanda-t-il. C'es tout ce qui nous reste.

— Un rôti de quoi au choux ? »

Le garçon sortit de la poche de son pantalon un mouchoir malpropre, puis le déplia avec violence, comme pour donner un coup de fouet. Il se moucha de façon bruyante et mouillée.

« Vous en voulcz, oui ou non ? fit-il en s'essuyant les narines.

— Je n'ai pas la moindre idée de ce que c'est, répondit Lexington. Mais je serais bien content de l'apprendre. Voyez-vous, je suis en train d'écrire un livre de cuisine et...

— Un porc aux choux ! » cria le garçon et, tout au fond, dans le noir, une voix lui répondit.

Le garçon disparut. Lexington sortit de son havre-sac son couvert personnel, un cadeau de tante Glosspan. Elle le lui avait offert pour ses six ans et il était en argent massif. Lexington n'avait jamais utilisé autre chose pour manger. En attendant d'être servi, il essuya amoureusement le couteau et la fourchette avec un doux chiffon de mousseline.

Puis le garçon arriva avec un plat où gisait une tranche épaisse et chaude, d'un mystérieux blanc grisâtre. Lexington avança la tête pour humer anxieusement la chose, les narines dilatées.

« Mais c'est magnifique ! s'exclama-t-il. Quel arôme ! »

Le garçon recula d'un pas, sans cesser de surveiller son client du coin de l'œil.

« Jamais de ma vie je n'ai senti une odeur aussi riche, aussi merveilleuse ! s'extasia notre héros en saisissant son couteau et sa fourchette. De quoi est-ce donc fait ? »

L'homme au chapeau marron leva des yeux étonnés, puis se remit à manger. Le garçon regagna la cuisine à reculons.

Lexington coupa un petit morceau de viande, le piqua sur sa fourchette et le porta à son nez. Puis il se le fourra dans la bouche et se mit à mastiquer lentement, les yeux mi-clos.

« C'est fantastique ! cria-t-il. Quelle étrange saveur ! Oh, Glosspan, ma tante chérie, si seulement vous pouviez être là pour savourer ce plat remarquable ! Garçon ! Venez vite ! J'ai à vous parler ! »

Le garçon qui l'épiait, l'air étonné, de l'autre bout de la salle, semblait hésiter.

« Si vous voulez bien venir me parler, je vous fais un cadeau », dit Lexington en brandissant un billet de cent dollars.

« Venez, s'il vous plaît. »

D'un pas hésitant, le garçon se dirigea vers Lexington, lui arracha le billet et l'approcha de ses yeux pour l'examiner sous tous les angles. Puis il le glissa rapidement dans sa poche.

« Que puis-je faire pour vous, mon ami ? demanda-t-il.

— Voilà, dit Lexington. Si vous voulez bien me dire de quoi est faite cette chose délicieuse et comment elle a été préparée, je vous donne encore cent dollars.

— Je vous l'ai déjà dit, fit le garçon. C'est du porc.

— Et qu'est-ce que c'est exactement, du porc ?

— Vous n'avez jamais mangé un rôti de porc ? demanda le garçon, l'air incrédule.

— Pour l'amour du ciel, ne me laissez pas en suspens, dites-moi ce que c'est !

— C'est du cochon, dit le garçon. On le met au four et c'est tout.

— Du cochon !

— Le porc, c'est toujours du cochon. Vous ne le saviez pas ?

— Vous voulez dire que c'est de la viande de cochon ?

— Je vous le garantis.

— Mais... mais... c'est impossible, balbutia l'adolescent. Ma tante Glosspan qui en savait long sur tout ce qui est nourriture, ma tante Glosspan m'avait dit que c'était dégoûtant, révoltant, épouvantable, pourri, nauséabond et bestial. Et voici ce morceau dans mon assiette et qui est sans aucun doute la chose la plus délicieuse que j'aie jamais mangée. Comment expliquez-vous cela ? Ma tante Glosspan ne m'aurait certainement pas dit que c'était révoltant si ce ne l'était pas.

— Votre tante ne savait peut-être pas le préparer.

— Est-ce possible ?

— Et comment. Le porc, vous savez, il doit être très bien cuit pour être mangeable.

— Eurêka, s'écria Lexington. Je suis sûr que vous avez raison. Elle ne savait pas le préparer ! » Il tendit au garçon un autre billet de cent dollars. « Conduisez-moi à la cuisine, dit-il. Présentez-moi à la personne géniale qui a préparé cette viande. »

Lexington fut aussitôt introduit dans la cuisine où il devait rencontrer le cuisinier, un homme d'âge mûr qui avait de l'eczéma au cou.

« Ça va vous coûter un autre billet de cent dollars », dit le garçon.

Lexington n'était que trop content de l'obliger, mais cette fois, il donna l'argent au cuisinier. « Écoutez-moi, dit-il, je suis plutôt confus, je l'admets, après ce que je viens d'apprendre. Êtes-vous absolument certain que cette chose délectable que je viens de manger était de la chair de cochon ? »

Le cuisinier leva la main droite pour gratter son eczéma.

« Eh bien, dit-il, tout en faisant un petit signe au garçon, tout ce que je peux vous dire, c'est que je PENSE que c'est de la viande de cochon.

— Vous voulez dire que vous n'en êtes pas sûr ?

— On ne peut jamais être sûr de rien.

— Alors, que d'autre avez-vous pu me donner ?

— Eh bien, dit le cuisinier avec lenteur, sans cesser de regarder le garçon. Si des fois ça a été de la chair humaine. On ne sait jamais.

— Vous voulez dire la chair d'un homme ?

— Oui.

— Ciel !

— Ou d'une femme. L'un ou l'autre. Ça a le même goût.

— Eh bien, là, vous m'étonnez vraiment !

— On ne cesse jamais d'apprendre.

— C'est vrai.

— En effet, l'autre jour, le boucher nous en a envoyé une quantité, en la faisant passer pour du porc.

— Vraiment ?

— L'ennui, c'est qu'il est à peu près impossible de distinguer l'une de l'autre. Les deux sont excellentes.

— Le morceau que je viens de manger a été superbe.

— Vous m'en voyez heureux, dit le cuisinier. Mais pour être tout à fait sincère, je pense que c'était tout de même du cochon. J'en suis presque sûr.

— Vous en êtes presque sûr ?

— Oui.

— Dans ce cas, il faut croire que vous avez raison, dit Lexington.

« Donc, pouvez-vous me dire — et voici un autre billet de cent dollars — pouvez-vous me dire, s'il vous plaît, comment vous l'avez préparé ? »

Après avoir empoché l'argent, le cuisinier se lança dans une description haute en couleur de la prépara-

tion du rôti de porc tandis que l'adolescent, pour ne
pas perdre un seul mot, s'était assis à la table de la
cuisine pour tout noter minutieusement sur son
carnet.

« Est-ce tout ? demanda-t-il quand le cuisinier eut
fini.

— C'est tout.

— En êtes-vous bien sûr ?

— Pour commencer, il faut que la viande soit
belle, dit le cuisinier. Alors, c'est à moitié gagné. Il
faut qu'elle soit belle et bien découpée, sans cela,
c'est fichu, vous pouvez la préparer comme vous
voudrez, ça ne donnera rien.

— Faites voir, dit Lexington. Faites voir comment
vous découpez le cochon pour que j'apprenne.

— Nous ne découpons pas les cochons à la cuisine,
dit le cuisinier. La viande que vous venez de manger
vient de l'échaudoir de Bronx.

— Alors, donnez-moi l'adresse ! » Le cuisinier lui
donna l'adresse et notre héros, après les avoir
remerciés plusieurs fois de leur gentillesse, se précipita dans la rue et prit un taxi pour Bronx.

VIII

Le taxi le déposa devant une grande bâtisse en
brique de quatre étages. Tout autour, l'air sentait
lourdement le musc. A l'entrée, une grande pancarte
disait que les visiteurs étaient les bienvenus à toute
heure. Encouragé par cette invitation, Lexington

franchit la grille, puis la petite cour pavée en
cailloutis qui entourait le bâtiment. Il passa ensuite
devant toutes sortes de postes (visiteurs, suivez la
flèche !) pour arriver enfin devant une baraque en
tôle ondulée, à distance du bâtiment principal.
C'était la salle d'attente des visiteurs. Après avoir
frappé poliment à la porte, il entra.

Six autres personnes y étaient déjà. Une grosse
bonne femme avec ses deux petits garçons qui
pouvaient avoir neuf et onze ans. Un couple de
jeunes mariés aux yeux brillants. Une femme au
visage blafard qui portait de longs gants blancs et qui
regardait droit devant elle, les mains croisées sur les
genoux. Personne ne parlait. Lexington se demandait
s'ils étaient tous en train d'écrire des livres de cuisine
comme lui-même, mais lorsqu'il posa la question à
haute voix, il n'y eut pas de réponse. Les adultes se
contentèrent de sourire mystérieusement en secouant
la tête et les deux enfants ouvrirent sur lui des yeux
tout ronds comme s'ils voyaient un fantôme.

Bientôt la porte s'ouvrit et un homme avec une
bonne figure rose passa la tête par l'entrebâillement
pour dire : « Au suivant, s'il vous plaît. » La mère et
les deux enfants se levèrent et sortirent.

Au bout de dix minutes environ, le même homme
revint. « Au suivant », dit-il encore, et les jeunes
mariés se levèrent et le suivirent.

Deux nouveaux visiteurs firent leur entrée et
s'assirent. Un monsieur et une dame, entre deux
âges. La femme portait un panier à provisions
contenant quelques petits paquets.

« Au suivant, s'il vous plaît », dit le guide. Et la
femme aux longs gants blancs se leva et sortit.

Plusieurs personnes entrèrent et prirent place sur les chaises de bois blanc.

Puis le guide revint pour la quatrième fois et ce fut le tour de Lexington de sortir.

« Suivez-moi, s'il vous plaît, dit le guide en le précédant dans la cour.

— Comme c'est passionnant ! s'écria Lexington, tout agité. Si seulement ma pauvre tante Glosspan était là pour voir tout cela !

— Je ne fais que les préparatifs, dit le guide. Puis je vous passe à quelqu'un d'autre.

— Ce sera comme vous voudrez », s'écria l'adolescent, toujours enthousiaste.

Ils visitèrent d'abord un vaste sous-sol, au fond du bâtiment où se pressaient plusieurs centaines de cochons. « C'est d'ici qu'ils partent, dit le guide. Ils sortent par l'autre côté.

— Où ça ?

— Là ! » Le guide montra du doigt une longue baraque de bois adossée au mur du bâtiment principal. « Nous appelons cela le Lieu d'Isolation. Par ici, s'il vous plaît. »

Trois hommes chaussés de bottes de caoutchouc conduisaient une douzaine de cochons vers la baraque au moment même où Lexington s'y rendait en compagnie du guide. Ils y allèrent donc tous ensemble.

« Maintenant, dit le guide, vous allez voir comment on les entrave. »

A l'intérieur, ce n'était qu'un baraquement de bois sans plafond, mais un câble d'acier muni de crochets glissait lentement le long d'une paroi, parallèle au sol, à une hauteur de trois pieds. Parvenu au bout de la baraque, le câble changeait soudain de direction pour monter verticalement par le toit absent vers l'étage supérieur du bâtiment principal.

Les douze cochons étaient serrés les uns contre les autres dans un coin de la baraque, en silence, mais l'air effrayé. L'un des hommes aux bottes de caoutchouc décrocha du mur une chaîne de métal et aborda la première bête, de dos. Puis il se pencha pour attacher rapidement un bout de la chaîne à l'une des pattes de derrière de l'animal, après quoi il accrocha l'autre bout à un crochet du câble mouvant qui passait. Le câble continuait à glisser et la chaîne se raidit. Tiré par la chaîne, le cochon était emporté à reculons vers le fond. Mais il ne tomba pas. C'était un cochon plutôt agile, capable de se maintenir en équilibre sur ses trois pattes, en sautillant et en luttant contre la traction de la chaîne, mais, forcée de reculer jusqu'à l'endroit où le câble changeait de direction pour monter à la verticale, la bête fut brusquement soulevée et emportée. Des protestations stridentes remplirent l'atmosphère.

« C'est vraiment fascinant, dit Lexington. Mais quel était ce craquement que j'ai entendu au moment où il est monté ?

— La patte, probablement, répondit le guide. Ou peut-être le bassin.

— Mais... est-ce que cela ne fait pas mal ?

— Pourquoi ? demanda le guide. Vous ne mangez pas les os ! »

Les hommes aux bottes de caoutchouc étaient toujours occupés à enchaîner le reste des cochons. Un à un, ils se laissèrent accrocher au câble mouvant et emporter à la verticale par le toit ouvert en protestant bruyamment.

« C'est bien plus compliqué que de cueillir des herbes, dit Lexington. Tante Glosspan n'aurait jamais fait cela. »

Au moment même où Lexington regardait monter au ciel le dernier cochon, un homme botté de caoutchouc l'aborda tranquillement par-derrière et lui attacha un bout de chaîne à la cheville gauche, puis accrocha l'autre au câble mouvant. Un instant plus tard, avant même d'avoir eu le temps de réaliser ce qui lui arrivait, notre héros fut entraîné à reculons le long du sol cimenté de la baraque.

« Au secours ! cria-t-il alors. Arrêtez ! J'ai la jambe prise ! »

Mais personne ne semblait l'entendre et, au bout de cinq secondes, le malheureux jeune homme se trouva projeté en l'air et soulevé verticalement pour passer par le toit ouvert, suspendu par la cheville et frétillant comme un poisson.

« Au secours ! hurla-t-il. Au secours ! C'est une affreuse erreur ! Arrêtez vos machines ! Laissez-moi descendre ! »

Le guide retira son cigare et contempla avec sérénité la rapide ascension du jeune homme, mais il ne dit rien. Les hommes aux bottes de caoutchouc étaient déjà partis pour chercher la prochaine fournée de cochons.

« Sauvez-moi ! cria notre héros. Faites-moi descendre ! S'il vous plaît, aidez-moi ! » Mais déjà, il était proche de l'étage supérieur du bâtiment où le câble mouvant s'entortilla comme un serpent pour s'engouffrer dans un large trou du mur, une espèce

de porte sans battants. Et là, sur le seuil, vêtu d'un
tablier de caoutchouc jaune taché de sombre, tel
saint Pierre aux portes du ciel, l'attendait le tueur.

Lexington ne le vit que la tête en bas, en passant,
mais il put voir son expression paisible et bienveil-
lante, son clin d'œil amical, son petit sourire qui
demandait pardon, et les fossettes de ses joues. Tout
cela lui parut rassurant.

« Hé, fit le tueur en souriant.

— Vite ! Sauvez-moi ! cria notre héros.

— Avec plaisir », dit le tueur, puis, en attrapant
Lexington doucement par l'oreille, de la main gauche, il leva la main droite et lui trancha habilement la
veine jugulaire avec son couteau.

Le câble se remit en marche en emportant Lexington. Tout était toujours sens dessus dessous, le sang
ruisselait de sa gorge et lui inonda les yeux, mais cela
ne l'empêcha pas de voir, comme dans un brouillard,
la longue salle et, à l'autre bout de cette salle, un
grand chaudron fumant. Autour du chaudron dansaient des silhouettes noires qui brandissaient de
longues perches. Le convoi semblait se diriger tout
droit au-dessus du chaudron et les cochons avaient
l'air de tomber, un à un, dans l'eau bouillante. Un
des cochons semblait porter de longs gants blancs.

Soudain, notre héros se mit à avoir terriblement
sommeil, peut-être parce que son jeune cœur vigoureux avait épuisé sa dernière goutte de sang et c'est
ainsi qu'il dut quitter le meilleur des mondes pour un
autre.

Le champion du monde

Nous avions passé toute la journée à préparer le raisin sec, au bureau de la station-service, entre deux clients. Les fruits étaient lourds et gonflés pour avoir trempé longuement dans l'eau, et quand on y pratiquait des entailles avec une lame de rasoir, la gelée se mettait à gicler par la fente.

Mais nous en avions cent quatre-vingt-seize à préparer et, en fin d'après-midi, nous n'avions toujours pas fini.

« Ne sont-ils pas superbes ! s'écria Claude en se frottant les mains. Quelle heure est-il, Gordon ?

— Un peu plus de cinq heures. »

Par la fenêtre nous vîmes s'arrêter une fourgonnette devant nos pompes. Une femme tenait le volant. A l'arrière, il y avait huit gosses en train de manger des glaces.

« Faudrait nous remuer un peu, dit Claude. Si nous n'y sommes pas avant le coucher du soleil, tout est fichu, tu comprends ? » Et il prit son petit air inquiet, ce visage rouge aux yeux saillants, qu'il avait toujours avant une course de lévriers ou quand il avait rendez-vous avec Clarice.

Nous sortîmes tous les deux et Claude servit la femme. Puis elle partit et il demeura debout au milieu de la route pour scruter anxieusement le soleil qui, à présent, ne se trouvait qu'à une largeur de main au-dessus des arbres qui couronnaient la colline, à l'autre bout de la vallée.

« Ça y est, dis-je. On boucle. » Et il alla rapidement d'une pompe à l'autre pour cadenasser les tuyaux.

Puis il me dit : « Tu ferais mieux d'ôter ce pull-over jaune.

— Pourquoi ?

— Il est trop voyant. Sous la lune, ça va être comme un phare.

— Ça ira très bien comme ça.

— Non, dit-il. Enlève-le, Gordon, sois gentil. Nous nous retrouvons dans trois minutes. » Il disparut dans sa roulotte, derrière la station-service, et je rentrai à mon tour pour changer mon pull-over jaune contre un bleu.

Quand nous nous retrouvâmes dehors, Claude avait revêtu un pantalon noir et un chandail vert sombre à col roulé. Il était coiffé d'une casquette marron dont la visière lui cachait les yeux. Il ressemblait à un apache de cabaret.

« Qu'est-ce que c'est que ça ? » lui demandai-je en désignant une bosse à la hauteur de sa ceinture.

Il souleva son chandail et me montra deux grands sacs en coton blanc qu'il portait pliés et enroulés autour du ventre. « Pour ramener le butin, dit-il d'un air sombre.

— Je vois.

— Allons-y, dit-il.

« — Ne vaudrait-il vraiment pas mieux prendre la voiture ?

— C'est trop risqué. Ils pourraient la voir stationner par là.

— Mais c'est à plus de trois milles.

— Oui, dit-il. Et nous pouvons attraper six mois de taule si on nous pince.

— Tu ne m'as jamais dit cela !

— Vraiment ?

— Je ne marche pas. Ça ne vaut pas le coup.

— La promenade te fera du bien, Gordon. Viens. »

C'était une fin de journée douce et ensoleillée. Quelques touffes de petits nuages blancs éclataient dans le ciel. La vallée était calme et fraîche, tout le long de la prairie qui précédait les collines d'Oxford.

« Tu as le raisin ? demanda Claude.

— Il est dans ma poche.

— C'est parfait. »

Au bout de dix minutes, nous quittâmes la route principale pour prendre, à notre gauche, un petit chemin sinueux bordé de grandes haies de chaque côté.

« Combien y a-t-il de gardiens ? demandai-je.

— Trois. »

Claude jeta la moitié de sa cigarette. Mais au bout de quelques secondes, il en alluma une autre.

« En principe, je suis plutôt contre les innovations, dit-il. Elles ne sont pas favorables à cette sorte de travail.

— Bien sûr.

— Mais, cette fois-ci, Gordon, eh bien, je crois que ça marchera.

— Tu crois ?

— Il n'y a aucun doute.

— J'espère que tu ne te trompes pas.

— Ça va être une pierre blanche dans l'histoire du braconnage, dit-il. Mais surtout, n'en dis rien à personne, compris ? Parce que, si un jour cela se sait, tout le patelin va faire la même chose et il n'y aura plus de faisans.

— Je sais la fermer.

— Tu devrais être fier de toi, reprit-il. Y a des fortiches qui ont étudié la question pendant des siècles et ils n'ont jamais rien trouvé d'aussi épatant. Pourquoi ne m'en as-tu pas parlé avant ?

— Tu ne m'avais jamais demandé mon avis », dis-je.

Et c'était vrai. En effet, jusqu'à la veille de ce jour, Claude ne m'avait fait de confidences au sujet de cette chose sacrée qu'était le braconnage. Souvent, les soirs d'été, après le travail, je l'avais vu se glisser hors de sa roulotte, la casquette sur la tête, pour disparaître au bout de la route, en direction de la forêt. Et quelquefois, en le guettant par la fenêtre de la station-service, je me surprenais en train de me demander ce qu'il allait faire au juste, et à quelles ruses il avait recours, là-bas, sous les arbres, en pleine nuit. Il rentrait presque toujours très tard, et jamais, au grand jamais, il ne ramenait lui-même son butin. Mais l'après-midi suivant, par on ne sait quel miracle, il y avait toujours un faisan, un lièvre ou une couple de perdrix accroché au mur du hangar, derrière la station-service.

Cet été, il avait été tout particulièrement actif. Il lui était arrivé, ces derniers mois, de sortir le soir

quatre, voire cinq fois par semaine. Mais ce n'était
pas tout. Car récemment, je crus m'apercevoir que
toute son attitude devant le braconnage avait subi un
mystérieux changement. Il paraissait plus circonspect
à présent, plus tendu et plus taciturne. J'avais
l'impression que tout cela n'était plus un jeu pour lui,
mais une croisade, une sorte de guerre individuelle
qu'il avait déclarée à un ennemi invisible et haï.

Mais qui était cet ennemi ?

Sans en être certain, je soupçonnais qu'il ne
pouvait s'agir que de M. Victor Hazel en personne, le
propriétaire de la chasse gardée et des faisans.
M. Hazel, fabricant de pâtés et de saucisses, était un
homme aux manières incroyablement arrogantes. Il
était fabuleusement riche et sa propriété s'étendait
sur plusieurs milles, des deux côtés de la vallée.
C'était un parvenu, antipathique et dépourvu de
charme. Il exécrait les personnes de condition
modeste qui lui rappelaient son passé et il faisait des
efforts surhumains pour se mêler à des gens qu'il
croyait dignes de son estime. Il possédait de nombreux chiens, il donnait des parties de chasse, il
portait des costumes d'une coupe fantasque et tous
les jours de la semaine il passait devant notre station-
service au volant d'une énorme Rolls-Royce noire
pour se rendre à son usine. Son passage nous donnait
quelquefois une vision fugitive de sa grosse figure
luisante de boucher, rose comme un jambon, conges-
tionnée par l'excès de charcuterie.

Et pourtant, hier, dans l'après-midi, Claude me dit
à brûle-pourpoint : « Je vais ce soir dans la forêt de
Hazel. Je ne vois pas pourquoi tu ne viendrais pas
avec moi.

— Comment ?

— C'est ma dernière chance cette année, pour les faisans, dit-il. Samedi prochain, c'est l'ouverture de la chasse, et il ne restera plus que très peu d'oiseaux, par là. Peut-être plus du tout.

— Pourquoi cette invitation, tout à coup ? demandai-je plutôt soupçonneux.

— Pour rien, Gordon. Pas de raison spéciale.

— Y a-t-il du risque ? »

Il ne répondit pas.

« Je suppose que tu as caché là-bas un fusil ou quelque chose de ce genre ?

— Un fusil ! s'écria-t-il avec dégoût. On ne tire pas sur les faisans, ne le savais-tu pas ? Au moindre petit coup de pistolet-joujou, les gardiens accourent.

— Alors, comment fais-tu ?

— Ah ! » fit-il en baissant mystérieusement les paupières.

Il y eut un long silence. Puis il dit : « Penses-tu pouvoir la fermer si je te dis quelque chose ?

— Certainement.

— Je n'ai jamais dit ça à personne, Gordon.

— Je suis très honoré, dis-je. Tu peux me faire confiance. »

Il tourna la tête pour me fixer de ses yeux pâles. Ils étaient gros, mouillés et bovins, si près de moi que j'y pus voir le reflet de mon propre visage.

« Je vais te dire les trois meilleures manières de braconner le faisan, dit-il. Et comme tu vas être mon invité, c'est à toi de choisir entre les trois. Qu'en penses-tu ?

— C'est une attrape ?

— Ce n'est pas une attrape, Gordon. Je te le jure.

— Bien, vas-y.

— Eh bien, voilà, dit-il. Voici le premier secret. »
Il se tut pour tirer longuement sur sa cigarette. « Les
faisans, fit-il à mi-voix, les faisans ADORENT le raisin
sec.

— Le raisin sec ?

— Oui, le raisin sec ordinaire. C'est une sorte de
manie. Mon père a découvert la chose voilà plus de
quarante ans, comme il a découvert les trois métho-
des dont je vais te parler.

— Tu m'avais dit que ton père avait été un
ivrogne.

— Peut-être bien. Mais il était aussi un grand
braconnier, Gordon. Peut-être le plus grand braconnier anglais de tous les temps. Mon père a étudié le
braconnage en véritable savant.

— Vraiment ?

— Je pense bien. Tu ne me crois pas ?

— Je te crois.

— Tu sais, mon père avait toujours des tas de
jeunes coqs dans sa cour, derrière la maison, rien que
pour ses recherches scientifiques.

— Des coqs ?

— Exactement. Et chaque fois qu'il avait une
nouvelle idée sur la chasse au faisan, il l'expérimen-
tait d'abord sur un coq, pour voir sa réaction. C'est
comme ça qu'il a découvert l'histoire du raisin. Et
c'est comme ça qu'il a inventé la méthode du crin. »

Claude se tut et jeta un coup d'œil par-dessus son
épaule pour s'assurer que personne ne nous écoutait.
« Je vais t'expliquer, dit-il. Tu prends quelques
raisins et tu les fais tremper dans de l'eau toute la nuit
pour les rendre gros et juteux. Puis tu prends un beau

crin bien dur et tu le coupes en petits bouts d'un demi-pouce. Puis tu introduis un bout de crin dans chaque raisin, de sorte qu'il dépasse un peu des deux côtés. Tu me suis ?

— Oui.

— Voyons. Le faisan arrive et mange un raisin. Tu comprends ? Et tu le surveilles, caché derrière un arbre. Alors, que se passe-t-il ?

— J'imagine que ça l'étouffe.

— C'est évident, Gordon. Mais voici une chose stupéfiante. Et c'est ça, la découverte du paternel. Au moment où la chose arrive, l'oiseau est incapable de remuer les pattes. Il demeure cloué là où il est, agite son cou insensé comme un piston, et alors, tout ce qui te reste à faire, c'est sortir tranquillement de ta cachette et l'attraper avec les mains.

— C'est incroyable.

— Je te le jure, dit-il. Après le coup du crin, tu peux tirer sur un faisan à bout portant et il ne bougera même pas. C'est une de ces petites choses inexplicables. Mais il faut avoir du génie pour les découvrir. »

Il se tut, le regard plein de fierté, en se souvenant pendant quelques instants de son père, l'incomparable inventeur.

« C'était la méthode numéro un, dit-il. La méthode numéro deux est encore plus simple. Tout ce qu'il te faut est une canne à pêche. Tu garnis l'hameçon d'un raisin et tu pêches le faisan comme un poisson. Tu jettes ta ligne à cinquante mètres environ et tu restes couché à plat ventre dans les buissons en attendant que ça morde. Puis tu le ramènes.

— Je ne crois pas que ce soit l'invention de ton père.

— Les pêcheurs font cela souvent, dit-il, feignant de ne m'avoir pas entendu. Les pêcheurs chevronnés qui n'ont plus le moyen d'aller au bord de la mer aussi souvent qu'ils le voudraient. Ça leur donne l'impression d'y être. L'ennui c'est que c'est un peu bruyant. Il crie comme le diable, le faisan, quand on le ramène, et alors, les gardiens accourent.

— Quelle est la troisième méthode ? demandai-je.

— Ah, fit-il. Le numéro trois, c'est une vraie beauté. C'était la dernière découverte du paternel, avant sa fin.

— Son chef-d'œuvre final ?

— Exactement, Gordon. Et je me souviens même du jour, c'était un dimanche matin. Le paternel entre tout à coup dans la cuisine, il tient un grand coq blanc dans les mains et il dit : « Je crois que ça y est. » Il a le sourire, l'œil glorieux, il pose le coq sur la table de la cuisine, puis il dit : « Eh bien, cette fois-ci, elle est au poil. » « Quoi donc », dit maman, devant son évier, puis : « Horace, enlève ce sale oiseau de ma table ! » Quant au coq, il a un drôle de petit chapeau de papier sur la tête, comme un cornet à glace renversé, et mon père le montre fièrement du doigt. « Caresse-le, dit-il. Il ne bougera pas. » Le coq se met à taquiner le chapeau du bout de sa patte, mais le chapeau a l'air d'être collé à sa tête, il ne s'en va pas. « Un oiseau, ça ne se sauve plus, une fois les yeux bandés », dit le paternel, et il se met à pousser le coq avec ses doigts, histoire de lui faire faire le tour de la table, mais il n'y fait pas attention, le coq. « Il est à toi, dit-il en parlant à maman. Tu peux le tuer et nous le préparer pour dîner, nous allons fêter ma dernière invention. » Puis il m'a pris par le bras et m'a emmené faire un tour dans la grande forêt, à l'autre bout de Haddenham qui appartenait au duc de Buckingham, et en moins de deux heures, nous avons pris cinq faisans plus gras les uns que les autres et ça n'a pas été plus dur que de sortir pour les acheter chez un marchand. »

Claude se tut pour souffler un peu, les yeux dilatés, humides et rêveurs en évoquant ce merveilleux souvenir de son enfance.

« Je ne comprends pas tout à fait bien, dis-je. Comment a-t-il mis ces chapeaux de papier sur la tête des faisans ?

— Tu ne devineras jamais.

— Sûrement pas.

— Voilà. Pour commencer, tu creuses un petit trou par terre. Puis tu transformes un morceau de papier en cornet et tu l'enfonces dans le trou, pointe en bas, comme une coupe. Puis tu passes tout l'intérieur de la coupe à la glu et tu y laisses tomber quelques raisins secs. En même temps, tu poses du raisin un peu partout sur le sol pour que le faisan trouve son chemin. Maintenant, l'oiseau remonte la piste en picorant, et quand il arrive au trou, il y plonge la tête pour gober le raisin et le voilà coiffé, il a les yeux sous le chapeau et il n'y voit plus. N'est-ce pas merveilleux comme idée, Gordon ? Qu'en penses-tu ?

— Ton paternel était un génie, dis-je.

— Alors, vas-y. Choisis une méthode pour ce soir.

— Ne penses-tu pas qu'elles sont toutes un peu cruelles ?

« — Cruelles ? fit-il, consterné. Oh, mon Dieu ! Et qui a mangé du faisan rôti à l'œil, presque tous les jours, ces derniers six mois ? »

Il me tourna le dos et s'éloigna vers la porte de l'atelier. Ma réflexion l'avait visiblement peiné.

« Attends une seconde, dis-je. Ne t'en va pas.

— Veux-tu venir ce soir, oui ou non ?

— Oui, mais il faut d'abord que je te pose une question. Je viens d'avoir une de ces idées...

— Garde-la pour toi, dit-il. Tu n'y connais rien.

— Te souviens-tu de ce flacon de pilules pour dormir que le toubib m'a donné il y a un mois, quand j'avais mon lumbago ?

— Pourquoi ?

— Y a-t-il une raison pour qu'elles n'endorment pas un faisan ? »

Claude ferma les yeux et secoua la tête de façon compatissante.

« Attends, lui dis-je.

— Pas la peine de discuter, dit-il. Un faisan n'avalera jamais tes sales capsules rouges. Tu ne pouvais pas trouver mieux ?

— Tu oublies le raisin, dis-je. Écoute-moi. Nous prenons le raisin. Nous le faisons tremper jusqu'à ce qu'il gonfle. Puis nous y pratiquons une toute petite fente avec une lame de rasoir. Nous l'élargissons un peu et puis nous ouvrons une capsule rouge et nous versons la poudre dans le raisin. Ensuite nous prenons du fil et une aiguille pour recoudre soigneusement la fente. Maintenant... »

Du coin de l'œil, je voyais la bouche de Claude qui s'ouvrait lentement, de plus en plus grande.

« Voilà, dis-je. Nous avons du beau raisin bien

net, farci de deux grains et demi de séconal et maintenant, c'est moi qui vais te dire quelque chose. Cette dose est suffisante pour abrutir un homme ordinaire, alors, pourquoi pas un oiseau ? »

Je me tus quelques secondes pour donner plus de poids à mes paroles.

« En plus, si nous procédons de la sorte, nous pouvons opérer en gros. Nous pourrions préparer vingt raisins si nous le désirions et nous n'aurions qu'à les éparpiller au sol au moment du coucher du soleil, et puis nous tirer. Au bout d'une demi-heure, nous revenons et les pilules auront commencé à agir, les faisans perchés sur leurs arbres perdront conscience, ils se mettront à tituber, à ne plus pouvoir se tenir en équilibre. Et bientôt, chaque faisan qui n'aura avalé qu'un seul raisin tombera par terre. Ils tomberont de leurs arbres, mon cher, comme des pommes mûres, et nous n'aurons qu'à venir les ramasser. »

Claude me regarda, bouche bée.

« Oh ! Seigneur, fit-il doucement.

— Et nous ne risquons pas de nous faire pincer. Nous n'avons qu'à nous promener au bois et laisser tomber çà et là un peu de raisin. Même en nous surveillant, ils ne remarqueront rien.

— Gordon, dit-il en me posant une main sur le genou. Ses yeux étaient ronds et brillants comme deux étoiles. « Si ça marche, ça va RÉVOLUTIONNER le braconnage.

— Je suis heureux de te l'entendre dire.

— Combien de pilules te reste-t-il ?

— Quarante-neuf. Il y en avait cinquante dans le flacon et je n'en ai pris qu'une.

— Quarante-neuf, c'est insuffisant. Il nous en faudra deux cents au moins.

— Tu es fou ! » m'écriai-je.

Il alla vers la porte à pas lents pour s'arrêter en me tournant le dos, les yeux levés au ciel.

« Deux cents, c'est le strict minimum, dit-il calmement. Il n'y a vraiment pas grand-chose à faire si nous n'arrivons pas à les avoir. »

Que diable avait-il l'intention de faire ?

« C'est notre dernière chance avant l'ouverture de la chasse, dit-il.

— Impossible d'en trouver davantage.

— Tu ne veux tout de même pas que nous rentrions les mains vides ?

— Mais pourquoi tant que ça ? »

Claude tourna la tête et me regarda de ses gros yeux innocents. « Pourquoi pas ? dit-il doucement. As-tu une objection à faire ? »

Mon Dieu, me dis-je soudain. Ce cinglé veut faire échouer l'ouverture de la chasse de M. Victor Hazel.

« Tu vas nous trouver deux cents pilules, dit-il, et puis ça vaudra la peine d'en parler.

— Impossible.

— Tu peux toujours essayer. »

Chaque année, la fête de M. Hazel avait lieu le 1er octobre. C'était le grand événement de la saison. De riches messieurs en costume de tweed, dont quelques nobles, arrivaient de loin dans leurs belles voitures avec leur porte-fusil, leurs chiens et leur épouse et, toute la journée, le bruit de leurs coups de fusil remplissait la vallée. Les faisans ne manquaient jamais car les forêts étaient systématiquement approvisionnées en jeunes oiseaux, à des prix vertigineux.

J'avais entendu dire que l'élevage et l'entretien d'un seul faisan, jusqu'au jour où il se trouve en état d'être tué, coûtait bien plus de cinq livres (prix approximatif de deux cents miches de pain). Mais pour M. Hazel, cela valait bien son prix. Il devenait, bien que pour quelques heures seulement, un personnage de première importance dans ce petit monde, et même le lord lieutenant lui donnait une tape sur l'épaule en essayant de se rappeler son petit nom, en prenant congé.

« Qu'est-ce que ça donnerait si nous réduisions un peu la dose ? demanda Claude. Ne pourrions-nous pas partager le contenu d'une capsule entre quatre raisins ?

— Je crois que c'est possible.

— Mais un quart de capsule, est-ce suffisant pour un oiseau ? »

Il avait vraiment du nerf, ce garçon. Il était déjà assez dangereux de braconner un seul faisan dans cette forêt à ce moment de l'année, et le voilà qui n'hésitait pas à envisager de faire table rase.

« Un quart suffira, je crois, dis-je.

— En es-tu sûr ?

— Calcule toi-même. Ça va au poids. Tu leur donnes toujours vingt fois plus qu'il ne faut.

— Alors, nous allons partager la dose », dit-il en se frottant les mains. Il se tut un instant pour calculer. Puis il déclara : « Nous allons avoir cent quatre-vingt-seize raisins !

— As-tu une idée du travail que cela représente ? dis-je. Nous mettrons de longues heures à les préparer.

— Qu'à cela ne tienne ! s'écria-t-il. Nous allons

remettre la chose à demain. Il faudra laisser tremper
le raisin toute la nuit, et puis nous aurons la matinée
et l'après-midi pour faire le travail. »

Et c'est précisément ce que nous fîmes.

A présent, c'est-à-dire vingt-quatre heures plus
tard, nous étions en route. Nous avions marché
ferme pendant quarante minutes environ et nous
approchions de l'endroit où le chemin tournait à
droite pour suivre la crête de la colline, en direction
de la vaste forêt où vivaient les faisans. Il nous restait
encore un mille à parcourir.

« Je suppose que ces gardiens ne sont pas armés ?
demandai-je.

— Tous les gardiens ont des fusils », dit Claude.

J'eus un petit sursaut.

« C'est surtout pour les bêtes puantes.

— Ah !

— Naturellement, il n'y a pas de raison pour qu'ils
ne tirent pas sur un braconnier, de temps en temps.

— Tu plaisantes ?

— Pas du tout. Mais ils ne tirent que dans le dos.
Et seulement au moment où tu te sauves. Ils aiment
bien viser les jambes, à cinquante mètres.

— Ils n'ont pas le droit ! m'écriai-je. C'est un
crime !

— Le braconnage aussi », dit Claude.

Nous marchâmes en silence. La grande haie, à
notre droite, nous cachait le soleil et le chemin était à
l'ombre.

« Tu peux t'estimer heureux que cela ne se passe
pas comme il y a trente ans, poursuivit Claude. Alors
ils tiraient dès qu'ils apercevaient quelqu'un.

— C'est vrai ?

— Je le sais, dit-il. Souvent, la nuit, quand j'étais gosse, j'allais à la cuisine pour voir le paternel, à plat ventre sur la table, puis maman qui était en train de lui sortir la mitraille des fesses, avec un couteau à éplucher les pommes de terre.

— Tais-toi, dis-je. Tu m'énerves.

— Tu ne me crois pas ?

— Si, je te crois.

— Vers la fin, il était tout couvert de petites cicatrices blanches. On aurait dit de la neige.

— Oui, dis-je.

— On appelait ça le « Cul de Braconnier », dit Claude. Et au village, tout le monde l'avait, d'une manière ou d'une autre. Mais mon paternel, lui, c'était le champion.

— Qu'il repose en paix, dis-je.

— Que diable n'est-il pas avec nous maintenant, dit Claude, l'air rêveur. Il aurait donné n'importe quoi pour marcher avec nous ce soir.

— Je lui céderais volontiers ma place », dis-je.

Nous avions atteint le sommet de la colline et la forêt s'étalait devant nous, sombre et épaisse à la lueur dorée du soleil couchant.

« Il vaudra mieux que tu me passes le raisin », dit Claude.

Je lui passai le sac et il le glissa dans la poche de son pantalon.

« Pas un mot pendant que nous sommes à l'intérieur, dit-il. Suis-moi et tâche de ne pas faire craquer les branches. »

Au bout de cinq minutes, nous y étions. Le chemin qui contournait le bois ne s'en trouvait séparé que

par une petite haie. Claude se glissa à travers cette
haie, à quatre pattes, et je suivis son exemple.

Il faisait frais et noir dans la forêt. Le soleil
semblait n'y entrer pas du tout.

« C'est lugubre, dis-je.

— Pssst ! »

Claude paraissait très tendu. Il marchait devant
moi en levant haut les pieds pour les reposer avec
douceur sur le sol humide. Il ne cessait de promener
son regard de gauche à droite, guettant l'ennemi.
J'essayai de l'imiter, mais au bout d'un moment, je
commençai à voir des gardiens un peu partout et j'y
renonçai.

Puis une vaste tache de ciel apparut au-dessus de
nous, en haut de la forêt. Je savais que c'était la
clairière dont Claude m'avait parlé. C'était l'endroit
où l'on introduisait les jeunes oiseaux dans la forêt au
début du mois de juillet. C'est là que les gardiens les
nourrissaient, les soignaient. Beaucoup d'entre eux y
demeuraient jusqu'à l'ouverture de la chasse.

« Il y a toujours plein de faisans dans la clairière,
m'avait dit Claude.

— Et plein de gardiens, je suppose.

— Oui, mais les buissons sont épais, ça arrange les
choses. »

Nous avancions à petits bonds, à quatre pattes,
d'un arbre à l'autre, pour nous arrêter, pour écouter,
pour nous remettre à ramper. Puis nous nous trouvâmes agenouillés devant un aulne touffu, juste en
bordure de la clairière. Claude avait un large sourire.
Il me donna un coup de coude dans les côtes, puis me
montra du doigt les faisans, à travers les branches.

L'endroit était plein à craquer d'oiseaux. Ils

étaient au moins deux cents et ils se pavanaient entre les troncs d'arbres.

« Tu les vois ? » chuchota Claude.

C'était un spectacle étonnant, on eût dit le rêve d'un braconnier devenu réalité. Et si près de nous ! Quelques-uns n'étaient qu'à dix pas de l'endroit où nous nous tenions à genoux. Les faisanes étaient rondes, d'un brun crémeux, si grasses que le plumage de leur poitrine frôlait le sol quand elles se déplaçaient. Mais les faisans mâles étaient sveltes et beaux avec leur longue queue et leurs taches rouges autour des yeux comme des lunettes écarlates. Je regardai Claude. Sa grosse face bovine était comme transfigurée, la bouche entrouverte, les yeux vitreux.

Je crois que tous les braconniers réagissent à peu près de la même façon. Ils sont comme des femmes devant une vitrine de joaillier pleine d'énormes émeraudes. La seule différence, c'est que les femmes ont beaucoup moins de dignité dans les procédés auxquels elles ont recours pour s'approprier l'objet de leurs rêves. Le « Cul de Braconnier », cela n'est rien, comparé à ce qu'une femme est prête à endurer.

« Ah, ah ! dit doucement Claude. Tu vois le gardien ?

— Où ?

— De l'autre côté, près du grand arbre. Fais attention.

— Mon Dieu !

— Ça va. Il ne nous voit pas. »

Accroupis au sol, nous ne quittions pas des yeux le petit homme porteur d'une casquette et d'un fusil. Il était immobile comme un mannequin.

« Sauvons-nous », dis-je à voix basse.

Le visage du gardien était à l'ombre de la visière de sa casquette, mais j'avais l'impression qu'il nous regardait.

« Je ne resterai pas ici, dis-je.

— Silence », répondit Claude.

Lentement, les yeux toujours fixés sur le gardien, il mit une main dans sa poche et en sortit un raisin. Il le mit dans le creux de sa main droite, puis, rapidement, il le lança haut en l'air. Je le suivis des yeux tandis qu'il s'envolait par-dessus les buissons et je le vis atterrir près d'un vieux tronc d'arbre où deux faisanes se tenaient côte à côte. La chute du raisin leur fit tourner brusquement la tête. Puis l'une d'elles fit un bond et l'on aurait dit qu'elle piquait rapidement quelque chose par terre. Ce devait être cela.

Je jetai un coup d'œil en direction du gardien. Il n'avait pas bougé.

Claude jeta alors un second raisin dans la clairière. Puis un troisième, un quatrième et un cinquième.

C'est alors que le gardien nous tourna le dos pour surveiller le côté opposé de la forêt.

Le temps d'un éclair, Claude sortit le sac de papier de sa poche et remplit de raisin le creux de sa main droite.

« Arrête », lui dis-je.

Mais déjà, d'un large mouvement du bras, il lança toute la poignée par-dessus les buissons, en plein milieu de la clairière.

En tombant, le raisin fit un très léger bruit, comme des gouttes de pluie sur des feuilles sèches et tous les faisans devaient l'avoir entendu. Ce fut tout un remue-ménage de battements d'ailes et de coups de bec, à la recherche du trésor.

La tête du gardien pivota comme s'il avait un ressort à l'intérieur du cou. Les oiseaux picoraient le raisin comme des fous. Le gardien fit deux pas en avant et, pendant une seconde, je crus qu'il viendrait vers nous. Mais il s'arrêta aussitôt, leva la tête et ses yeux firent rapidement le tour du périmètre de la clairière.

« Suis-moi, chuchota Claude. Et ne te relève pas. » Il se mit en marche, toujours à quatre pattes, comme une espèce de singe.

Je le suivis. Il avait le nez près du sol tandis que son gros derrière sillonnait l'air. Ce qui me permit de comprendre sans difficulté comment le « Cul de Braconnier » était devenu la maladie professionnelle de cette confrérie.

Nous fîmes ainsi près de cent mètres.

« Maintenant, on court », dit Claude. Nous sautâmes sur nos pieds pour nous mettre à courir, et au bout de quelques minutes, nous retrouvions la belle sécurité du chemin et son ciel bien ouvert.

« Ça a marché à merveille, dit Claude, tout essoufflé. Tu ne trouves pas ? » Sa grosse figure rouge brillait triomphalement.

« C'est fichu, dis-je.

— Quoi ? cria-t-il.

— Naturellement. Impossible de retourner là-bas. Le gardien sait que quelqu'un est passé par là.

— Il ne sait rien, dit Claude. Dans cinq minutes il fera noir comme dans un four et il va mettre les bouts pour aller dîner.

— Je crois que je vais l'imiter.

— Tu es un grand braconnier », dit Claude. Il

s'assit sur un banc moussu, sous la haie, et alluma une cigarette.

Le soleil avait disparu et le ciel était gris fumée et légèrement doré. Derrière nous, la forêt devint gris sombre, puis noire.

« Ça met combien de temps à agir, ton somnifère ? demanda Claude.

— Regarde, dis-je. Il y a quelqu'un. »

L'homme avait surgi en silence à trente mètres de nous, se découpant sur le ciel sombre.

« Encore un de ces maudits gardiens », dit Claude.

Le gardien descendit le chemin pour venir vers nous. Il avait un fusil de chasse sous le bras et il était flanqué d'un grand chien noir. A quelques pas de nous, il s'arrêta et le chien s'arrêta aussi pour rester à l'arrière-plan et pour nous épier à travers l'écart des jambes du gardien.

« Bonsoir », dit Claude d'une voix amicale. Le bonhomme était grand et osseux. La quarantaine, l'œil vif, la mâchoire dure et de grandes mains redoutables.

« Je vous connais, dit-il doucement en approchant. Je vous connais tous les deux. »

Claude ne répondit pas.

« C'est vous les pompistes, pas vrai ? » Ses lèvres minces et sèches étaient couvertes d'une sorte de croûte sombre.

« C'est vous Cubbage et Hawes, les pompistes de la route nationale. Pas vrai ?

— On joue au jeu des vingt questions ? » demanda Claude.

Le gardien émit un gros crachat que je vis atterrir

dans la poussière à six pouces des pieds de Claude. On aurait dit une petite huître.

« Allons, filez, dit l'homme. Et en vitesse ! » Mais Claude resta assis en fumant sa cigarette, les yeux fixés sur le crachat.

« Allons, dit l'homme. Sortez d'ici. »

Quand il parlait, sa lèvre supérieure découvrait la gencive et une rangée de dents ternes dont une toute noire et les autres brunâtres.

« Il se trouve que c'est un chemin public, dit Claude. Ayez la gentillesse de nous laisser en paix. »

Le gardien changea son fusil d'épaule.

« Vous êtes en train de rôder, dit-il. C'est louche, ça. Je pourrais vous emmener si je voulais.

— Non, vous ne pouvez pas », dit Claude.

Tout cela me rendit plutôt nerveux.

« Je vous ai déjà rencontré par ici, vous ! dit le gardien en regardant Claude.

— Il se fait tard, dis-je alors. On s'en va ? »

Claude éteignit sa cigarette et se leva lentement. « Bien, dit-il. Allons-y. »

Nous descendîmes le chemin par où nous étions venus, laissant le gardien derrière nous, dans le noir.

« C'est le gardien-chef, dit Claude. Il s'appelle Rabbetts.

— Que le diable l'emporte, dis-je.

— Viens, entrons ici », dit Claude.

Il y avait une petite porte à notre gauche. Elle donnait sur un champ et nous entrâmes pour nous asseoir derrière la haie.

« M. Rabbetts est pressé de dîner, dit Claude. Ne t'inquiète pas. »

Nous restâmes tranquillement assis derrière la haie

en attendant le passage du gardien. Dans le ciel,
quelques étoiles firent leur apparition et la lune,
blanche et presque pleine, venait de se lever au-
dessus de la crête, à l'est.

« Le voici, chuchota Claude. Ne bouge pas. »

Le gardien monta le chemin à pas lents et le chien
trottait à ses côtés. Nous les regardâmes passer par la
trouée de la haie.

« Il ne reviendra pas ce soir, dit Claude.

— Qu'en sais-tu ?

— Un gardien ne t'attend jamais dans la forêt s'il
connaît ton adresse. Il va devant chez toi pour te voir
rentrer.

— C'est plus grave.

— Non, ça ne fait rien si tu laisses ton butin chez
quelqu'un d'autre, en chemin. Comme ça il ne peut
rien contre toi.

— Et l'autre, celui de la clairière ?

— Il est parti aussi.

— Ce n'est pas sûr.

— J'ai étudié le va-et-vient de ces salauds pendant
de longs mois. Je connais leurs habitudes. Il n'y a
aucun danger. »

C'est à contrecœur que je le suivis dans la forêt. Il
faisait noir comme dans un four. Tout était très calme
et l'écho du bruit que faisaient nos pas semblait nous
revenir de toutes parts, comme si nous nous prome-
nions dans une cathédrale.

« C'est par ici que nous avons semé le raisin », dit
Claude.

Je me mis à scruter les buissons. La clairière
s'étalait devant nous, vague et laiteuse au clair de
lune.

« Es-tu sûr que le gardien est parti ?

— J'en ai la certitude. »

C'est tout juste si j'apercevais le visage de Claude sous la visière de sa casquette. Ses lèvres blanches, ses grosses joues pâles et ses yeux bien ouverts où dansaient des étoiles.

« Sont-ils perchés ?

— Oui.

— Où ça ?

— Un peu partout. Ils ne vont jamais loin.

— Qu'allons-nous faire maintenant ?

— Rester ici et attendre. J'ai apporté de la lumière, ajouta-t-il en me passant une de ces petites lampes de poche en forme de stylo. Tu pourrais en avoir besoin. »

Je commençai à me sentir mieux. « Ne pourrions-nous pas essayer de les voir perchés sur leurs arbres ? dis-je.

— Non.

— J'aimerais bien voir de quoi ils ont l'air quand ils sont perchés.

— Nous ne sommes pas à l'école, dit Claude. Tiens-toi tranquille. »

Et nous restions debout en attendant que quelque chose arrive.

« Il me vient une vilaine idée, dis-je. Si un oiseau peut se tenir en équilibre sur une branche en dormant, je ne vois pas pourquoi les pilules le feraient tomber. »

Claude me jeta un bref regard.

« Après tout, dis-je, il n'est pas mort. Il dort seulement.

— Il est drogué, dit Claude.

— Mais ce n'est qu'un sommeil plus profond. Pourquoi faut-il s'attendre à ce qu'il tombe, simplement parce qu'il dort plus profondément ? »

Il y eut un morne silence.

« On l'a essayé avec des poulets, dit Claude. Mon père y a pensé.

— Ton père était un génie », dis-je.

C'est alors que le bruit d'une chute nous parvint du bois.

« Hé !

— Chut ! »

Nous tendîmes l'oreille.

Boum !

« Voilà un autre ! »

Ce fut un coup sourd comme si un sac de sable venait de tomber d'une hauteur d'épaule d'homme.

Boum !

« Ce sont bien eux ! m'écriai-je.

— Attends !

— J'en suis sûr ! »

Boum ! Boum !

« Tu as raison. »

Nous réintégrâmes le bois en courant.

« Où était-ce ?

— Par ici ! Il y en avait deux !

— J'aurais dit par là plutôt.

— Regarde bien ! fit Claude. Ils ne peuvent pas être loin. »

Nous passâmes une bonne minute à chercher.

« En voilà un ! » fit-il.

Quand je le rejoignis, il tenait entre ses mains un faisan mâle superbe. Nous nous mîmes à l'examiner de près avec nos lampes de poche.

« Il est ivre drogué, dit Claude. Il est vivant, je sens son cœur, mais il est complètement dopé. »

Boum !

« Encore un ! »

Boum ! Boum !

« Encore deux ! »

Boum !

Boum ! Boum ! Boum !

« Seigneur ! »

Boum ! Boum ! Boum ! Boum !

Boum ! Boum !

Autour de nous, les faisans s'étaient mis à pleuvoir des arbres. Fiévreusement, nous fouillâmes le sol avec nos lampes de poche.

Boum ! Boum ! Boum ! Ces derniers, je faillis les recevoir sur la tête. Je me trouvais sous l'arbre lorsqu'ils s'abattirent et je les ramassai aussitôt — deux faisans et une faisane. Ils étaient tout mous et tout chauds et leur plumage était merveilleusement doux au toucher.

« Où faut-il que je les mette ? m'écriai-je en les tenant par les pattes.

« Pose-les là, Gordon ! Là où il y a de la lumière. »

Claude se tenait debout au bord de la clairière, baigné de clair de lune, un gros bouquet de faisans dans chaque main. Son visage était radieux, ses yeux immenses et émerveillés. Il regardait autour de lui comme un enfant qui vient de découvrir que le monde entier est fait de chocolat.

Boum !

Boum ! Boum !

« Ça ne me plaît pas, dis-je. Il y en a trop.

— C'est magnifique », cria Claude. Et il laissa

tomber les oiseaux qu'il tenait dans les mains pour
courir en ramasser d'autres.

Boum ! Boum ! Boum ! Boum !

Boum !

A présent, ils étaient faciles à trouver. Il y en avait
un ou deux sous chaque arbre. J'en réunis six à la
hâte, trois dans chaque main, puis je revins en
courant pour les déposer près des autres. Puis encore
six. Et encore six autres.

Et ils tombaient toujours. Claude était maintenant
comme dans un tourbillon, il se démenait follement
sous les arbres comme un fantôme en extase. Je
voyais le rayon de sa lampe de poche onduler dans le
noir et chaque fois qu'il découvrait un oiseau, il
poussait un petit hurlement de triomphe.

Boum ! Boum ! Boum !

« Si le gros Hazel entendait ça ! s'écria-t-il.

— Ne gueule pas, dis-je. Tu me fais peur.

— Qu'est-ce que tu dis ?

— Ne gueule pas ! Il y a peut-être des gardiens.

— Fiche-moi la paix avec tes gardiens ! Ils sont en
train de manger ! »

Pendant quelques minutes encore, il y eut d'autres
chutes de faisans. Puis soudain, elles cessèrent.

« N'arrête pas de chercher ! hurla Claude. Y en a
encore plein par terre !

— Ne crois-tu pas qu'il vaudrait mieux sortir
d'ici ?

— Non », dit-il.

Nous nous remîmes à chercher sous tous les arbres,
tout autour de la clairière, au nord, au sud, à l'est et à
l'ouest. A la fin, nous en avions rassemblé un tas
impressionnant, grand comme un feu de joie.

« C'est un miracle, répétait Claude. Un sacré miracle. » Il avait l'air d'être en transe.

« Vaudrait mieux qu'on en attrape une douzaine chacun et qu'on se sauve vite, dis-je.

— Je voudrais les compter, Gordon.

— On n'a pas le temps.

— Il faut que je les compte.

— Non, dis-je. Viens.

— Un… deux… trois… quatre… »

Il s'était mis à les compter très consciencieusement en attrapant chaque oiseau pour le déposer de l'autre côté. la lune était maintenant juste au-dessus de nous et toute la clairière baignait dans une lumière éclatante.

« Je n'aime pas traîner ici comme ça », dis-je. Je fis quelques pas en arrière pour m'abriter à l'ombre en attendant qu'il ait fini.

« Cent dix-sept… cent dix-huit… cent dix-neuf… cent vingt ! cria-t-il. Cent vingt oiseaux ! C'est le record de tous les temps ! ».

Je n'en doutais pas une seconde.

« Le paternel n'a jamais pu en avoir plus de quinze en une nuit, c'était le maximum. Et après, il ne dessoûlait pas pendant huit jours !

— C'est toi le champion du monde, dis-je. Es-tu prêt maintenant ?

— Une minute », répondit-il. Puis il souleva son chandail et en sortit les deux grands sacs de coton blanc. « Voici le tien, dit-il, et il m'en tendit un. Remplis-le vite. »

La lune avait tant d'éclat que je pus lire sans peine ce qui était imprimé sur le sac : J. W. CRUMP, KESTON FLOUR MILLS, LONDON S. W. 17.

« Es-tu sûr que le type aux dents noires n'est pas en train de nous épier derrière un arbre ?

— C'est impossible, dit Claude. Il nous attend en bas, à la station-service, comme je te l'ai dit. »

Nous nous dépêchâmes de fourrer les faisans dans les deux sacs. Ils étaient doux sous la main, ils avaient le cou flasque et la peau, sous le plumage, était toujours chaude.

« Il y a un taxi qui nous attend sur le chemin, dit Claude.

— Quoi ?

— Je rentre toujours en taxi, Gordon, ne le savais-tu pas ?

— Non.

— Un taxi, c'est neutre, dit Claude. Personne, à l'exception du chauffeur, ne sait qui se trouve à l'intérieur. C'est le paternel qui m'a appris ça.

— Quel chauffeur ?

— Charlie Kinch. Il n'est que trop content de me rendre service. »

Nous finîmes de remplir nos sacs. Puis nous les prîmes sur nos épaules pour nous frayer un chemin, à travers l'obscurité, vers la sortie du bois.

« Je ne vais pas porter ça jusqu'au village, dis-je. J'ai soixante oiseaux dans mon sac, ça va chercher dans les cent livres.

— Charlie ne m'a jamais posé un lapin », dit Claude.

Nous arrivâmes à l'orée du bois pour scruter le chemin par la haie. Très doucement, Claude dit : « Charlie ! » et alors le vieil homme, au volant de son taxi garé à cinq mètres de là, passa la tête par la fenêtre au clair de lune et nous envoya un sourire édenté. Nous nous glissâmes à travers la haie en traînant nos sacs derrière nous.

« Holà ! dit Charlie. Qu'est-ce que c'est que ça ?

— Des choux, dit Claude. Ouvre ta porte ! »

Deux minutes plus tard, nous étions en sécurité à l'intérieur du taxi qui descendait lentement la colline en direction du village.

C'était fini et c'était le triomphe. Claude éclatait de fierté et d'émotion. Penché en avant, il ne cessait de donner des tapes sur l'épaule de Charlie Kinch en disant : « Qu'en penses-tu, Charlie ? » Et Charlie ne cessait de jeter des coups d'œil en arrière, sur les deux gros sacs tout bombés qui gisaient sur le sol entre nous, en répétant : « Seigneur, comment as-tu fait ce coup ?

— Il y a six couples pour toi, Charlie », dit Claude. Et Charlie répondit : « Je suppose que le faisan va être rare, à la fête de M. Victor Hazel », et Claude dit : « C'est bien ce que je pense, Charlie.

— Que diable vas-tu faire de tes cent vingt faisans ? demandai-je.

— Les mettre au frigo pour l'hiver, répondit Claude. Avec la pâtée des chiens.

— Pas ce soir, j'espère ?

— Non, Gordon, pas ce soir. Ce soir, nous les laisserons chez Bessie.

— Bessie ?

— Bessie Organ.

— Bessie ORGAN ?

— Bessie me donne toujours un coup de main, ne le savais-tu pas ?

— Je ne sais rien de rien », dis-je, complètement

abasourdi. Il s'agissait de la femme du Révérend Jack Organ, le vicaire du village.

« Il faut toujours choisir une femme respectable pour ce genre de choses, déclara Claude. N'est-ce pas, Charlie ?

— Bessie est une chic fille », dit Charlie.

Nous traversions maintenant le village. Les rues étaient éclairées et les gens sortaient des bistrots pour regagner leurs maisons. J'aperçus Will Prattley, le marchand de poissons, qui rentrait tranquillement par la petite porte de sa boutique et je vis en même temps la tête de sa femme qui, sans être vue par lui, l'épiait par la fenêtre.

« Le vicaire a un faible pour le faisan rôti, dit Claude.

— Il le laisse accroché dix-huit jours, dit Charlie. Puis il le secoue très fort et toutes les plumes fichent le camp. »

Le taxi tourna à gauche et entra dans la cour du presbytère. Tout y était noir et nous ne rencontrâmes personne. Nous jetâmes les faisans dans un débarras, au fond de la cour, puis nous prîmes congé de Charlie Kinch pour rentrer chez nous à pied au clair de la lune, les mains vides. Je ne sais pas si M. Rabbetts était au rendez-vous. Nous ne trouvâmes rien de suspect à signaler.

« La voilà qui s'amène, me dit Claude le lendemain matin.

— Qui ?

— Bessie — Bessie Organ. » Il prononça le nom avec orgueil, comme un général qui parle du plus brave de ses officiers.

Il sortit et je le suivis.

« Là », dit-il en montrant du doigt une petite silhouette, très loin sur la route, et qui s'avançait dans notre direction.

« Qu'est-ce qu'elle pousse ? » demandai-je.

Claude me lança un regard malicieux.

« Il n'y a qu'une seule cachette possible, déclarat-il. C'est sous le bébé.

— Oui, murmurai-je, oui, bien sûr.

— Dans cette poussette, il y a le petit Christopher Organ, dix-huit mois. C'est un gosse adorable, Gordon. »

Je ne pus distinguer qu'un petit bout de bébé trônant très haut dans sa poussette dont la capote était baissée.

« Il y a au moins soixante ou soixante-dix faisans sous ce gosse, dit Claude, tout joyeux. Imagine un peu !

— On ne peut pas mettre soixante ou soixante-dix faisans dans une poussette !

— On le peut si la poussette est assez profonde, si on enlève le matelas et si le paquet est bien serré. On met tout juste un drap par-dessus. Tu seras étonné quand tu verras comme ça prend peu de place, un faisan ramolli. »

Debout devant nos pompes, nous attendions l'arrivée de Bessie Organ. C'était un lourd matin de septembre, le ciel était sombre et il y avait de l'orage dans l'air.

« Elle a traversé le patelin sans sourciller, dit Claude. Chère vieille Bessie.

— On dirait qu'elle est plutôt pressée. »

Claude alluma une nouvelle cigarette avec le bout de la précédente. « Bessie n'est jamais pressée, dit-il.

— Ce qui est sûr, c'est qu'elle ne marche pas d'un pas normal, dis-je. Regarde-la. »

Il la lorgna à travers la fumée de sa cigarette. Puis il sortit la cigarette de sa bouche pour regarder encore.

« Eh bien ? dis-je.

— On dirait qu'elle marche un peu vite, fit-il, l'air incertain.

— Elle marche drôlement vite. »

Il y eut un silence. Claude ne quittait plus des yeux la femme sur la route.

« Peut-être a-t-elle peur de la pluie, Gordon. Oui, je suis sûr que c'est ça. Elle pense qu'il va pleuvoir et elle ne veut pas que la pluie mouille le petit.

— Pourquoi ne lève-t-elle pas la capote ? »

Il ne répondit pas.

« Elle court ! m'écriai-je. Regarde ! » Et c'était vrai. Bessie s'était mise à courir comme un zèbre.

Toujours immobile, Claude guettait la femme. Et dans le silence qui suivit, je crus entendre les cris perçants du bébé.

« Qu'est-ce qui se passe ? »

Il ne répondit pas.

« C'est le petit qui a quelque chose, dis-je. Écoute. »

Bessie se trouvait alors à près de deux cents mètres de nous. Elle courait de plus en plus vite.

« Tu l'entends ?

— Oui.

— Il gueule. »

La petite voix stridente grossissait de seconde en seconde, frénétique, obstinée, presque hystérique.

« Il fait une crise, déclara Claude.

— Je le crois.

— C'est pour ça qu'elle court, Gordon. Elle veut arriver le plus vite possible pour le passer à l'eau froide.

— Tu as sûrement raison, dis-je. Mais écoute un peu ce bruit.

— Je me demande ce qu'il peut avoir si ce n'est pas une crise.

— Oui, c'est bien cela. »

Claude s'agitait, mal à l'aise, sur le gravier. « Des milliers de choses peuvent arriver tous les jours à un bébé, dit-il.

— Bien sûr.

— J'en ai connu un qui a eu les doigts sectionnés par les rayons d'une roue de poussette. Il les a tous perdus.

— Oui.

— Quoi que ce soit, dit Claude, je souhaite ardemment qu'elle cesse de courir. »

Un grand camion chargé de briques surgit derrière Bessie. Le camionneur ralentit, intrigué, et passa la tête par la fenêtre. Bessie n'en tint pas compte et accéléra encore. A présent, elle était si près de nous que je pus voir sa grosse figure rouge, sa bouche ouverte, à bout de souffle. Je remarquai qu'elle portait des gants blancs, précieux et endimanchés, et un petit chapeau blanc assorti, perché sur sa tête comme un champignon.

Soudain, du fond de la poussette, s'envola un énorme faisan.

Le bonhomme du camion, à côté de Bessie, éclata de rire.

Un peu étourdi pendant quelques secondes, le faisan battit des ailes. Puis il prit le large pour atterrir sur le gazon, en bordure de la route.

Un fourgon d'épicier vint derrière le camion et corna impatiemment. Bessie, imperturbable, poursuivit sa course.

Puis, — hop! — un autre faisan s'envola de la poussette.

Puis un troisième, un quatrième, un cinquième.

« Mon Dieu! dis-je. Les pilules! Ils se réveillent! »

Claude ne dit rien.

Bessie couvrit les derniers cinquante mètres à pas de géant pour s'arrêter, chancelante, devant la station-service tandis que les oiseaux s'échappaient de la poussette pour s'envoler aux quatre vents.

« Qu'est-ce que c'est que cette histoire? criat-elle.

— Ne restez pas ici! hurlai-je. Ne restez pas ici! » mais elle fonça tout droit vers la première pompe et avant même que nous l'ayons rejointe, elle avait saisi dans ses bras le bébé qui beuglait.

« Non! Non! cria Claude en courant au-devant d'elle. Ne sortez pas le petit! Remettez-le dans la poussette! Maintenez le drap! » Mais elle ne l'écoutait même pas et, une fois délivré du poids de l'enfant, un énorme nuage de faisans jaillit de la poussette.

Ils étaient au moins cinquante ou soixante. Tout le ciel, au-dessus de nous, venait de se remplir de grands oiseaux bruns qui battaient furieusement des ailes.

Claude et moi, nous nous mîmes alors à courir à gauche et à droite sur la route, en agitant les bras pour chasser les oiseaux loin des parages, en criant : « Allez ! Allez ! Décampez ! Vite ! » Mais ils étaient encore trop étourdis pour pouvoir nous obéir et, au bout de quelques secondes, ils furent de retour pour assiéger ma station-service comme un essaim de sauterelles. Tout était plein d'eux. Ils étaient assis, aile contre aile, sur le rebord de toit et sur le dais de ciment qui surplombait les pompes. Une douzaine au moins s'étaient juchés sur la barre d'appui de la fenêtre. Quelques-uns avaient pris d'assaut le châssis où je gardais mes bidons d'huile et d'autres avaient pris place sur le capot de mes voitures d'occasion. Un faisan mâle, à la queue superbe, était perché majestueusement au sommet d'une pompe à pétrole et un grand nombre, ceux qui étaient encore trop dopés pour voler, avaient occupé la route pour se lisser les plumes en clignant des yeux.

Un barrage de voitures venait de se former sur la route derrière le camion à briques et la voiture de l'épicier. Des portières s'ouvrirent et des gens s'approchèrent pour voir ce qui se passait. Je consultai ma montre. Il était neuf heures moins vingt. A chaque instant, une grosse voiture pouvait passer en provenance du village, et cette voiture serait une Rolls, et au volant, il y aurait un énorme visage luisant de boucher, celui de M. Victor Hazel, fabricant de pâtés et de saucisses.

« Ils ont failli le déchiqueter ! » gémit Bessie en serrant le bébé hurlant contre sa poitrine.

304 *Kiss Kiss*

— Rentrez chez vous, Bessie », dit Claude. Son visage était tout blanc.

« On ferme, dis-je. Sors la pancarte. Nous sommes partis pour la journée. »

La logeuse	9
William et Mary	22
Tous les chemins mènent au ciel	60
Un beau dimanche	78
Madame Bixby et le manteau du colonel	111
Gelée royale	134
Pauvre George	170
Une histoire vraie	204
Edward le conquérant	213
Cochon	239
Le champion du monde	268

DU MÊME AUTEUR

Aux Éditions Gallimard

BIZARRE ! BIZARRE !
LA GRANDE ENTOURLOUPE.
MON ONCLE OSWALD.
L'HOMME AU PARAPLUIE et autres nouvelles.
LA PRINCESSE ET LE BRACONNIER.
L'INVITÉ.

Gallimard Jeunesse

LE DOIGT MAGIQUE (Enfantimages et Folio cadet). *Illustrations d'Henri Galeron.*

L'ÉNORME CROCODILE (Folio benjamin et Albums jeunesse). *Illustrations de Quentin Blake.*

CHARLIE ET LA CHOCOLATERIE (Folio junior). *Illustrations d'Henri Galeron.*

CHARLIE ET LE GRAND ASCENSEUR DE VERRE (Folio junior). *Illustrations d'Henri Galeron.*

LES DEUX GREDINS (Folio junior). *Illustrations de Quentin Blake.*

FANTASTIQUE MAÎTRE RENARD (Folio cadet). *Illustrations de Jill Bennett.*

JAMES ET LA GROSSE PÊCHE (Folio junior). *Illustrations d'Henri Galeron.*

L'ENFANT QUI PARLAIT AUX ANIMAUX et autres nouvelles (folio junior). *Illustrations de Morgan.*

LA POTION MAGIQUE DE GEORGES POUILLON (Folio junior). *Illustrations de Quentin Blake.*

UN CONTE PEUT EN CACHER UN AUTRE (Albums jeunesse). *Illustrations de Quentin Blake.*

LE BON GROS GÉANT (Folio junior). *Illustrations de Quentin Blake.*

SALES BÊTES (Folio cadet). *Illustrations de Quentin Blake.*

MOI, BOY (1 000 Soleils et Folio junior). *Illustrations de l'auteur.*

LA GIRAFE, LE PÉLICAN ET MOI (Albums jeunesse). *Illustrations de Quentin Blake.*

LE CYGNE – LA MERVEILLEUSE HISTOIRE D'HENRY SUGAR (Folio junior). *Illustrations de Claude Lapointe et William Geldart.*

SACRÉES SORCIÈRES (Folio junior et 1 000 Soleils). *Illustrations de Quentin Blake.*

ESCADRILLE 80 (Folio junior et 1 000 Soleils). *Illustrations de l'auteur.*

MATILDA (Folio junior). *Illustrations de Quentin Blake.*

UN AMOUR DE TORTUE (Albums jeunesse). *Illustrations de Quentin Blake.*

LES MINUSCULES (Album jeunesse). *Illustrations de Patrick Benson.*

Dans la collection Folio bilingue

THE PRINCESS AND THE POACHER / LA PRINCESSE ET LE BRACONNIER, nᵒ 9.

COLLECTION FOLIO

Dernières parutions

3971. Vassilis Alexakis — *Les mots étrangers.*
3972. Antoine Audouard — *Une maison au bord du monde.*
3973. Michel Braudeau — *L'interprétation des singes.*
3974. Larry Brown — *Dur comme l'amour.*
3975. Jonathan Coe — *Une touche d'amour.*
3976. Philippe Delerm — *Les amoureux de l'Hôtel de Ville.*
3977. Hans Fallada — *Seul dans Berlin.*
3978. Franz-Olivier Giesbert — *Mort d'un berger.*
3979. Jens Christian Grøndahl — *Bruits du cœur.*
3980. Ludovic Roubaudi — *Les Baltringues.*
3981. Anne Wiazemski — *Sept garçons.*
3982. Michel Quint — *Effroyables jardins.*
3983. Joseph Conrad — *Victoire.*
3984. Émile Ajar — *Pseudo.*
3985. Olivier Bleys — *Le fantôme de la Tour Eiffel.*
3986. Alejo Carpentier — *La danse sacrale.*
3987. Milan Dargent — *Soupe à la tête de bouc.*
3988. André Dhôtel — *Le train du matin.*
3989. André Dhôtel — *Des trottoirs et des fleurs.*
3990. Philippe Labro/ Olivier Barrot — *Lettres d'Amérique. Un voyage en littérature.*
3991. Pierre Péju — *La petite Chartreuse.*
3992. Pascal Quignard — *Albucius.*
3993. Dan Simmons — *Les larmes d'Icare.*
3994. Michel Tournier — *Journal extime.*
3995. Zoé Valdés — *Miracle à Miami.*
3996. Bossuet — *Oraisons funèbres.*
3997. Anonyme — *Jin Ping Mei I.*
3998. Anonyme — *Jin Ping Mei II.*
3999. Pierre Assouline — *Grâces lui soient rendues.*
4000. Philippe Roth — *La tache.*
4001. Frederick Busch — *L'inspecteur de nuit.*
4002. Christophe Dufossé — *L'heure de la sortie.*

4003. William Faulkner — *Le domaine.*
4004. Sylvie Germain — *La Chanson des mal-aimants.*
4005. Joanne Harris — *Les cinq quartiers de l'orange.*
4006. Leslie kaplan — *Les Amants de Marie.*
4007. Thierry Metz — *Le journal d'un manœuvre.*
4008. Dominique Rolin — *Plaisirs.*
4009. Jean-Marie Rouart — *Nous ne savons pas aimer.*
4010. Samuel Butler — *Ainsi va toute chair.*
4011. George Sand — *La petite Fadette.*
4012. Jorge Amado — *Le Pays du Carnaval.*
4013. Alessandro Baricco — *L'âme d'Hegel et les vaches du Wisconsin.*
4014. La Bible — *Livre d'Isaïe.*
4015. La Bible — *Paroles de Jérémie-Lamentations.*
4016. La Bible — *Livre de Job.*
4017. La Bible — *Livre d'Ezéchiel.*
4018. Frank Conroy — *Corps et âme.*
4019. Marc Dugain — *Heureux comme Dieu en France.*
4020. Marie Ferranti — *La Princesse de Mantoue.*
4021. Mario Vargas Llosa — *La fête au Bouc.*
4022. Mario Vargas Llosa — *Histoire de Mayta.*
4023. Daniel Evan Weiss — *Les cafards n'ont pas de roi.*
4024. Elsa Morante — *La Storia.*
4025. Emmanuèle Bernheim — *Stallone.*
4026. Françoise Chandernagor — *La chambre.*
4027. Philippe Djian — *Ça, c'est un baiser.*
4028. Jérôme Garcin — *Théâtre intime.*
4029. Valentine Goby — *La note sensible.*
4030. Pierre Magnan — *L'enfant qui tuait le temps.*
4031. Amos Oz — *Les deux morts de ma grand-mère.*
4032. Amos Oz — *Une panthère dans la cave.*
4033. Gisèle Pineau — *Chair Piment.*
4034. Zeruya Shalev — *Mari et femme.*
4035. Jules Verne — *La Chasse au météore.*
4036. Jules Verne — *Le Phare du bout du Monde.*
4037. Gérard de Cortanze — *Jorge Semprun.*
4038. Léon Tolstoï — *Hadji Mourat.*
4039. Isaac Asimov — *Mortelle est la nuit.*

4040. Collectif   *Au bonheur de lire.*
4041. Roald Dahl   *Gelée royale.*
4042. Denis Diderot   *Lettre sur les Aveugles.*
4043. Yukio Mishima   *Martyre.*
4044. Elsa Morante   *Donna Amalia.*
4045. Ludmila Oulitskaïa   *La maison de Lialia.*
4046. Rabindranath Tagore   *La petite mariée.*
4047. Ivan Tourguéniev   *Clara Militch.*
4048. H.G. Wells   *Un rêve d'Armageddon.*
4049. Michka Assayas   *Exhibition.*
4050. Richard Bausch   *La saison des ténèbres.*
4051. Saul Bellow   *Ravelstein.*
4052. Jerome Charyn   *L'homme qui rajeunissait.*
4053. Catherine Cusset   *Confession d'une radine.*
4055. Thierry Jonquet   *La Vigie* (à paraître).
4056. Erika Krouse   *Passe me voir un de ces jours.*
4057. Philippe Le Guillou   *Les marées du Faou.*
4058. Frances Mayes   *Swan.*
4059. Joyce Carol Oates   *Nulle et Grande Gueule.*
4060. Edgar Allan Poe   *Histoires extraordinaires.*
4061. George Sand   *Lettres d'une vie.*
4062. Frédéric Beigbeder   *99 francs.*
4063. Balzac   *Les Chouans.*
4064. Bernardin de Saint Pierre   *Paul et Virginie.*
4065. Raphaël Confiant   *Nuée ardente.*
4066. Florence Delay   *Dit Nerval.*
4067. Jean Rolin   *La clôture.*
4068. Philippe Claudel   *Les petites mécaniques.*
4069. Eduardo Barrios   *L'enfant qui devint fou d'amour.*
4070. Neil Bissoondath   *Un baume pour le cœur.*
4071. Jonahan Coe   *Bienvenue au club.*
4072. Toni Davidson   *Cicatrices.*
4073. Philippe Delerm   *Le buveur de temps.*
4074. Masuji Ibuse   *Pluie noire.*
4075. Camille Laurens   *L'Amour, roman.*
4076. François Nourissier   *Prince des berlingots.*
4077. Jean d'Ormesson   *C'était bien.*
4078. Pascal Quignard   *Les Ombres errantes.*
4079. Isaac B. Singer   *De nouveau au tribunal de*

4080. Pierre Loti — *Matelot.*
4081. Edgar Allan Poe — *Histoires extraordinaires.*
4082. Lian Hearn — *Le clan des Otori, II : les Neiges de l'exil.*
4083. La Bible — *Psaumes.*
4084. La Bible — *Proverbes.*
4085. La Bible — *Évangiles.*
4086. La Bible — *Lettres de Paul.*
4087. Pierre Bergé — *Les jours s'en vont je demeure.*
4088. Benjamin Berton — *Sauvageons.*
4089. Clémence Boulouque — *Mort d'un silence.*
4090. Paule Constant — *Sucre et secret.*
4091. Nicolas Fargues — *One Man Show.*
4092. James Flint — *Habitus.*
4093. Gisèle Fournier — *Non-dits.*
4094. Iegor Gran — *O.N.G.!*
4095. J.M.G. Le Clézio — *Révolutions.*
4096. Andreï Makine — *La terre et le ciel de Jacques Dorme.*
4097. Collectif — *«Parce que c'était lui, parce que c'était moi».*
4098. Anonyme — *Saga de Gisli Súrsson.*
4099. Truman Capote — *Monsieur Maléfique et autres nouvelles.*
4100. E.M. Cioran — *Ébauches de vertige.*
4101. Salvador Dali — *Les moustaches radar.*
4102. Chester Himes — *Le fantôme de Rufus Jones et autres nouvelles.*
4103. Pablo Neruda — *La solitude lumineuse.*
4104. Antoine de St-Exupéry — *Lettre à un otage.*
4105. Anton Tchekhov — *Une banale histoire.*
4106. Honoré de Balzac — *L'Auberge rouge.*
4107. George Sand — *Consuelo I.*
4108. George Sand — *Consuelo II.*
4109. André Malraux — *Lazare.*
4110 Cyrano de Bergerac — *L'autre monde.*
4111 Alessandro Baricco — *Sans sang.*
4112 Didier Daeninckx — *Raconteur d'histoires.*
4113 André Gide — *Le Ramier.*
4114. Richard Millet — *Le renard dans le nom.*
4115. Susan Minot — *Extase.*

4116. Nathalie Rheims   *Les fleurs du silence.*
4117. Manuel Rivas   *La langue des papillons.*
4118. Daniel Rondeau   *Istanbul.*
4119. Dominique Sigaud   *De chape et de plomb.*
4120. Philippe Sollers   *L'Étoile des amants.*
4121. Jacques Tournier   *À l'intérieur du chien.*
4122. Gabriel Sénac de Meilhan *L'Émigré.*
4123. Honoré de Balzac   *Le Lys dans la vallée.*
4124. Lawrence Durrell   *Le Carnet noir.*
4125. Félicien Marceau   *La grande fille.*
4126. Chantal Pelletier   *La visite.*
4127. Boris Schreiber   *La douceur du sang.*
4128. Angelo Rinaldi   *Tout ce que je sais de Marie.*
4129. Pierre Assouline   *Etat limite.*
4130. Elisabeth Barillé   *Exaucez-nous.*
4131. Frédéric Beigbeder   *Windows on the World.*
4132. Philippe Delerm   *Un été pour mémoire.*
4133. Colette Fellous   *Avenue de France.*
4134. Christian Garcin   *Du bruit dans les arbres.*
4135. Fleur Jaeggy   *Les années bienheureuses du châtiment.*
4136. Chateaubriand   *Itinéraire de Paris à Jerusalem.*
4137. Pascal Quignard   *Sur le jadis. Dernier royaume, II.*
4138. Pascal Quignard   *Abîmes. Dernier Royaume, III.*
4139. Michel Schneider   *Morts imaginaires.*
4140. Zeruya Shalev   *Vie amoureuse.*
4141. Frederic Vitoux   *La vie de Céline.*
4142. Fédor Dostoievski   *Les Pauvres Gens.*
4143. Ray Bradbury   *Meurtres en douceur.*
4144. Carlos Castaneda   *Stopper-le-monde.*
4145. Confucius   *Entretiens.*
4146. Didier Daeninckx   *Ceinture rouge.*
4147. William Faulkner   *Le caïd.*
4148. Gandhi   *En guise d'autobiographie.*
4149. Guy de Maupassant   *Le verrou et autre contes grivois.*
4150. D.A.F. de Sade   *La philosophie dans le boudoir.*
4151. Italo Svevo   *L'assassinat de la via Belpoggio.*
4152. Laurence Cossé   *Le 31 du mois d'août.*
4153. Benoît Duteurtre   *Service clientèle.*
4154. Christine Jordis   *Bali, Java, en rêvant.*
4155. Milan Kundera   *L'ignorance.*

Impression Novoprint
à Barcelone, le 2 mars 2005
Dépôt légal: mars 2005
Premier dépôt légal dans la collection: juin 1978

ISBN 2-07-037029-1./Imprimé en Espagne.